one day suddenly

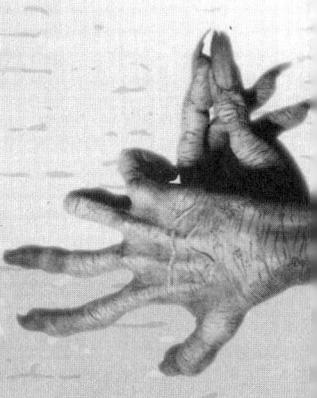

1

버려진 집

유·일·한·공·포·소·설

청어

어느날 갑자기 1 〈버려진 집〉

유일한 지음

발행처 · 도서출판 **청어**
발행인 · 이영철
기　획 · 손영국 | 김홍순
영　업 · 이동호
편　집 · 김영신 | 김인현
디자인 · 오주연
인　쇄 · 두리터

등　록 · 1999년 5월 3일(제22-1541호)

1판 1쇄 인쇄 · 2008년 1월 14일
1판 1쇄 발행 · 2008년 1월 24일

주소 · 서울시 서초구 서초동 1588-1 신성빌딩 A동 412호
대표전화 · 586-0477
팩시밀리 · 586-0478

블로그 · http://blog.naver.com/ppi20
E-mail · ppi20@hanmail.net
ISBN · 978-89-92554-44-2 (03810)
　　　 978-89-89232-27-8 (03810) 세트

'어느날 갑자기'를 사랑하는 분들에게…

아직 글재주가 모자라서 그런지 '작가의 말', '작품을 시작하며' 류의 글들이 가장 쓰기 싫은 글이다. 하지만 독촉에 못 이겨 또 한 번의 횡설수설을 쓴다.

95년부터 써오던 〈어느날 갑자기〉 시리즈가 2000년에 6권을 끝으로, 글자 그대로 '어느날 갑자기' 출판사의 사정으로 부득이하게 절판되는 것을 경험한 것은 필자로서 아주 괴로운 일이었다. 그 이후 유학 등으로 나름대로 바쁜 생활을 했지만, 마음 한구석에는 서점 책장에서 사라진 〈어느날 갑자기〉에 대한 아쉬움이 항상 자리잡고 있었다. 내 책 역시 언젠가 수많은 다른 책들과 더불어 잊혀질 것으로 생각했다.

그러던 중, 우연히 아직도 내 책을 찾는 분들이 계시다는 것을 알게 되었고, 〈어느날 갑자기〉를 아끼는 모임도 있다는 것을 알게 되었다. 그때 처음으로 느꼈다. 글을 쓰는 사람들에게는 자기의 글이 잊혀지지 않는 것이 얼마나 기쁜 일인지를!

그리고는 글도 잘 쓰지도 못하는 내가 왜 계속해서 글을 쓰고 있는지 다시 한 번 생각해 보았다. 공포영화나 괴기소설을 특별히 좋아하는 것도 아닌데, 왜 무서운 얘기를 쓰는 것일까? 이 질문을 스스로에게 할 때마다, 찾을 수 있는 대답은 똑같았다. 바로 내 글을 재미있게 읽어주시는 독자들 때문이었다. 모자람과 엉성함으로 가득 찬 내 부족한 글을 항상 잊지 않고 너그럽게 읽어주시는 분들 덕분에 나는 글을 써왔던 것이다.

나와 내 글을 아직도 잊지 않고 있는 분들을 보며 용기를 얻어, 〈어느날 갑자기〉 시리즈를 새로운 글들과 함께 다시 미진한 부분을 고쳐서 출판하게 되었다. 이 책이 다시 세상에 나오는 것을 보는 느낌은 처음 책을 출판했을 때보다 훨씬 떨리는 기분이다.

이전에 나왔던 〈어느날 갑자기〉의 구성을 중편과 장편 위주로 읽기 쉽게 바꾸고, 새로운 글도 추가했지만, 내가 써놓은 글들을 다시 읽을 때마다 얼굴이 화끈거리는 것을 느낀다. 아니, 그런 모자란 글을 가지고 남들에게 읽히려고 한 나의 지독한 뻔뻔함이 느껴진다. 그래도 나는 항상 꿈을 꾼다. 매번 글을 쓸 때마다 꾸는 꿈이다. 언젠가는 정말 좋은 글로 독자들에게 찾아갈 수 있을 거라는…

보잘 것 없는 내 글을 이렇게 책으로 나오게 해 주신 모든 분들에게 진심으로 감사드린다. 항상 따뜻하고 너그러운 시선으로 내 글을 찾아주시는 독자분들과 내게 재출판의 용기를 준 Daum 카페 '어느날 갑자기' 가족 여러분들에게 이 자리를 빌어 다시 한 번 감사드린다. 격려를 아끼지 않아 주셨던 부모님, 가족들, 뭐 가지고 또 책 내냐고 핀잔주면서도 축하해주던 친구들, 오탈자 투성이의 원고와 씨름하느라 고생 많으셨던 이영철 사장님 및 도서출판 청어 식구들.

이 모든 분들에게 감사드린다. .

그리고 이 세상 무엇보다도 힘이 되어준 사랑하는 아내 찬경이에게 고마움을 전한다.

깊어가는 계절, 노스캐롤라이나에서…

유일한

편지_9 • 실종_53 • 탈영병_64 • 무당_88 • 고립_100

독립투사_114 • 살인 또 살인…_154 • 수첩_166 • 분교_182

재원과의 대면_196 • 자살_229 • 최후의 대결_238 • 에필로그_264

• • • one day Suddenly • • •

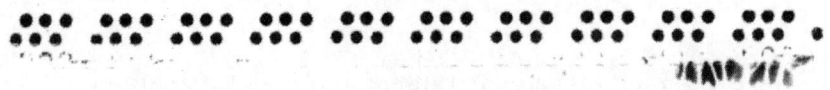

편지

아무도 없는 줄 알았는데 무언가가 고개를 스르르 드는 거야.
나는 순간, 간이 떨어지는 줄 알았어.
그건 사람이었어. 머리가 긴 여자였지.
그녀는 나무 밑에 고개를 푹 숙이고 있다가 우리가 지나가는 순간,
고개를 든 거였어.

재원이의 편지가 날아온 것은 여느 해보다 일찍 찾아온 무더위와 싸우며 졸업논문을 준비하고 있던 5월 말경이었다. 더위에 지쳐 축 늘어진 그림자를 끌고 집으로 들어서니 책상 위에 두툼한 편지가 한 통 놓여 있었다. 발신인은 재원이로 되어 있었는데 급히 갈겨 썼는지 글씨를 알아보기 힘들 정도였다.
 자식, 할 이야기가 있으면 전화로 하면 될 텐데, 하는 생각이 들어 우체국 소인을 보았다. 놀랍게도 경기도 연천이었다.
 아직 방학도 시작하지 않았는데, 연천은 또 왜 간 거야?
 불길한 예감이 들어 재빨리 편지를 뜯어보았다. 예상했던 것보다

많은 양이었다. 아무래도 일상적인 안부 편지는 아닌 것 같았다.
나는 침대에 걸터앉아 재원의 편지를 읽어 나갔다.

일한에게.

그 동안 잘 지냈니?
지금쯤 기말고사 준비다, 졸업논문이다 해서 정신이 하나도 없겠구나.
편지 받고 놀랐지?
갑자기 웬 편진가 하고 말야. 전화하기는 좀 긴 사연이어서, 정말 오랜만에 펜을 들었다. 늘 좋은 소식은 못 전해 주고 이상한 이야기만 들려 줘서 미안하다. 솔직히 나도 지금 미치기 직전이다.
나 지금 경기도 연천에 위치한 작은 시골 마을에 와 있다.
네가 이 편지를 읽고 있을 즈음에도 내가 여전히 제정신으로 살아 있을지 모르겠다. 솔직히 자신 없다.
난 지금도 느낄 수 있어.
그들이 편지를 쓰고 있는 나를 지켜보고 있다는 것을… 이 편지를 다 쓰고 나서 난 그들과 마지막으로 이야기를 해 볼 셈이다. 결과는 어떻게 될지 모르겠지만…….
내 주변에서 왜 자꾸 이런 일이 생기는 건지 나도 모르겠다.
너도 알다시피 난 과학과 이성의 절대적인 추종자 아니냐. 요즘은 하도 이해할 수 없는 현상이 많이 벌어져서 모든 게 혼란스럽기만 하구나. 내가 미친 건지, 세상이 미친 건지…….

쓸데없는 이야기가 너무 길어졌다.

내가 여기에 온 목적부터 이야기를 시작할게. 난 사실 여기 의료 조사를 하러 왔어. 의료 조사란, 말 그대로 의료 시설이 낙후된 시골에 가서 그 마을의 진료 시설이나 주민들의 질병 상태 같은 것들을 조사하는 거야. 그걸 보고서로 작성해 올리는 거지.

우린 학교에서 떠나기 전에 선배들로부터 조언을 들었어.

선배들은 쉬운 일이 아니라며 겁을 주더라. 학생 신분으로 내려가는 것이기 때문에 진단이나 치료도 할 수 없고, 조사만 해야 하기 때문에 마을 사람들이 탐탁찮게 여긴다는 거야. 의료 봉사 때와는 달리 비협조적이니 미리 마음을 단단히 먹어야 할 거라고.

내가 속한 조는 조교 형까지 해서 모두 일곱 명이야.

우리가 연천에서 내려서 별 생각 없이 버스를 타고 들어온 곳이 바로 여기야. 이곳은 작은 공장들이 들어서 있는, 농촌도 도시도 아닌 어중간한 마을이지. 억새가 우거진 황량한 벌판과 벌판 옆으로 서 있는 회색 빛 공장, 굴뚝에서 나오는 시꺼먼 연기와 날아다니는 철새들이 부조화를 이루는, 묘한 분위기를 지닌 동네야. 산업현장에서 볼 수 있는 활기찬 분위기도, 농촌이 지니고 있는 아늑한 분위기도, 모두 상실해 버린 듯한 죽은 마을 같았어. 후덥지근한 바람에 묻어오는 기름 냄새조차 짜증스러웠으니까.

하여튼 기분 좋은 마을은 아니었어.

우리는 다른 마을로 갈까 하다가 귀찮기도 해서 여기서 의료 조사를 하자고 결정했지. 우린 조금이라도 깨끗한 여관을 잡기 위해 돌아다니다가 결국 세 번째 들른 '성일여관'에 짐을 풀었어. 여관이라고는 하지만 말만 여관이지 서울의 변두리 여인숙과 비

숫한 수준이야. 일행 여섯 중에서 남자가 넷이고 여자가 둘이어서 방을 두 개 잡았어. 우리 방은 열댓 명은 잘 수 있을 정도로 넓었어. 그런데 목욕탕과 화장실은 방에 붙어 있지 않고 복도 끝에 자리하고 있었어. 여관 사람들이 모두 공동으로 사용하는 거여서 샤워를 하려면 상당히 불편할 것 같더라.

일 주일 동안 묵을 생각을 하니까 난감하더라고. 하지만 놀러온 것도 아닌데 숙박 시설만 탓하고 있을 수는 없는 노릇이었어. 우린 짐을 풀고 나서 2인 1조가 되어 마을을 세 군데로 나눠 의료 조사에 들어갔어. 나는 명준이하고 한 조가 되어 집을 차례대로 방문했지. 가까운 곳에 공장이 들어선 때문인지 낮에 집에 있는 사람은 애들이나 노인뿐이었어. 그나마 집에 있는 사람들도 옷에 상표를 붙이거나, 지퍼를 만드는 부업 같은 것을 하고 있기 일쑤여서 방문 자체를 귀찮아했지.

우린 낮에 돌아다니는 걸 포기하고 여관으로 돌아왔어.

모두 같은 생각인지 여관에 모여 있더라. 우린 낮잠을 한숨씩 자고 일어나서 다시 마을을 돌기 시작했지. 밤이 되니까 집에 사람들이 있긴 있더라. 텔레비전을 보고 있거나 저녁을 먹고 있더라고. 우리가 방문한 목적을 말하고 설문조사에 응해 줄 것을 부탁했지만 그들은 뚜렷한 이유도 대지 않고 문을 소리나게 닫는 거야. 어떤 집은 아예 불을 꺼버리기까지 하는 거야. 열 집에 서너 집 정도는 마지못해 질문에 답하는 정도였고, 나머지 예닐곱 집은 대꾸조차 하지 않으려 드는 거야. 뭔가에 잔뜩 겁먹은 사람들처럼…….

서울이라면 짧은 시간에 여러 집을 돌 수 있지만 여기는 그럴수가 없어. 인가가 띄엄띄엄 떨어져 있어서 한 집을 나와서 다른 집으로 이동하려면 한참을 걸어야 하지. 한밤중에 변변한 가로등도 없는 시골길을 걸으니까 으스스하더라.

명준이와 나는 여관을 나올 때 계획했던 스무 집은커녕 다섯 집을 의료조사 하는 데 만족해야 했어. 여관으로 돌아가면서 명준이가 영문과에 다니는 여자친구 이야기를 하더라고. 여름방학 때는 그 애하고 피서를 가야겠는데 어디가 좋겠냐는 거야. 나는 주워듣거나 가 본 피서지를 이야기하다가 무심코 앞을 보았어. 이십여 미터 떨어진 나무 밑에 사람 같은 것이 서 있는 게 보였지. 이 시간에 누가 서 있는 거지? 자세히 보니 사람이 아니라 나무 밑둥 같더라고. 난 그런가보다 하고 다시 명준이와 이야기를 나누며 걸어갔어.

다시 피서지 선정에 골몰하면서 걷는데 그 나무 옆을 지날 때였어. 아무도 없는 줄 알았는데 무언가가 고개를 스르르 드는 거야.

나는 순간, 간이 떨어지는 줄 알았어.

그건 사람이었어. 머리가 긴 여자였지. 그녀는 나무 밑에 고개를 푹 숙이고 있다가 우리가 지나가는 순간, 고개를 든 거였어. 얼마나 놀랐는지 걸음을 옮길 수가 없었어. 명준이는 아무것도 모르고 있다가 굳어버린 나를 발견하곤 나무 밑으로 고개를 돌렸지.

"으흑!"

명준이도 뒤로 쓰러질 듯 두세 걸음 물러났어.

그런데도 여자는 아무 표정 없이 우리를 쳐다보는 거야. 눈꺼풀 한번 깜빡이지 않고서 빤히……. 너무나 무서웠지만 시간이 지나자 굳었던 몸이 풀렸지. 난 명준이와 함께 휘청거리는 걸음을 옮겨 그곳을 벗어났어.

그녀는 멀어지는 우리를 말없이 쳐다보고 있었어. 정신없이 달리다가 뒤를 돌아보았어. 여자는 어느새 사라지고 없었지.

여관으로 돌아가니 모두들 와 있었어.

우리가 새파랗게 질려서 들어서자 의아한 표정으로 무슨 일 있었느냐고 묻는 거야. 명준이가 나무 밑에서 마주친 여자에 대해서 장황하게 늘어놓았어. 귀신같다며…….

"여기 유령 마을 아냐? 가뜩이나 마을 분위기도 살벌하던데…"

우리 중의 누군가 그렇게 말하자 모두들 앞을 다퉈서 이상한 마을 분위기에 대해서 늘어놓았지.

"우린 말야, 불이 훤히 켜져 있는 집을 발견하고 들어갔는데 버려진 흉가인 거야. 불은 켜져 있는데 벽에 검붉은 핏자국 같은 것이 묻어 있고, 분위기가 너무 음산해서 도망쳐 나왔어."

"아까 오는데 숲속에서 이상한 소리가 들리더라고. 사람이 우는 소리 같기도 해서 용기를 내서 뒤져보았는데 아무것도 없는 거야. 하여튼 들어설 때부터 기분 나쁜 마을이었어."

우리는 여관을 돌며 느낀 분위기에 대해서 이야기하며 첫날밤을 보냈지.

명준은 그 여자가 귀신이라고 주장했지만 그때까지만 해도 우린 모두 섬뜩한 농담으로밖에 받아들이지 않았어.

둘째 날, 우린 오전을 보고서를 작성하며 보내고 세 시쯤 돼서 다시 조별로 마을을 돌기 시작했지. 마을 사람들은 여전히 경계를 풀지 않으며 협조하려 들지 않았어. 우린 마을을 돌아다니다 어제 다른 조 아이들이 말했던 흉가 앞을 지나게 되었지. 흉가는 사과 과수원 옆에 있었어. 대문이 없는, 현대식으로 지은 단층건물이었지.

과수원은 이천여 평 남짓 됐는데 아무도 돌보지 않는지 나뭇가지가 휘청거릴 정도로 벌레 먹은 사과가 주렁주렁 매달려 있었지. 열매가 처음 매달릴 때 작은 열매는 잘라 주고 농약도 좀 뿌리고 해야 하는데 전혀 돌보지 않은 것 같았어.

"야, 우리 들어가 볼까?"

명준이가 긴장한 눈빛으로 의향을 물어왔어.

"너나 들어가라. 난 그냥 갈란다. 그렇지 않아도 불쑥 뭐라도 튀어나올 것 같아 으스스한데."

난 걸음을 빨리 옮기며 말했지. 그러자 명준도 겁이 났는지 뛰어오는 거야. 우린 외판원처럼 냉대를 받으며 가까스로 여섯 집에서 의료 조사를 했어. 여관으로 돌아와 보니 일찍 들어온 몇 명이 맥주를 마시며 가벼운 농담을 하고 있는 거야.

우리도 농담에 끼어들어서 맥주를 마시고 있는데 마지막 조가 들어왔어. 표정이 굳어 가지고 말야. 누군가 왜 우거지상이냐고 묻자 쫓겨나다시피 했다는 거야.

"할아버지가 친절하게 물음에 답해 주더라고. 그래서 별다른 생각 없이 흉가에 대해서 물어 봤지. 집을 버리고 서울로 간 거냐고. 그랬더니 갑자기 표정이 바뀌더니 어서 나가라고 소리를 지르는 거야. 내참, 노인네가… 기차 화통을 삶아 먹었나 목청 되게 크대."

"그래서 나왔어?"

"나가라는데 별 수 있나?"

"할아버지와 흉가가 무슨 관계가 있는 것 아냐?"

우린 다시 추측을 하기 시작했어.

여러 가지 추측이 난무했지만 한 가지 분명한 것은, 여러 가지 정황으로 보아 마을 사람들이 뭔가를 숨기고 있다는 거야.

난 맥주를 마시다가 요의를 느끼고 복도 끝에 샤워실과 함께 붙어 있는 화장실로 갔어. 여관 복도는 마룻바닥인데 걸을 때마다 삐걱거리는 소리가 났지. 불빛도 음침해서 밤에는 아무리 간이 큰 사람이라 하더라도 혼자 가고 싶지 않을 정도야. 소변을 보고서 화장실에서 나오는데 복도 저편에서 누가 걸어오는 거야. 다른 숙박객이겠거니 하고 우리 방 쪽으로 가다가 다시 돌아보았어. 한순간, 소름이 쫙 끼치는 거야. 어제 그 여자였어. 머리를 길게 늘어뜨리고 스르르 다가오는 거야.

얼마나 놀랐는지, 숨도 제대로 쉴 수조차 없었어.

정말 귀신같더라. 그 여자는 멍한 눈으로 나를 쏘아보면서, 소리 없이 내 옆을 지나갔어. 마치 공중에 떠서 가는 것처럼……

나는 꼼짝도 못 하고 있다가, 그 여자가 내 옆을 지나가자마자 우리 방으로 뛰어들어갔어.

"무슨 일이야?"

내가 헐레벌떡 뛰어들어가자 누군가 물었지.

내가 복도에서 보았던 여자 이야기를 하니까, 친구들은 장난치지 말라며 웃는 거야. 내가 놀리기 위해서 거짓말하는 걸로 안 모양이야. 애들이 전혀 안 믿는 눈치여서 나도 그냥 물러서고 말았지.

다들 앞으로 조사해야 할 항목에 대해 얘기를 나누기 시작했어. 내 귀에는 아무것도 안 들어오고, 그 여자의 섬뜩한 모습만 눈앞에 아른거렸어. 애들은 나를 무시하고 토의를 계속했어. 둥그렇게 둘러앉아서 얘기하고 있는데, 갑자기 문 쪽을 바라보고 있던 자은이와 영주가 새파랗게 질리며 아무 말도 못 하는 거야. 그때 방 안이 너무 더워서 문을 열어 놨거든. 다들 무슨 일인가 하고 방문 쪽으로 고개를 돌렸어. 그 순간, 모두들 입을 쩍 벌린 채 얼어붙어 버렸지.

내가 복도에서 봤던 바로 그 여자가 문 앞에 서서, 빤히 우리들을 쳐다보고 있는 거야. 실제로는 몇 초도 안 되는 짧은 시간이었지만 영겁보다도 긴 고통의 시간이었지. 나중에 다들 이구동성으로 얘기하는데, 정말 귀신을 보는 줄 알았다는 거야.

죽음과도 같은 적막은 그녀의 엉뚱한 질문으로 깨졌어.

"저… 안 중위님 어디 계세요?"

그녀가 불쑥 물어 왔을 때 우린 모두들 숨을 돌렸어.

그녀의 음성을 듣는 순간, 귀신이 아닌 살아 있는 사람이란 걸 알 수 있었으니까. 안도감과 찾아온 것은 혼란스러움이었지. 그녀의 말이 너무도 엉뚱해서 이해할 수가 없었던 거야.

"무슨… 말씀이지요?"

모두들 얼굴만 서로 쳐다보고 있길래 내가 물어 보았지. 그러자 그녀는 예의 표정 없는 눈길을 나에게 주더군. 그러더니 다시 이해할 수 없는 말을 던졌어.

"지철이는 아직 안 돌아왔나요? 아빠가 낫 갈아 오라고 했는데……."

도저히 무슨 말인지 이해할 수 없었어. 맛이 조금 간 여자라는 생각이 퍼뜩 들었지.

"찾으시는 분, 여기 안 계시는데요."

명준이 여자의 상태를 짐작했는지 비교적 담담한 음성으로 말했지. 그러자 여자는 방을 한번 휘둘러보고는 돌아서서 복도 저편으로 사라지는 거였어. 그녀의 모습이 사라지자 재빨리 방문 옆에 앉아 있던 영조가 문을 닫았어. 긴장이 풀어지자 우린 서로를 쳐다보며 피식 웃고 말았어. 미친 여자를 귀신이라고 여기고 있었으니 멋쩍었던 거지.

그 여자가 귀신이 아닌 미친 여자라는 게 밝혀졌다고 해서 두려움이 완전히 가신 건 아니었어. 미친 여자는 어떤 짓을 돌발적으로 저지를지 모르니 불안하기는 여전히 마찬가지였지.

"미친 여자가 사는 여관이라… 해답이 안 나오네, 해답이 안 나와!"

누군가가 이마를 손바닥으로 치고는 벌렁 드러누웠어. 여자 애들은 무섭다며 자기들 방으로 돌아갈 생각도 않고 있고…….

"나 화장실 갈 건데, 같이 갈 사람?"

명준이가 자리에서 일어나며 둘러보았어. 그러자 기다렸다는 듯이 둘이 일어서는 거였어. 장정 셋이서 우르르 화장실로 향했지. 우스운 풍경이었지만 그때는 웃음도 안 나오더라.

내가 무서움에 떨고 있는 자인이와 영조에게 우스갯소리를 해주고 있는데 갑자기 쿵쾅거리는 소리가 나며 화장실에 갔던 애들이 겁에 질려 뛰어 들어왔어.

"그, 그 여자가 화, 화장실 안에 이, 있어."

하얗게 질린 명준이가 더듬거리며 말했어.

화장실에서 세 명이 나란히 소변을 보고 있는데, 갑자기 조용히 화장실 문이 열리며 그 여자가 나왔다는 거야.

우리는 그날 밤 문을 잠근 다음, 여섯 명이 한방에서 잠을 잤지.

난 그 여자의 모습이 자꾸 눈에 떠올라 잠을 제대로 잘 수 없었어.

다음날 일어나자마자, 우리는 단체로 화장실에 가서 씻고 여관 주인에게 몰려갔어. 그 여자의 정체에 대해서 집요하게 물어 보았지. 여관 주인은 오십 가량 먹은 사내인데 처음에는 말을 얼버무리는 거야. 우리가 계속해서 추궁하자 마지못한 듯 이렇게 말하더라고.

"휴우, 손님들 말이 맞아요. 그 여자 정신이 나갔어요. 하지만 남에게 피해 줄 아이는 아니에요. 아무도 돌볼 사람이 없어 제가 빈방을 줘, 재워주고 있을 뿐이에요. 그러니 안심하세요."

만족할 만한 대답은 아니었지만, 그 여자에 대한 이유 없는 공포심을 줄이는 데는 많은 도움이 되었지.

그날 우리는 점심을 먹은 뒤 일찍부터 의료 조사에 나섰어. 나는 그 여자에 대한 궁금증이 일어서, 마을 사람들에게 슬쩍 그 여자에 대해 물어보았어. 그런데 이상하게도 마을 사람들은 그 미친 여자에 대해서 어느 누구도 자세히 알려 주지 않는 거야. 말을 처음부터 돌리던지, 아예 그런 여자가 있는지도 몰랐다는 것처럼 대답하는 거야.

모두들 그 여자 이야기를 일부러 회피한다는 인상을 받았지. 분명히 무언가가 숨겨져 있을 거라고 확신했으나, 그것이 무언지는 한참 뒤에 알게 되었어. 아주 끔찍한 이유가 있더군.

밤이 되어 불 켜진 집 위주로 몇 집 더 돌고 여관으로 돌아가는데, 앞쪽에서 그 여자가 긴 머리를 날리며 천천히 걸어가는 거야.

"야, 우리 저 여자 따라가 볼까?"

난 호기심을 못 이기고 명준에게 제의했지. 명준이 그냥 가자고 했지만 나는 여자 뒤를 쫓아갔어. 명준은 마지못해 나와 동행했지.

여자는 천천히 숲속의 오솔길로 들어갔어.

한밤중에 손전등도 없이 불빛 하나 없는 산길을 걷는다는 게 보통 용기를 필요로 하는 게 아니더라고. 더군다나 미친 여자 뒤를 쫓아가고 있었으니 얼마나 으스스했겠어.

명준이 돌아가자고 보챘지만 난 호기심 때문에 돌아설 수 없었어.

그 여자는 언덕을 넘고 산길을 따라 한참을 갔어. 사과 과수원을 지나가더니 어느 집 뒤뜰로 들어서는 거야. 우리는 나무 뒤에 숨어서 집을 살펴보았어.

"재원아, 여, 여긴 버려진 휴, 흉가야."

명준이 떨리는 목소리로 더듬거리며 말했지.

자세히 보니 정말로 그 집이었어. 전번에 들렀을 때는 길 쪽에서 들어왔는데 이번에는 반대편에서 와서 몰랐던 거야. 전번에는 불이 훤히 켜져 있었는데 오늘은 불빛 하나 보이지 않았지. 난 궁금증을 참을 수 없어 뒤뜰로 살며시 다가갔어. 그리곤 그 여자가 들어간 곳을 깨어진 창문 유리를 통해 살펴보았어. 무슨 방 같은데 깜깜해서 잘 보이지 않았지.

난 어둠이 눈에 익기를 끈질기게 기다리고 있었어.

그 여자가 미행한 사실을 눈치 채고 날카로운 걸로 내 눈을 찌르면 어떡하나 하는 불안한 마음으로…….

그런데 어디선가 두런두런 말소리가 들려오는 거였어.

그 여자가 누군가와 이야기를 하고 있는 것 같았지. 참으로 이상한 일도 다 있다 싶었어. 한밤중에 미친 여자를 흉가에서 만나 이야기를 나눌 사람이 누굴까 하는 생각이 들었지. 분명 그도 정상은 아닐 거야. 미친 사람이거나 비정상적인 사고를 하는 인간일 가능성이 높아 보였어. 말소리는 점점 커졌지. 마치 싸우는 소리 같았어.

갑자기 섬뜩한 비명이 들려 왔지.

"아악! 아빠, 그러지 마세요. 안 중위님, 제발 좀 말려 주세요, 제발! 지철아, 그러면 안 돼!"

명준이와 나는 눈을 바짝 들이대고 안을 보았지.

어둠 속에서 뭔가가 번쩍거리는 거야. 우린 너무나 놀라서 부리나케 흉가에서 도망쳐 나왔어. 뭔가가 계속해서 우리를 쫓아오는 것 같아 죽을힘을 다해 달아났지. 정신을 차리고 보니, 어느새 여관 앞인 거야. 우리는 가쁜 숨을 몰아쉬며, 방으로 들어갔어. 조교 형이 우리를 감독하러 와 있더라고. 우리가 방금 있었던 일들을 이야기하자 다른 아이들은 다시 두려움에 떨었어. 그러자 조교 형이 우릴 혼냈지.

"이 자식들, 의사가 되겠다는 놈들이 정신질환자를 귀신 취급하고 무서워하다니……. 너희들 그래 가지고 나중에 환자 받겠어? 다음번에 그 여자 만나면 의사의 입장에서 환자로 생각하고 면담해 줘! 지레 겁먹고 도망 다닐 생각하지 말고!"

조교 형 말이 백번 옳았지만 우린 모두 그 여자에 대해 이유 없는 공포심을 가지고 있었어.

난 두려움과 함께 그 흉가에서 도대체 무슨 일이 벌어졌길래 여자가 갑자기 비명을 지른 것일까, 하는 궁금증을 품고 있었지. 다음에 만나면 꼭 그 여자와 대화를 나누어 보리라 결심했지. 그런데 그 기회는 다음날 갑작스레 찾아왔어.

그날은 모처럼 평온한 날이었어. 그 여자를 본 사람도 없었고, 다들 흉가를 피해 다니며 의료 조사에만 전념했지.

저녁에 한자리에 모이자 조교 형이 우리가 그 동안 조사한 자료들을 검토해 보면서 보고서를 작성할 방향을 잡아 주었지. 난 중간에 마실 거리를 사기 위해 혼자서 밖으로 나갔어. 가게에서 음료수를 잔뜩 사들고 여관으로 들어서는데 그 여자가 계단에 걸터앉아 있는 거야.

"저어… 여기서 묵으시나 보죠?"

나는 치밀어 오르는 공포심을 억누르며 그녀에게 말을 붙였어.

그녀는 무표정한 얼굴로 빤히 쳐다보다가, 갑자기 애원하는 듯한 표정을 지었지.

"안 중위님, 이제야 오셨군요. 한참 기다렸어요. 우리 아빠가 요즘 좀 이상해요. 제발 좀 도와주세요. 저 요즘, 너무 무서워요."

나는 그제서야 처음으로 그녀를 자세히 볼 수 있었어.

그녀는 가냘픈 체구에 작은 얼굴, 뚜렷한 이목구비에 슬퍼 보이는 두 눈을 지니고 있더군. 제대로만 꾸민다면 상당히 예뻐 보일 것 같았어.

난 그녀와 대화를 계속하기 위해 여자의 입장에서 생각한 뒤 대답했지.

"제가 좀 늦었죠? 무엇을 도와 드릴까요?"

그녀의 얼굴에 미소가 떠오르며 눈동자가 빛을 발했지. 하지만 그것도 잠시, 그녀의 표정은 점점 어두워졌어. 한동안 나를 빤히 쳐다보다가 그녀가 버럭 고함을 질렀어.

"거짓말 마! 넌 안 중위님이 아냐! 이 나쁜 놈! 안 중위님 흉내를 내다니! 저리 꺼져!"

 그녀의 갑작스런 반응에 나는 무척 당황했어. 계속 머물러 있다가는 그녀가 히스테리를 부릴 것 같아 그 자리를 떴지.

 여관으로 가다 뒤돌아보니, 그녀가 어깨를 들먹이며 울고 있었어. 그런 그녀의 모습을 보니 나도 괜히 우울해졌어. 방으로 들어가니 아이들은 여전히 토론을 하고 있었어. 나는 아무 일도 없었다는 듯이 한쪽 구석에 누워 잠을 청했어. 그 여자 생각을 하면서……. 정확한 것은 알 수 없지만 남에게 말 못할 사연이 있는 것 같았지.

 의료 조사는 계속됐고, 난 그 여자에게 점점 익숙해져 갔어. 그녀와 혼자서 마주쳐도 전처럼 그렇게 겁을 먹지는 않았지.

 나는 그날 그렇게 여관 앞에서 마주친 뒤로 조사를 마칠 때까지 사흘 동안 그녀를 보았어. 그녀는 화장실이나 복도 앞에서 힘없이 서서 누군가를 기다리고 있는 것 같았어. 말을 붙여 보고 싶었지만 전에 한 번 실패한 경험이 있어 선뜻 다가설 수 없었어. 그런데 이상한 것은 내가 그녀를 본 이야기를 친구들에게 하곤 했는데, 친구들은 어느 누구도 본 적이 없다는 거야. 나만 항상 그 여자를 보고 들어와 얘기해 주다 보니, 친구들은 그 여자와 몰래 연애하는 것 아니냐고 놀려대기도 했지.

 다른 애들은 리포트 쓰고 조사하느라고 조금씩 그 여자를 잊어 갔어. 하지만 난 잊을 수가 없었어. 거의 매일 밤 그녀의 모습을 보았으니까.

 여관에 묵은 지 닷새째가 되는 날이었을 거야.

 냄새에 예민한 명준이가 여관에서 무슨 악취가 난다며 투덜거리기 시작했어. 모두 발 냄새 같다며 서로 발 좀 깨끗이 씻으라고 성화였지. 날씨는 더운데 많이 걸어다녀서 그런가보다 생각했어. 그런데 그게 그렇게 간단한 문제가 아니었어. 엿새째가 되자 악취가 진동하는 거야. 우린 여관 주인에게 몰려가 항의해 보았으나 주인아저씨도 냄새가 어디서 나는 건지 모르겠다는 거야. 우린 모두 쥐나 고양이가 어디 후미진 곳에서 썩고 있거나 쓰레기통에 버린 생선이 썩어 가는 냄새라고 결론을 내렸지.

난 그날 저녁에도 그녀를 복도에서 보았어. 그녀는 말없이 서 있었는데 너무도 엄숙한 분위기가 느껴져서 감히 말을 붙일 수가 없었지.

이윽고 날이 밝아 우린 짐을 챙겼어. 여관 현관에 서서 방세를 계산하기 위해 주인을 기다리고 있는데 갑자기 '아악!' 하는 비명이 들려 왔어.

"이게 무슨 소리지?"

우린 서로 얼굴을 마주보고 있는데 다시 목소리가 들려 왔지.

"학생들! 빨리 여기 좀 올라와 봐요. 빨리!"

여관 주인의 다급한 외침에 우리는 여관으로 들어갔어.

주인아저씨는 이층에 있었어. 맨 앞에 올라갔던 명준이 뭘 보았는지 갑자기 '우욱!' 하고 돌아서더니 토하기 시작했어. 우린 명준을 피해 이층 방으로 들어갔어. 주인아저씨가 새파랗게 질려서 허공을 가리켰어. 허공을 보니 그 여자가 보였어. 그녀는 천장에 밧줄을 매달아 자살했는데 시체는 푸르둥둥하게 썩어 있었지. 파리떼들이 시체 주변을 새까맣게 에워싸고 있었는데 심한 악취가 진동했어. 퀭한 눈으로 밑을 내려다보며 시퍼런 혀를 빼물고 있는 그녀의 모습은 참으로 끔찍했어.

모두들 앞 다퉈 복도로 나가 토악질을 하기 시작했어.

"아저씨, 경찰을 부르세요."

조교 형은 안정을 못 찾고 있는 여관 주인에게 다가가서 침착하게 말하고는 시체를 살피기 시작했어.

"세상에… 어젯밤까지만 해도 멀쩡하게 복도에 서 있었는데……."

내가 중얼거리자 모두들 구역질을 멈추고 나를 돌아보았어.

나도 말해놓고 나서 이상하다는 것을 느꼈지. 순간, 전율과 함께 식은땀이 흘러내렸어. 시체가 이 지경이 되려면 적어도 며칠 전에 죽었다는 얘기인데…….

시체를 한동안 살펴보던 조교 형은 이렇게 결론을 내렸어.

"사망 날짜는 부검을 해봐야 알겠지만, 이 여자는 죽은 지 적어도 나흘은 지났어."

조교 형의 말을 듣는 순간, 나는 머리가 심하게 흔들리는 듯한 큰 충격을 받았어. 정말로 여자가 나흘 전에 죽었다면 그 동안 본 여자는 도대체 무어란 말인가?

나는 멍하니 있다가 명준이가 볼을 툭툭 쳐서 그때서야 제정신을 차렸어. 한동안 환청에 시달렸는데 이제는 환시라니… 내 정신이 제대로 박혀있긴 한 건가?

명준이 손에 끌려서 이층에서 내려왔어.

잡다한 생각에 시달리고 있는데 경찰이 들이닥쳤어. 어디서 소문을 들었는지 구경꾼들도 여관으로 몰려들었지. 구경꾼들은 안

쓰럽다는 듯이 혀를 찼지만, 마침내 올 것이 왔다는 식으로 담담한 표정들이었어. 경찰 역시 시체를 제대로 살펴보지도 않고, 사건 현장 보존 같은 것도 하지 않은 채 시체를 그냥 끌어가 버렸지.

우린 최소한 목격자나 발견자, 또는 여관 투숙객들을 상대로 조사를 할 거라고 예상하고 기다리고 있었는데 경찰은 아무 말도 없이 그냥 가 버리는 거였어. 나로서는 도무지 납득할 수 없는 상황이더라고. 우린 몸서리를 치며 여관을 나왔어. 한시라도 빨리 이 기분 나쁜 마을을 빠져나가기 위해서 걸음을 빨리 했지. 하지만 난 왠지 걸음이 잘 떨어지지 않았어. 이대로 서울로 돌아가게 되면 아무래도 후유증이 클 것 같았지. 죽은 지 나흘 된 여자를 매일 마주쳤으니 이를 어떻게 해석해야 되겠어? 이왕에 정신병자 취급당할 바에야 끝까지 가 보자는 오기 같은 게 치밀어 올랐지.

난 버스 정류장까지 갔다가 여기 온 김에 친척집에나 들르고 가겠다며 먼저들 출발하라고 했지. 다들 떠나가고 난 뒤 나는 여관으로 다시 돌아왔어. 미친 여자를 여관에 재워줄 정도면 여관 주인이 그 여자와 잘 알고 있을 거라는 추측을 한 거야.

"뭐 놓고 갔어요?"

마루에 넋을 놓고 앉아 있던 여관 주인이 힘없이 물었지.

"아녜요. 여기 남아서 할 일이 좀 있어서요. 방 하나 주세요. 이왕이면 이층 방으로…"

난 보다 독해지기로 마음먹고 말했지. 그러자 주인아저씨가 의아한 눈빛으로 내 위아래를 쳐다보았어. 제정신으로 하는 말이냐는 투었어.

"아저씨, 죽은 여자 이야기 좀 해주세요. 그 여자 왜 미친 거예요?"

　나는 가방을 마루에 내려놓고 마주앉아서 물었지.
　"무슨 이유 때문에 그런 걸 묻는지 모르겠지만, 난 모르오!"
　주인아저씨는 당황하며 황급히 고개를 저었어.
　"여관에다 재워 준 사람이 모른다면 누가 알겠어요? 그러지 마시고 말씀해보세요. 제 공부에 보탬이 되는 거라서 그래요."
　"뭐 그런 게 보탬이 되겠소."
　내가 집요하게 졸랐지만 주인아저씨는 완강히 버텼지. 도저히 이래서는 안 되겠다 싶어서 가게로 가서 맥주를 사 가지고 왔어.
　"아저씨, 오늘 많이 놀라셨을 텐데 한잔하세요."
　"뭘 이런 걸…"
　주인아저씨는 싫지 않은 듯 순순히 잔을 받았지. 술을 몇 잔 마시고 나서는 미안한지 스스로 입을 열었어.
　"정히 그렇게 알고 싶다면 내 아는 대로 이야기해 주리다. 내겐 한병식이라는 불알친구가 있었소. 오늘 시체로 발견된 그 아이는 한병식이의 딸자식이오. 이름은 지희고……. 가 봤는지 모르겠지만 한병식이는 과수원을 하고 있었소. 과수원이 그리 넓지는 않지만 중학교 다니던 아들 지철이, 지희 이렇게 세 식구가 먹고사는 데는 부족함이 없었지. 애 엄마는 일찍 눈을 감아서 없었지만 웃음소리가 끊이질 않는 행복한 집이었소.
　그 친구에게 고민이 있었다면 지희가 시집 갈 나이가 됐는데 마땅한 신랑감이 안 나타난 거였소. 그런데 그 문제도 쉽게 해결이 되었어요. 윗마을에 군부대가 하나 있는데 그곳에서 복무하고 있던 안 중위라는 사람이 지희를 보고 첫눈에 반한 거였소. 안 중위는 집안도 괜찮고 인물도 훤한 청년이었죠. 지희도 좋아하는 눈치여서 병식이는 두 사람의 결혼을 승낙했지요. 그래서 작년 가을에 결혼식을 올리기로 했는데 그만 끔찍한 사건이 터지고 만 거요. 병식이 그 친구, 어려서부터 순둥이로 소문난 친군데 어떻게 그런 짓을 저질렀는지… 난 지금도 믿기지가 않아.

사건이 난 건 지난여름이었소. 지희가 해질 무렵에 찾아와 아버지가 조금 이상해졌다는 거요. 과수원에 농약을 치고 나서부터는 아무 말도 안 하고 방에 처박혀 낫만 갈고 있다는 거요. 툭하면 지철이 보고 '낫 갈아 오너라!' 하면서 예리한 낫을 내밀곤 한다는 거요. 지철이가 무서워 낫을 숨겨 놓으면 낫 갖고 오라고 난리고……. 지희는 무섭다면서 집에 좀 잠깐 들러 달라는 거였소. 안 중위 보고도 집에 와 달라고 부탁했는데 언제 올지 모르겠다면서…….

나는 다음날 꼭 들르겠다고 약속했소. 그때 곧바로 지희와 함께 갔어야 하는 건데… 지희는 마음이 안 놓이는지 부들부들 떨고 있었지요. 내가 여관에서 자고 내일 가라고 했더니 지철이를 돌봐야 한다며 집으로 돌아갔소. 지희가 돌아간 지 삼십 분쯤 지났을까? 이번에는 지철이가 찾아온 거요. 누나 안 왔냐고 묻길래 집으로 갔다고 했더니, 나더러 집에 좀 들러 달라는 거였소. 아버지도 평상시와는 많이 다를 뿐더러 누나도 예전 같지 않고 이상하다며……. 남매가 찾아와서 부탁했으면 선뜻 일어나야 하는데 밤에 움직이려니까 솔직히 귀찮았소."

그는 이 부분에서 잠시 말을 멈추더니 다시 말을 이었다.

"그런데 그날 밤, 일이 벌어진 거요. 난 다음날 과수원에 들러보려고 집을 나서는데 갑자기 구멍가게를 하는 이씨가 헐레벌떡 달려왔소. 과수원에서 무시무시한 일이 일어났다며……. 소문을 들었는데 병식이, 지철이, 안 중위까지 낮에 갈기갈기 찢겨 죽었다는 거요. 지희만 온몸에 피를 뒤집어쓴 채 넋이 나가 있고……. 난 설마 하는 심정으로 과수원으로 달려갔소. 마을 사람들이 많이 모여 있었소. 난 안으로 들어가려 했는데 경찰이 막아서 들어가지 못했소.

사건 진상은 정확히는 모르겠지만 여러 사람들의 의견을 종합해 보면 이렇소. 아마도 병식이가 낫을 들고 미쳐 날뛴 모양이오. 지철이와 지희를 당장에 죽일 것처럼……. 안 중위가 와 있다가 말리려는 중에 먼저 봉변을 당한 모양이오. 그 다음에는 지철이가 죽고……. 그런데 문제는 누가 병식이를 죽였느냐 하는 건데, 경찰은 지희가 미친 자기 아빠를 죽인 걸로 결론을 내렸소. 살아남기 위해서……. 그러니까 정당방위지요. 지희가 제정신이었다면 좀더 사건 경위를 정확히 알 수 있었겠지만 지희는 이미 미쳐 버린 뒤였소. 불쌍한 것… 하긴 미쳤으니까 그나마 살다 갔지, 제정신이었다면 진즉에 자살하고 말았을 거요.

내가 그래서 경찰서에서 풀려 나온 지희를 데려와서 빈방을 내주고 돌봐준 거요. 병식이 그 친구와의 우정도 있고, 사고 전날 가보지 못한 자책감도 덜 겸해서 말이요. 그런데 한 가지 묘한 건, 경찰에서 시체를 넘겨받아 화장시킨 박 영감이 그러는데 병식이의 머리가 없다는 거요. 경찰이 과수원집에 도착했을 때부터 병식이는 머리가 없는 몸체만 놓여 있었다고 합디다. 경찰이 일대를 샅샅이 수색해 봤지만 병식이의 머리는 끝내 찾지 못했다는 거요.

그 뒤로 그 집에서 이상한 일이 자주 일어나곤 했지요. 가끔씩 끔찍한 비명소리가 들리기도 하고 야밤에 불이 켜져 있기도 한다는 거였소. 또 과수원에서 사과를 따먹으려던 아이들이 병식이를 보았다며 혼비백산해서 달아나곤 하기도 했어요. 흉가에서 귀신이 나온다는 소문이 돌자 마을 사람들은 낮에도 그 근처로 잘 지나가려 하지 않았소.

작년 겨울에는 타지에서 들어온 거지가 추위를 피해 흉가로 들어간 모양이오. 원래부터 정신이 나간 건지, 그 집에서 하룻밤 자고 나서 머리가 돌아버린 건지는 모르겠지만 그는 미쳐서 나왔소. 결국은 이런저런 소문 때문에 마을 사람들은 지희를 유령 대하듯이 했소. 그런데 지희가 이렇게 죽고 말았으니 한시름 놓는 사람들도 많을 거요. 휴우… 마을 사람들이 지희에게 좀더 따뜻하게 대해 줬다면 그 불쌍한 것이 이렇게 허망하게 세상을 뜨진 않았을 텐데……."

여관 주인은 긴 한숨을 쉬며 말했어.

난 비로소 전후 사정을 어느 정도 짐작할 수 있었지. 하지만 그의 말을 듣고 나니 몇 가지 이해 안 가는 부분이 있었어. 미친 사람은 힘이 세서 웬만한 장정들도 감당하기 힘든데 과연 지희가 아버지를 죽였을까 하는 것과 그녀 아버지의 목이 어디로 사라졌느냐 하는 거였지.

"혹시, 그때 사건을 맡았던 경찰분이 누군지 아시나요?"

난 이왕 시작한 것, 끝을 볼 욕심으로 물어 보았어.

"알지, 주 순경이라고… 나이는 고작 사십이 넘었을 뿐인데 그 일이 있고 나서 얼마 뒤에 경찰직을 그만뒀어. 성격도 쾌활하고 붙임성도 좋은 사람이었는데 요즘은 통 보기 힘들데."

"어디 사시는데요?"

"과수원 집 언덕 너머, 하얀 페인트칠한 단층집에서 혼자 살고 있어. 아내와 아이들은 인천에서 사는데 가끔 오는 모양이더라고. 내가 약도를 그려주지."

나는 재빨리 수첩과 볼펜을 꺼내 들었지. 의료 조사차 마을을 돌아다녔기 때문에 주 순경이 살고 있는 집이 어딘지 쉽게 감이 오더라고.

"오늘 정말 감사합니다."

"뭘 그런 걸 가지고… 그래, 공부에는 좀 보탬이 될 것 같소?"

"네, 정말로 많은 도움을 주셨습니다."

"뭔지 모르지만 공부에 보탬이 된다니… 주 순경 만나는 걸 말리지는 않겠지만, 우리 여관에 묵고 싶다면 방은 1층 방을 쓰슈. 그래야 내가 마음이 놓이지."

나는 주인아저씨가 권하는 대로 1층에다 방을 잡았어. 우리 과 여학생들이 쓰던 방이었지.

방에다 짐을 풀어놓은 뒤 주 순경의 집을 찾아갔어. 주 순경의 집에 닿으니 노을도 지고 어둠이 깔리려 하고 있었어.

"계십니까?"

나는 철 대문을 두드리며 소리쳤지만 아무도 나오지 않았지. 여관으로 돌아가려고 하는데 대문이 열리고 수염이 텁수룩한 사내가 나왔어.

"누구슈?"

"저어, 주 순경님을 찾아왔는데요."

"나요만… 댁은 뉘시오?"

주 순경은 술을 한잔했는지 입에서 술 냄새가 풍겼지. 아마도 술에 취해 자고 있었나 봐.

"전 범죄 심리를 공부하는 의대생인데 과수원 살인사건에 대해 궁금한 것이 있어 찾아왔습니다."

"과수원 살인사건?"

흐리멍덩해 보이던 주 순경의 눈이 한순간 빛을 발했지.

"…들어오슈. 그렇잖아도 오늘 그집 큰딸이 시체로 발견되었다는 전화를 받고, 내 괴로워서 술 한잔 했수다."

난 그를 따라서 집안으로 들어섰어. 집을 돌보지 않았는지 마당에는 잡초가 무성했지.

"술 한잔하겠소?"

"아닙니다."

"난 한잔해야겠소."

그는 부엌으로 들어가더니 유리컵과 김치, 플라스틱 통에 든 막소주를 들고 나왔어.

"난 한병식씨네 식구는 물론이고, 안 중위와도 개인적으로 잘 아는 사이였소."

주 순경은 유리컵에 소주를 벌컥벌컥 따르고는 단숨에 마셨어. 그리곤 김치 한 조각을 씹으며 말을 계속했지.

"내가 그날 신고를 받은 것은 아침 8시경이었소. 숙직을 마치고 한숨 자려고 집에 갈 준비를 하는데 중학생 둘이서 들이닥쳤소. 과수원집에 여러 명이 끔찍하게 죽어 있다면서… 함께 학교에 가려고 지철이를 불렀는데 평상시와는 달리 아무 소리도 없더라는 거요. 귀를 기울여 보니 아무 소리도 들리지 않고……. 하도 이상해서 현관 쪽으로 가니 문이 살짝 열려 있더라는 거죠. 문을 밀어 보았더니 잘 열려지지 않아 둘이서 힘껏 밀어 보니 '쿵!' 하고 뭔가 묵직한 것이 쓰러지는 소리가 나고, 이어서 열려진 문 사이로 사람의 팔이 '툭!' 삐져나왔다는 거요. 가슴이 철렁해서 물러섰으나 안은 너무도 고요해서 열려진 문 사이로 안을 들여다보았다는 거요. 깜깜한 어둠 속을 한참 들여다보고 있으니 피투성이가 된 사람들이 여기저기 쓰러져 있더라는 거요.

 나는 애들이 아침부터 웬 헛소리를 하나 싶었지만 표정들이 하도 진지한 데다 겁에 질려 있어서 속는 셈치고 가 보기로 했소. 신참인 김 순경을 데리고 과수원으로 갔지요. 평소엔 평화롭고 아늑하게만 보이던 과수원이 그날따라 흉측하게 보이는 거였소. 가까이 다가갈수록 마음도 무거워지고……. 난 알 수 없는 공포심을 느끼며 과수원 안으로 발을 들여놓았소. 애들 말마따나 작은 팔 하나가 현관문 밖으로 나와 있었소. 길게 심호흡을 하고 나서 문을 열어 보았지요. 뭔가 걸려 있어 잘 열리지 않았어요. 김 순경과 힘을 합쳐 가까스로 사람 몸 하나 들어갈 공간을 만들었지요. 밝은 곳에 있다 들어선 때문인지 집 안이 어두웠소. 나중에 알았지만 창문마다 커튼이 모조리 쳐져 있었던 거요. 지희가 친 건지는 알 수 없지만……. 하지만 나는 어둠 속에서 진한 피비린내를 맡을 수 있었소."

 그는 소주 한 잔을 더 마셨다.

 "나는 안으로 들어가려고 걸음을 옮기다가 뭔가 발에 걸려 넘어질 뻔했소. 손으로 더듬어서 발에 걸린 게 뭔가 찾아보았지요. 기분 나쁠 정도로 축축하고 끈적거리는 게 손에 묻었지요. 나는 그게 뭔지 알았소. 내가 더듬던 건 사람 얼굴이었으며 손에 묻은 건 피였소. 질겁을 해서 물러서는데 불이 들어왔지요. 김 순경이 불을 켠 거였소. 정말로 그곳은 지옥이었소. 마루와 벽이 온통 피칠이 되어 있었지요. 바닥에도 피가 흥건히 고여 있었고… 내가 만졌던 것은 피로 범벅이 되어 있는 지철이의 얼굴이었소. 지철이는 눈을 크게 뜨고 죽어 있었다오. 온몸이 피에 흠뻑 젖은 채로…….

안방 앞에 군복을 입은 안 중위가 쓰러져 있었소. 그 역시 피로 떡칠을 한 채 눈을 뜨고 죽어 있었지요. 김 순경이 돌아서서 구역질을 해댔지요. 나는 역한 피비린내를 맡지 않기 위해 수건을 꺼내 코를 막고서 다시 둘러보았소. 화장실 벽에 기대어 또 한 구의 시체가 놓여 있었지요. 손에는 피 묻은 낫을 꽉 쥐고 있었는데 놀랍게도 머리가 없는 거였소. 난 도대체 어떻게 된 상황인지 도무지 알 수가 없었소. 악귀나 살인마가 저지른 것 같은 참혹한 학살 현장이었소.

나는 김 순경에게 본서에다 구급차와 지원 병력을 요청하라고 지시했소. 김 순경이 나간 뒤 나는 살육의 현장을 둘러보며 단서를 찾아보았지요. 문가에 쓰러진 지철이부터 살펴보았는데 지철이는 등에 날카로운 것에 찍힌 상처가 무수히 많았소. 아마도 지철이는 살인자를 피해 도망가다 당한 것 같았소. 안 중위는 안면과 어깨, 팔 쪽에 상처가 많은 걸로 봐서는 살인자와 격투를 벌이다 당한 것 같았소. 치명적인 사인은 목에 난 상처였지요. 예리한 것에 의해서 찍힌 듯했어요. 그런데 문제는 목 없는 시체였소. 그 시체는 상태가 제일 양호했어요. 목이 날아간 것만 제외한다면 이렇다할 상처 같은 것도 없었지요. 목 없는 시체는 과수원 주인인 한병식씨로 보였지만 확신할 수는 없었지요. 난 시체를 살펴보다가 큰딸 지희를 떠올렸소.

여기저기 뒤지다가 부엌으로 갔지요. 부엌을 쓰윽 돌아보다가 지희를 발견했는데 심장이 멎어 버리는 줄 알았소. 지희는 머리를 풀어헤친 채로 구석에 반듯하게 서서 나를 무표정하게 바라보는 것이었소. 전신이 피범벅이 되어 있길래 시체인 줄 알았는데 눈을 꿈뻑이는 거였소. 아마 귀신도 그보다는 무섭지 않았을 거요. 난 김 순경이 들어올 때까지 꼼짝할 수 없었소. 김 순경 역시 놀라서 털썩 주저앉고 말았지요. 이윽고 경찰서에서 지원 병력이 왔어요. 의사들도 오고… 모두들 끔찍한 풍경에 눈살을 찌푸렸지요.

난 경찰서에서 내려온 박형사와 함께 수사에 착수했소. 누가 이렇게 끔찍한 학살을 자행했는지 밝혀내야 했으니까. 유일한 목격자인 지희는 완전히 정신을 잃어 두 달 가량은 말 한마디도 못 했소. 의사는 뇌에 충격을 받아 완전히 돌아 버렸다고 했지요. 현실로 돌아오려는 본인 스스로의 노력이 없는 한 치유는 불가능할 거라고 하더군요. 박형사와 나는 현장 위주로 수사를 펼쳐 나갔지요. 피가 응고된 정도로 봐서는 사건은 전날 밤 열 시 반에서 열한 시 반 사이 같았소. 목 없는 시체는 지문 등을 통해 한병식씨로 밝혀졌어요. 그가 쥐고 있던 낫에는 지철이와 안 중위, 한병식씨의 피가 묻어 있었고, 그들의 몸에 났던 상처도 낫에 의한 것으로 판명되었지요. 또한 안 중위의 군복에서 뜯겨진 계급장이 한병식씨의 손아귀에 쥐어져 있었으며 안 중위의 손에는 한병식씨의 머리카락이 쥐어져 있었어요.

박형사와 나는 여러 가지 정황을 놓고 이렇게 결론을 내렸소. 정신질환을 앓고 있던 한병식씨가 낫으로 지철이를 죽이고 지희마저 죽이려 했다. 그때 마침 안 중위가 들어왔고 한병식씨를 말리려다가 격투 끝에 낫에 찔려 죽었다. 안 중위의 죽음을 목격한 지희는 자신도 모르게 낫을 뺏어 아버지를 죽이고 말았다고……."

여기까지 들은 나는 나도 모르게 한숨을 내쉬었어. 그리고 주 순경의 말은 계속 이어졌지.

"하지만 이건 어디까지나 가정에 불과하오. 왜냐하면 몇 가지 의문점들이 여전히 남아 있기 때문이오. 첫째는 정말로 지희가 한병식씨를 죽였느냐 하는 거요. 지희가 한병식씨를 죽였다면 무엇으로 죽였느냐 하는 것도 문제가 되오. 현장에서는 한병식씨 손에 쥐어져 있던 낫 이외에는 아무것도 발견되지 않았으니까. 지희가 한병식씨를 낫으로 죽이고 나서 한병식씨의 손에 쥐어 준 거라고 볼 수도 있겠지만, 그렇게 볼 수 없는 두 가지 이유가 있어요.

하나는 지희의 힘으로 한병식씨의 목을 낫으로 내리쳐서 자를 수 있느냐 하는 거요. 부검한 의사는 여자 힘으로는 불가능하다고 했소. 또 하나는 한병식씨가 낫을 쥐고 있던 상태요. 그는 낫을 꽉 움켜쥐고 있어 그의 손에서 낫을 빼내기 위해서 무진 고생을 해야 했소. 그런데 지희가 한병식씨를 죽이고 손에 쥐어 준 거라면 그렇게 꽉 쥐어 줄 수 있느냐 하는 거요.

두 번째 의문점은 한병식씨 머리가 어디로 사라졌느냐 하는 거요. 그의 머리는 김 순경과 내가 집에 들어설 때부터 보이지 않았소. 지철이가 쓰러져 있던 위치로 보아서 우리가 들어서기 전까지는 아무도 밖으로 나간 흔적이 없는데, 그 머리가 어디로 갔느냐 하는 거요. 우리가 샅샅이 뒤져보았지만 잘린 머리는 그 집에는 물론이고 근처에도 없었소. 머리에 날개가 달려 있는 것도 아닌데 어디로 증발했는지 그것도 커다란 의문이오.

세 번째는 한병식씨 손에 들려 있던 낫이오. 낫에서는 지희와 지철이, 안 중위, 한병식씨의 지문까지 골고루 채취되었소. 물론 지희나 지철이의 지문은 사고가 나기 전에 묻은 것일 수도 있지요. 그런데 문제는 왜 낫을 한병식씨가 쥐고 있느냐 하는 거요. 그가 낫을 쥔 채 벽을 등지고 쓰러져 있었던 걸로 봐서는 뒤에서 당했다고 볼 수는 없어요. 그렇다면 앞에서 공격해 오는 그 무언가에 당했다는 건데 만약 지희가 죽였다면 앞에서 공격해서 아버지를 죽인다는 게 가능하겠소? 아마도 그건 불가능할 거요. 현역 군인마저 한병식씨에게 당할 정도였으니…….

우린 한병식씨가 낫을 꼭 쥐고 있었던 것으로 미루어 제3의 인물이 있었을지도 모른다는 가정을 했었소. 어쩌면 제3의 인물이 살인극을 모두 자행했거나 한병식씨를 죽였을 거라는……. 하지만 우린 곧 이런 가상을 철회했소. 면밀하게 발자국 등을 조사해 본 결과 제3의 인물이 들어왔던 흔적을 발견하지 못했기 때문이었소. 상부에서는 우리더러 사건을 확실하게 종결지으라고 해서 우린 일단 경위 보고서를 올렸지요. 한병식씨가 지철이와 안 중위를 죽이고, 지희가 한병식씨를 죽인 것으로……. 우린 보고서가 마음에 들지 않았지만 그렇게 밖에는 달리 설명할 길이 없었으니까……."

주 순경의 말은 모두 틀린 데가 없었어. 난 고개를 주억거리며 계속 그의 말을 경청했지.

"파견 나왔던 박형사는 수사가 일단 마무리되자 다시 경찰서로 돌아갔어요. 돌아간 지 일 주일쯤 지났을까? 박형사가 국도에서 교통사고로 사망했다는 전화가 걸려 왔지요. 난 전화를 받는 순간, 박형사가 자살을 했구나, 하고 생각했지요. 왜냐하면 그 당시 나도 자살 충동을 느끼곤 했으니까요. 이런 말을 하면 어떻게 생각할지 모르겠지만 난 그 무렵 매일 악몽에 시달렸지요. 목 없는 시체가 도끼나 낫을 들고 나를 쫓아오기 일쑤였고, 어떤 때는 밀폐된 과수원집에 갇혀, 귀신들에게 시달려야 했어요. 아마 박형사도 마찬가지였을 거요. 난 박형사의 장례식에 갔다 돌아오는 길에 과수원에 들렀지요. 착각일 수도 있겠지만 누군가 나를 노려보는 것 같은 느낌을 받았소. 그건 한두 개의 눈이 아니라 여러 개의 눈이었지요. 난 생명의 위협을 느꼈소.

경찰직을 계속하다가는 박형사처럼 자살하거나 미쳐 버릴 것만 같았지요. 그래서 사직서를 쓴 거요. 원래는 사직서를 내고 곧바로 인천에서 초등학교 선생으로 있는 아내와 살림을 합칠 계획이었는데, 새로 살 집을 못 구해 아직 여기 이렇게 남아 있는 거요. 이 집이 팔려야 돈을 합쳐 새 집을 구할 수 있을 텐데 걱정이오. 오늘이라도 집이 팔리기만 한다면 난 한밤중이라도 이곳을 뜰 생각이오."

주 순경은 이야기를 하는 도중에 반 남짓 남아 있던 술을 거진 비웠어.

그는 꼭 알콜중독자 같더라. 이런 그가 인천으로 간다 해도 정상적으로 생활할 수 있을까 조금은 걱정되더라고. 난 고맙다는 인사를 한 뒤에 자리를 뜨려고 했지. 그러자 그가 대문 밖까지 따라 나오며 이렇게 말하더군.

"참, 내가 그 동안 조사한 개인 수사기록이 있는데 원한다면 건네주리다. 파출소 캐비닛에 보관해 놓았으니 아마 그대로 있을 거요."

"그걸 제가 가져도 될까요?"

"물론이오. 그건 내 개인적인 기록이니까. 난 재원이 학생이 범죄심리 연구뿐만 아니라, 내가 밝히지 못한 사건의 진상까지 명백히 밝혀 주었으면 좋겠소."

"힘닿는 데까지 해 보겠습니다."

"그리고 말이요, 한 가지 명심할 것은 과수원 살인사건을 광란에 의한 평범한 살인사건으로 보아서는 안 된다는 거요. 이건 오랫동안 경찰에 몸담았던 내 직감이오."

난 그때는 그 사람이 조심하라는 말을 건성으로 들었지.

지금에 와서야 그것이 무엇을 의미하는지 조금은 알 것 같아. 나는 다음날 아침에 들르겠다고 주 순경과 약속하고 내가 묵고 있던 여관을 가르쳐 주었어.

주 순경의 집을 나섰을 때는 밤 열 시가 조금 넘은 시간이었어. 하늘에는 초승달이 떠 있었어. 여관을 향해 걸으면서 하나씩 정리해 보았지. 머릿속은 복잡한데 정리정돈이 잘 안 되는 거야. 주 순경 말처럼 풀리지 않는 의혹이 한두 가지가 아니었지.

한참 걷다가 정신을 차려 보니 여관으로 돌아가는 길이 아닌 거야. 왠지 낯익은 길이다 싶어 사방을 둘러보았지. 멀리 과수원집이 보였어. 난 나도 모르는 사이 흉가로 오게 된 거였어. 난 이왕 온 거 한번 들러보기로 작정하고 걸음을 옮겼지.

집 앞에 서니 음산한 분위기가 느껴졌어. 집이 입을 딱 벌린 괴물처럼 보였지.

'호랑이를 잡으려면 호랑이 굴로 들어가야지. 걱정 마, 별일 없을 거야!'

난 혼잣말을 하며 지철이의 팔이 빠져 나와 있었다는 현관문 앞에 섰어.

문은 살짝 열려 있었지. 주머니에서 휴대용 펜 손전등을 꺼냈어. 문을 밀자 '끼이익' 하는 기분 나쁜 소리가 났어. 마치 지옥으로 들어서는 기분이 들었지. 집안은 한치 앞도 볼 수 없는 진한 어둠이 죽음과도 같은 적막 속에 도사리고 있었지.

나는 길게 심호흡을 한 뒤에 손전등을 켜고 집안으로 발을 내딛었어. 심장이 쿵쾅거리며 뛰었지. 벽을 비추자 여기저기 검붉은 얼룩이 보였어. 피가 말라 엉겨 붙은 거였지. 아니, 피가 나무판자에 스며들어 있었다고 해야 될 거야. 눈살이 저절로 찌푸려졌지. 역한 피비린내가 나는 것 같았어.

그날 생긴 흔적인지는 모르지만 바닥은 엉망진창이었어. 식탁과 의자가 엎어져 있고, 액자와 유리가 깨어진 채 바닥에 떨어져 있었지. 멀쩡한 건 벽에 걸린 괘종시계뿐이었어. 시계는 여전히 가고 있었어. 이 집에서 무슨 일이 일어났는지 아무것도 모른다는 듯이……

난 현장을 천천히 돌아보았어.

지철이가 등에 피를 흘리며 쓰러져 있던 자리, 목에 깊은 상처를 입고 안 중위가 쓰러져 있던 자리, 목이 잘려 나간 채 벽에 등을 기대고 한병식씨가 주저앉아 있던 자리를……

핏자국 때문에 현장을 쉽게 찾을 수 있었지.

처참한 비명소리가 귓가에 들려오는 것만 같았어. 부엌 쪽으로 들어가 봤어. 어둠 속에 손전등을 비추니 뭔가가 보였어. 세상에! 지희 그 여자였어! 전신에 피를 뒤집어쓴 그녀가 벽에 등을 기대고 서서 빤히 나를 보고 있었어. 머리를 늘어뜨린 채… 무표정하게 눈만 꿈벅이면서…….

'아냐, 저건 환각이야!'

나는 재빨리 머리를 저은 뒤 다시 어둠 속을 보았어.

그녀는 보이지 않았어. 누렇게 바랜 벽지만이 보일 뿐이었어. 몸을 돌리려는 순간, 지금까지 들었던 수많은 소문들이 머릿속을 혜성처럼 스치고 지나갔어. 밤에 불이 환히 켜져 있고, 거지가 미쳐서 나갔고, 밤엔 비명소리가 들려온다는 이곳…….

나도 의식하지 못하는 사이에 하체가 바들바들 떨리기 시작했어. 떨림은 위로 올라왔어. 어둠 속에서 나를 주시하고 있는 듯한 시선이 느껴졌어. 그것도 한 명이 아니었어. 한시라도 빨리 이곳을 빠져나가야겠다는 생각이 들었지. 나는 연신 숨을 몰아쉬며 몸 안에 가득 찬 두려움을 몰아냈지. 귀신은 세상에 존재하지 않는다는 자기 최면을 걸면서… 하지만 두려움은 좀처럼 가시지 않았어. 등 뒤에서 뭔가가 와락 달려들어 내 뒷덜미를 낚아챌 것 같았어. 볼 수 없다는 것이 그렇게 커다란 공포일 줄은 미처 몰랐지. 시커먼 어둠 속에서 뭔가가 점점 나에게 다가오고 있는 것만 같았어.

나는 손전등으로 사방을 비췄어.

사방팔방을 빠르게 비춰 댔지. 그러면서 왼손으로 벽을 짚고는 천천히 걸음을 옮겼어. 한순간, 왼팔이 쑥 빠져 들어가며 몸의 중심을 잃었지. 내가 짚은 게 방문이었나 봐. 방 안으로 들어가니 어린 소년이 책을 보고 있었어. 파르스름한 형체가 소년의 전신을 둘러싸고 있어 손전등이 없어도 소년을 볼 수 있었지. 소년의 몸에서 뿜어져 나오는 차가운 한기에 전신이 마비될 것만 같았어.

소년이 책을 보다가 나를 향해 불쑥 고개를 돌렸지. 그런데 놀랍게도 눈동자가 없는 거야. 파란 불빛이 빛을 발했지. 난 숨을 들이켜고 뒷걸음질 쳤어. 문지방에 걸렸는지 뒤로 넘어졌지. 난 그 집에서 빠져나가기 위해 허겁지겁 문을 밀고 들어섰어. 밖인 줄 알았는데 밖이 아니라 방이었지.

여자의 뒷모습이 보였어.

하얀 옷을 입은 그 여자가 등을 돌린 채 거울을 보며 빗질을 하고 있었지. 그 여자 역시 파르스름한 형체에 둘러싸여 있었어. 난 무심코 거울 속을 보다가 깜짝 놀랐어. 여자의 뒷모습은 분명히 보이는데 거울 속에는 그녀의 앞모습이 보이질 않는 거야.

난 제정신이 아니었어.

어떻게 그 방에서 나왔는지 모르겠어. 벽에 등을 기대고 숨을 돌리고 있는데 뭔가 갈리는 기분 나쁜 소리가 들려 왔지. 고개를 재빨리 돌렸어. 내가 이번에는 안방에 들어왔나 봐. 장롱이 놓여 있는 방 가운데 덩치 큰 남자가 앉아 있었어. 그는 숫돌에다 시퍼런 낫을 열심히 가는 중이었는데 전신에서 안개 같은 차가운 한기가 뭉클뭉클 뿜어져 나왔어. 비명소리가 목안에서 치밀어 올랐지만 난 가까스로 삼켰어. 사내가 나를 발견하면 낫을 들어 죽일지도 모른다는 생각이 들었기 때문이었지.

살금살금 문 쪽으로 가려는데 괘종시계가 울렸어.

시계는 정확히 열한 번 울렸지. 난 바르르 떨면서 마침내 거실로 나오는 데 성공했어. 거실은 시꺼먼 어둠에 덮여 있었지. 마룻바닥에 켜진 채 떨어져 있는 손전등이 보였어. 허리를 굽혀 줍는 순간, 사내의 음성이 들려 왔어.

"지철아, 낫 갈아 오너라!"

헛소리를 들은 게 아닌가 싶어 멍하니 서 있는데 다시 저쪽 방에서 어린 학생의 목소리가 들려 왔지.

"아버지, 저 숙제하고 있어요."

그와 동시에 사내가 낫을 들고 방 안에서 뛰어나왔어.

"이놈의 자슥이, 아버지가 심부름을 시키면 냅다 갔다 올 일이지 뭐가 어째?"

사내는 순식간에 어둠 속을 가로질러 방 안으로 뛰어 들어갔어. 그리곤 학생의 멱살을 쥐고 나왔지.

"아버지, 잘못했어요."

"너 같은 자식은 혼이 나야 해!"

사내는 학생을 냅다 뿌리치며 따귀를 올려붙였어. 그 순간, 다시 저쪽에서 머리를 늘어뜨린 지희라는 여자가 뛰어나와 사내의 말을 잡았지.

"아버지, 제가 낫 갈아올게요. 저 주세요!"

"필요 없어!"

손을 뿌리치자 지희는 뒤로 벌렁 나자빠졌어. 그 순간을 틈타 지철이 달아나기 시작했지.

"이놈, 게 안 서!"

한병식이 달려가 지철이 등에 낫을 꽂았지.

"아아악!"

편지 43

지철이 비명소리와 함께 쓰러졌어. 한병식은 낫을 들고 사정없이 내리쳤지. 피가 사방으로 튀었어.

"안 돼! 지철아!"

지희가 달려들어 낫을 쥔 한병식의 오른손에 매달렸어.

"네년도 죽어야 해!"

팔을 뿌리치자 지희가 다시 저만치 나가떨어졌지. 한병식이 이번에는 낫을 번쩍 치켜들고 지희에게 다가갔어.

그 순간, 안 중위가 문 쪽에서 불쑥 달려오는 거였어.

"아버님, 진정하세요!"

안 중위는 한병식의 팔을 잡았지. 낫을 빼앗으려고 안간힘을 썼지만 한병식의 힘에 밀렸어. 안 중위가 밑에 깔리자 한병식이 야릇한 웃음을 물고서 안 중위의 목을 향해 낫을 내려쳤어.

"아아악!"

지희가 두 손으로 얼굴을 가리고 소리쳤지. 비명소리가 너무도 섬뜩했어.

난 안 중위의 목에서 피가 분수처럼 치솟는 것을 보았어.

한병식은 방으로 들어가더니 커다란 수건을 들고 나왔어. 그는 마치 무슨 일을 끝낸 사람처럼 수건으로 이마를 닦았어. 태연하게 화장실로 돌아가려던 한병식이 갑자기 뒤를 돌아보았지. 연신 눈을 깜빡이기도 하고 고개를 갸웃거리기도 했어. 그러다 무슨 생각이 들었는지 자신의 오른손에 들린 낫과 시체들을 번갈아 보았어. 우두망절 서 있던 한병식이 한순간, 무너져 내렸어. 동시에 그의 손에서 커다란 수건이 나풀거리며 떨어졌지.

"내, 내가… 내 손으로…"

믿을 수 없다는 듯이 한병식이 부르짖었지.

그의 어깨가 들썩거리기 시작했어. 눈물이 볼을 타고 흘러내렸어.

"ㅇㅇㅇㅇㅇㅇㅇ!"

그는 허공을 올려다보며 고통에 가득 찬 비명을 질렀어. 그러다 갑자기 낫으로 자신의 목을 내리치기 시작했어. '퍽! 퍽!' 하는 소리와 함께 피가 사방으로 튀었지. 목이 꺾이고 뼈가 보이는데도 손은 동작을 멈추지 않았어. 한병식씨는 이미 죽은 것 같았어.

"으아악!"

지희는 우두커니 그 광경을 보다가 비명을 지르며 내 곁을 스쳐 부엌으로 뛰어 들어갔어. 시체가 혼자서 자신의 목을 낫질하는 모습은 말로 표현할 수 없는 공포심을 안겨 주었지. 난 공포가 극에 달했는지 가슴에 엄청난 통증을 느꼈어. 마침내 한병식씨의 목이 떨어져 나갔어. 그러자 팔도 동작을 멈췄지. 굴러 떨어진 목은 또르르 굴러 수건 위에 가서 멈췄지.

난 숨도 못 쉬고 눈앞에 펼쳐지는 광경을 바라볼 수밖에 없었어. 공포에 질려 아무 생각 없이……. 내가 정신을 차렸을 때는 깜깜한 어둠뿐 아무것도 보이지 않았어. 비명소리도, 피를 흘리고 쓰러진 사람들도, 잘린 목도 없었지. 어서 빨리 이곳을 빠져나가야겠다는 생각이 들었어. 어둠 속을 향해서 천천히 걸음을 옮기는데 등 뒤에서 으스스한 느낌이 다가왔지. 아주 투명하고 차가운 손이 내 가슴을 만지고 있는 듯한…….

돌아서자 어둠 속에 피를 흠뻑 뒤집어쓴 지희의 모습이 보였어. 머리를 풀어헤친 그녀는 무표정하게 나를 바라보았어. 무릎이 휘청거렸어. 나는 잠시 눈을 감았다가 다시 보았어. 지희는 어디로 갔는지 보이지 않았어. 현관문을 향해 조심스럽게 걷다가 느낌이 이상해 위를 보았어.

세상에 이럴 수가!

천장에는 뭔가가 매달려 있었어. 자세히 보니 그건 사람이었어. 지희, 지철이, 안 중위, 한병식이 박쥐처럼 나란히 매달려서 나를 쳐다보았지. 모두들 파란빛이 뿜어져 나오는 눈으로 피투성이가 된 채……

나는 전신에 맥이 풀리는 것을 느꼈어.

몸이 줄 끊어진 연처럼 비틀거렸지. 한순간, 이대로 쓰러지면 못 일어날 것 같은 예감이 들었지. 난 벽을 짚고 가까스로 섰어. 호흡하기가 곤란했어. 거칠게 숨을 몰아쉬다가 무심코 고개를 들었지. 목욕탕 벽을 등지고 목 없는 시체가 낫을 쥔 채 앉아있는 게 보였지. 헛것이 보이는 거라고 판단하고 눈을 감았다 떴어. 그런데 놀랍게도 목 없는 시체가 벌떡 일어나는 거였어. 그리곤 낫을 쥔 채 나를 향해 다가왔어. 몸이 석고상처럼 굳어 버려 한 발짝도 움직일 수 없었지. 목 없는 시체는 점점 다가오는데… 살아오면서 그때처럼 극심한 공포는 처음이었어. 낫이 허공으로 번쩍 들렸지.

"아아아악!"

난 그 순간, 죽어라 뛰었어. 목청껏 비명을 지르면서……. 뒷덜미에 차가운 낫의 감촉이 느껴졌지. 귓가에서 위잉- 하는 소리가 났어. 그리곤 의식을 잃었지.

눈을 떠보니 눈부신 햇살이 내리쬐고 있었어.

어딘가 보았더니 그 집 현관 앞인 거야. 전날의 악몽이 떠올라 황급히 그 집을 빠져 나왔지. 어떻게 여관까지 왔는지도 모를 지경이었어.

난 방에 들어서자마자 다시 잠이 들었어.

정신을 차려 보니 오후 세 시였어. 배가 너무 고파서 식당에 달려가서 밥부터 먹었지. 배가 부르니까 어느 정도 제정신이 들더라고. 난 여관방에 드러누워서 어젯밤 상황을 냉철하게 생각해 보았어. 의학적으로 판단해 보면, 실제로는 그런 광경을 본 것 같지만 환시일 가능성이 높지. 살인 현장에서 너무 많은 것을 생각하다 보면 그럴 수가 있거든.

괘종시계가 열한 시를 울리자 참혹한 살인극이 재현된 것도, 내가 주 순경으로부터 살인사건이 벌어진 시간이 열 시 반에서 열한 시 반 사이라는 말을 들었기 때문에, 나의 무의식이 그때부터 상황을 상상한 건지도 모르지. 하지만 너에게 한 가지 분명히 말해 두고 싶은 것은, 한병식씨가 낫으로 자신의 목을 스스로 베었을 거라는 생각은 단 한 번도 하지 않았다는 거야. 그러니까 내 말은, 어젯밤 내가 흉가에서 보았던 그 광경을 내 상상력으로 인한 환시 현상이라고 단정 지어서는 안 된다는 거야.

난 오후 내내 고민하다가 너에게 이렇게 편지를 쓰게 된 거야.

밤이 깊으면 난 다시 한 번 가 볼 생각이야. 내가 본 것이 환시인지, 아닌지 확인해 보고 싶어. 밤 열한 시가 되면 정말로 참혹한 장면이 재현되는지…….

만약 내가 이 편지가 너에게 닿기 전에 너에게 먼저 연락을 한다면 아무 일도 없었음을 뜻하는 거겠지. 하지만 만약에 네가 이 편지를 받았을 때까지 나로부터 연락이 없었다면 문제가 생겼음을 의미하는 거야. 그러니 그때는 네가 우리 부모님께 연락 좀 해 주렴. 아마 잘 될 거야. 너로서는 왜 내가 그토록 겁을 집어먹고 있으면서도 그 흉가에 가려 하는지 이해하지 못할 수도 있겠지.

넌 내가 미쳤다고 생각할 거야.

그래, 어쩌면 난 미친 건지도 몰라. 아니, 미치고 있는 건지도……. 하지만 나에게 지금 절실한 것은 내가 본 것이 환시인지 아닌지 확인해 봐야 한다는 거야. 난 더 이상 환청이나 환시 때문에 미친놈 취급당하고 싶지 않거든.

일한아, 우리가 서울에서 건강한 모습으로 만날 수 있기를 간절히 빌며 너에게 이 편지를 보낸다.

그럼, 잘 있어라.

– 너의 영원한 친구 재원이

재원이의 편지를 단숨에 읽고 나서 나는 한동안 멍하니 앉아 있었다. 도무지 믿기 어려운 내용이었다. 나는 편지 내용의 진위보다는 재원이에게서 전화가 걸려 오지 않았다는 사실을 떠올렸다.

우체국 소인을 다시 한 번 보았다.

날짜가 사흘 전으로 되어 있으나 아마도 편지를 보낸 날은 나흘 전이리라. 나흘이면 일을 처리하고도 남을 시간이었다. 재원이네 집에 전화를 걸어 보았다. 신호는 가는데 아무도 받지 않았다. 저녁을 먹고 나서 다시 걸어 보았지만 마찬가지였다. 다음날 전화를 해 볼까 하다가 아무래도 마음이 안 놓여서 114에 전화를 걸었다. 경찰서, 민원실 등을 통해서 가까스로 재원의 편지에 있던 주 순경네 전화번호를 알아낼 수 있었다. 주 순경의 본명이 주형준이라는 사실까지.

"여보세요. 거기 주형준씨 댁이십니까? 혹시 경찰 하시던 주형준씨 계십니까?"

"내가 그 주형준인데 무슨 일이요?"

"혹시 며칠 전에 댁에 찾아가 과수원 살인사건에 대해 이것저것 물어보았던 의대생 기억나십니까? 그 사람의 친구 되는데요…"

내가 거기까지 얘기하자, 그 주형준이라는 사람은 갑자기 격한 목소리로 내가 물어보기도 전에 생각지도 못한 충격적인 얘기를 하기 시작했다.

"아… 그 재원이라는 아까운 학생 말이오… 너무 안 되었소. 내가 말릴 것을……. 그 집은 예사로운 집이 아니라니까… 그 학생이 그렇게 되어 있는 것은 내가 발견했소. 이상한 예감이 들어 괜히 그 집으로 향했소. 그 학생이 우리 집을 찾아간 후 아무 연락도 없던 것도 좀 이상하고 해서… 아니나 다를까, 그 집 마당에 그 학생이 얼이 빠진 모습으로 앉아 있는 거요. 눈은 뭔가 무서운 경험을 했는지, 겁에 질려 있었고 내가 계속 말을 걸고 해도 대답 없이 멍하니 있을 뿐이었소. 완전히 돌아버린 것 같았소. 어쩔 수 없이 집에 연락하기 위해 신분증을 확인했소. 그 학생을 일으켜서 데리고 나오는데, 그 학생이 갑자기 뒤돌아서서 그 집을 보더니, '으… 어… 흐…' 라며 도저히 알아들을 수 없는 신음소리를 내더니 두려운 듯이 괴로워하는 것이었소. 그 집은 그렇게 많은 피와 사람을 마셔버렸는데도 아직 모자란다는 듯이 탐욕스럽게 서 있는 것처럼 보였소.

　부모님이 오셔서 그 학생을 데려갔소. 지금쯤 병원에 있겠지… 좀 괜찮아졌는지……. 걱정 마시오. 안 그래도 내가 오늘 신나를 사오고 다 준비해 두었소. 오늘 밤에 그 빌어먹을 집을 태워버릴 작정이오. 더 이상 그 악귀 같은 집을 그대로 놔둘 수가 없소. 또 다른 사람이 희생될지도 모르잖소. 그래서 그 집을 싸그리 태워버릴 생각이오. 재원이 학생이 회복되면, 이 얘기 전해주고 연락해달라고 전해주시오."

　그의 얘기를 듣고 난 재원이의 비극적인 결말을 알게 되었다.

　결국 그 놈이 그 지경까지 되었구나…….

　제기랄!

　도대체 어떤 일이 있었던 거야. 편지에 썼던 일이 설마 실제로 일어났단 말인가……. 아니면 그 자식이 그냥 미쳐버린 것인가…….

　모두들 병원에 있어 집으로 전화가 안 되었나 보다.

　나는 수첩을 뒤져, 예전에 재원이 소개로 한 번 인사했던 같은 과 친구라는 명준이란 사람의 연락처를 찾아냈다. 그 사람 말로는 재원이는 자기네 병원에 입원해 있는데, 아무것도 인식 못하고 표현 못하는 식물인간 수준이라는 것이었다. 가만히 있다가 갑자기 뭔가가 두려운 듯이 비명을 지르곤 하는데 너무 안돼 보인다며 축 처진 목소리로 말했다. 그리고 거기 친척집도 없다는데 도대체 무슨 이유로 거기 남아서 왜 그렇게 되었는지 알 수 없다는 것이었다.

나는 그 말을 듣고, 재원이의 편지를 가지고 병원에 가보기로 결심했다.

재원이가 미친 놈 취급받을지는 모르겠지만, 그래도 이 편지를 담당의사가 읽으면 뭔가 치료에 도움이 될 수도 있을 것 같았다.

다음날.

난 멍하니 누워있을 재원이의 모습을 걱정하면서 병원으로 향했다. 병원으로 가는 차 안 라디오에서 갑자기 귀에 익은 이름과 충격적인 뉴스가 흘러나왔다.

"…일분 뉴스를 말씀드리겠습니다. 어제 밤 경기도 연천 XX마을에서 전직 경찰이었던 주형준씨가 분신자살을 기도, 사망했습니다. 조사에 따르면 주씨는 작년에 있었던 과수원 살인사건 수사중 경찰을 그만둔 것에 대해 비관해왔다고 전해지며, 시체가 발견된 장소도 그 과수원인 점으로 미루어보아, 경찰은 비관자살로 추정하고 수사하고 있습니다. 다음 뉴스는…"

나는 순간적으로 멍해졌다.

그 사람의 목소리가 아직도 귀에 생생한데, 자기 몸을 태워 자살하다니… 믿기지 않았다. 그 집을 불 질러 버리겠다고 했는데……. 뭔가 이상했다. 버려진 집을 태워 버리겠다는 그의 단호한 의지로 보아 분명히 자살은 아닐 것 같았다.

그렇다면…

설마하는 생각과 함께 소름이 쫙 끼쳐왔다.

그럴 리가… 그 집의 저주가 그에게도 계속된 것이 아닐까?

그런 끔찍한 생각을 하다보니 어느새 재원이가 입원해 있는 병원에 도착했다. 재원은 독실에 있었다. 병실로 들어가니 재원이 어머니가 허탈한 표정으로 넋을 놓고 앉아 있었다.

나는 위로의 말을 전한 뒤 재원의 편지를 전하며, 읽어보신 뒤에 의사선생님께 드리라고도 말씀드렸다. 재원이 어머니는 대충 눈으로 훑고는 의사선생님을 만나고 오겠다며 자리를 떴다.

재원이는 천진난만한 표정을 지으며 잠들어 있었다.

무슨 꿈을 꾸는지 볼을 씰룩거리며 웃기까지 했다. 그 모습이 내 가슴을 아프게 찔렀다. 더없이 착하고 좋은 친군데 어쩌다 이 지경이 되었는지 모를 일이었다.

재원이의 손을 살며시 잡았다. 그 순간, 재원이 눈을 번쩍 뜨며 상체를 일으켰다.

"어, 일어나…"

나는 말을 붙이려다가 그의 눈을 보고서는 입을 다물 수밖에 없었다. 그건 분명 재원의 눈이 아니었다. 소름 끼칠 정도로 차갑게 빛나는 그 눈은 다른 사람의 눈빛이었다. 재원은 나를 내려다보다가 싸늘한 어조로 소리쳤다. 가래가 끓는 듯한 중년 사내의 굵직한 음성으로…

"지철아, 낫 갈아와라!"

난 충격을 받았지만, 그 말이 가지고 있는 무시무시함은 한참 후에야 알게 되었다. 그때는 몰랐지만 그건 단지 시작일 뿐이었다…….

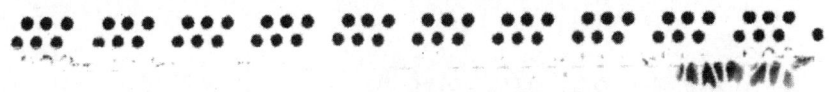

실종

재원이는 그날 밤 그 버려진 집에서 무엇을 봤길래 정신에 이상이 생긴 것인가…
과수원 주인의 사라진 머리는 어디에 있는 것인가…
지희라는 여자가 본 것은 무엇이고 왜 미쳐버렸을까…
행복했던 그 가정에 도대체 무슨 일이 있어 그런 참사가 빚어졌을까…

비는 벌써 며칠째 지겹게 내리고 있었다.

게다가 밤에도 후덥지근한 날씨가 계속되고 있어, 사람들의 신경은 날카로워지고 있었다. 나는 학생으로 맞는 마지막 여름방학을 보내고 있었다. 주로 취업과 대학원 사이에서 고민하며 도서관에서 시간을 보내고는 있었지만, 병원에 있는 재원이가 마음에 걸려 책이 손에 잘 잡히지 않았다.

재원이가 입원한 지도 벌써 일 주일이 다 돼가고 있었다. 그 동안 두 번 정도 병원에 가보았지만, 재원이는 완전히 정신이 나간 사람처럼 아무도 못 알아보고, 얘기도 한마디 못하고 있었다. 가끔 딴 사람처럼 이상한 얘기를 지껄이긴 했지만, 의사의 말로는 무의식중에 나오는 아무런 의미 없는 말이니 신경 쓰지 말라고 했다.

하지만 나로서는 재원이의 섬뜩한 한마디가 머리 속을 떠나지 않았다.

'지철아, 읍내에서 낫 갈아와라…'

그때 재원이의 소름끼치는 목소리와 차가운 눈빛은 잊을 수가 없었다.

그 말이 생각날 때마다 난 뭔가 불길한 예감이 들었다. 재원이는 그 황폐한 집에서 무언가 가혹하고 무서운 일을 당한 것이 분명했다. 그렇지 않고는 정신적으로 강인한 재원이가 그렇게 될 리는 없었다. 그런데 재원이가 그날 밤 경험한 그 무서운 일이 무엇일까 궁금해졌다. 만약 그것을 알게 되면, 지금 재원이의 치료에 많은 도움이 될 것 같았다.

그러던 어느 날.

재원이에게 큰 사건이 발생했다. 이 끔찍한 사건도 그 일로부터 시작된 것이다. 그날도 도서관에서 시간만 낭비하고 집으로 돌아왔다. 계속해서 쏟아지는 비로, 흠뻑 젖은 채 집에 들어섰다. 옷을 갈아입으며, 자동 응답기에 남겨진 메시지를 확인했다.

들려온 건 뜻밖의 메시지였다.

재원이 어머니셨는데, 다급한 목소리로 들어오는 대로 병원으로 와 달라는 내용이었다. 영문을 알 수 없는 메시지였다.

재원이가 갑자기 위독해졌나…….

나는 불길한 예감을 억누르며 서둘러 재원이가 입원해 있는 병원으로 향했다. 비 때문에 늦은 시간이었는데도 차가 막혔다. 답답함은 더해갔다. 병원에 도착하자마자, 재원이의 병실로 뛰어갔다. 재원이의 병실 앞에는 사람들이 웅성웅성 모여 있었다. 경찰들도 언뜻 보였다.

사람들을 헤치고 병실 안으로 들어갔다.

들어가는 순간, 나는 큰 충격을 받았다. 재원이가 누워있어야 할 침대가 덩그러니 비어있는 것이었다. 당황해하고 있는 나를 알아보시고 재원이 어머니가 다가오셨다. 그녀는 걱정과 수심으로 가득 찬 얼굴을 하시고 자초지종을 설명해주셨다.

"일한아, 빨리 와주었구나. 큰일 났단다… 재원이가 사라졌어… 아무런 얘기도 없이… 오늘 아침만 해도 의식 없이 이 침대에 조용히 누워있었는데, 점심 먹으러 잠깐 병실을 비운 사이에 없어진 거야. 아무런 흔적도 남기지 않고… 아무도 우리 재원이를 본 사람이 없대… 어떻게 된 것인지 도무지 알 수가 없어. 몸도 온전치 못한 애가 어디로 갔는지 너무 걱정이 되어… 미안하구나, 너도 요즘 바쁠 텐데… 그래도 너라면 재원이가 어디로 갔는지 짐작이라도 할 수 있을 것 같아서… 우리 재원이가 어디로 갔는지 알 수 있겠니? 좀 생각해봐주겠니…"

나는 당황할 수밖에 없었다.

재원이가 없어진 것은 너무나 충격적인 일이었고 영문을 짐작할 수 없는 일이었다. 의식도 없던 애가 갑자기 사라지다니… 납치라도 당했나, 아니면 자기 발로 걸어나갔나. 갑자기 머릿속이 복잡해졌다. 지푸라기라도 잡으려는 듯한 재원이 어머니의 질문에도 제대로 대답할 수 없어 죄송스러웠다.

최선을 다해 알아보겠다고 하고, 병실에서 나왔다.

재원이 어머니는 복도까지 쫓아 나와 두 손을 꼭 붙잡고 재원이를 찾아달라고 부탁했다. 자신은 없었지만, 그렇게 말할 수 없어 찾아보겠다고 말씀드렸다. 가슴이 답답해지는 것을 느끼며 병원을 떠나는데, 복도 구석에서 낯익은 얼굴이 보였다.

재원이 여자친구인 정화씨였다.

몇 번 술자리를 같이 한 적이 있어 서로 알고 있는 사이였다. 많이 울었는지 눈이 퉁퉁 부어있었다. 정화씨는 나를 보자 걱정스런 목소리로 짐작 가는 곳이 있냐고 물었다. 없다는 나의 대답에 정화씨의 힘이 빠지는 모습이 가슴을 아프게 했다. 정화씨는 휴대폰번호를 적어주며 재원이를 찾으러 갈 때, 꼭 자기도 데려가 달라고 당부했다. 너무 강하게 부탁하는 바람에 난 어쩔 수 없이 그러마고 약속해버렸다.

병원 밖에는 아직도 비가 내리고 있었다.

집으로 돌아오는 길 내내, 답답한 가슴으로 재원이의 소재에 대해 생각해보았다. 도저히 감조차 잡을 수 없었다.

'…도대체 어떻게 된 일일까?'

재원이가 보내주었던 그 섬뜩했던 편지 내용이 머리 속에서 떠나지 않았다. 믿기지 않았던 그 일이 점점 혹시나 하는 느낌으로 다가왔다. 실제로 그 버려진 집이 불가사의한 사악함을 가지고 있고, 재원이가 그 힘 때문에 정신을 잃고 저렇게 실종되었을지도 모른다는 생각이 들 때마다 난 머리를 세차게 흔들었다.

집에 들어가서 닥치는 대로 재원이를 알 만한 친구들에게 전화를 해보았지만 아는 사람은 하나도 없었다. 그러다 결국, 친하지는 않지만 재원이의 의대 동기인 명준이란 사람에게 전화를 하게 되었다.

"재원이가 그렇게 사라졌죠. 정말 상상할 수 없는 일이죠. 그 친구가 그렇게 되다니… 연천에서 의료 봉사할 때 무슨 일이 있었는지 들으셨는지 모르겠네요. 그 친구 그때부터 이상한 일만 겪었죠. 이상한 소리일지 모르지만, 우리들은 귀신을 본 것 같아요. 우습죠… 하지만 사실입니다. 부끄럽지만 저는 태어나서 처음으로 진짜 무서움을 느꼈고… 아, 모두 들으셨다고요. 그럼 편하게 말씀드릴 수 있네요. 재원이가 얼이 빠져서 병원이 실려 왔을 때, 큰 충격을 받았어요. 설마 했는데… 재원이가 혼자 남는다고 했을 때 말렸어야 하는데… 친척집에 들른다고 했는데… 사실 좀 불안했어요. 하지만 이 지경까지 되리라곤 생각하지도 못했는데… 아무 일 없어야 하는데… 사실 며칠 전에 재원이 병실에서 이상한 일을 목격하긴 했어요.

그날 밤도 잠깐 짬을 내어 재원이 병실에 들렀어요. 어머니가 잠깐 자리를 비우셨는지 아무도 없더군요. 재원이는 평화롭게 누워 있더군요. 마음이 착잡해졌어요. 정말 똑똑한 놈이었는데… 침대로 다가가 얼굴을 바라보고 있는데, 재원이가 갑자기 눈을 번쩍 떴어요. 너무 갑작스런 일이라, 반갑기보다는 섬뜩했어요. 괜찮으냐고 말을 걸려는 순간, 재원이가 말하게 시작했어요. 그런데 그 목소리는 재원이의 목소리가 아닌, 완전히 딴 사람의 굵직한 목소리였어요.

'이제 낫을 갈았으니, 피를 적셔야겠지……. 지철아, 낫 어디 있냐? 어제 갈아 논 낫 어디 있냔 말야! 숨겨 봐도 소용없다니까!

모두 이제 죽는 거야 알았어?'

재원이는 완전히 미친 사람처럼 벌떡 일어나 내 멱살까지 잡고 흔들었어요. 방금 전까지 죽은 듯이 누워있었던 사람이라곤 믿어지지 않을 정도로 격렬하게 움직였죠. 그리고는 또 완전히 다른 사람의 소름끼치는 목소리로 소리쳤어요.

'이놈들, 죽어! 죽으라니까! 이제 너희들이 죽을 때야! 다 죽일 거야!'

간신히 날뛰는 재원이를 떨쳐버렸지만, 너무 놀라서 정신을 차릴 수 없는 지경이었어요. 그런데 이상한 것은 그렇게 날뛰던 놈이 침대로 쓰러지자마자, 몸을 부르르 떨더니 아무 일도 없었다는 듯이 다시 혼수상태가 되는 것이었어요. 나는 혹시나 이 자식에게 큰일이 났을까 하고, 살펴봤지만 혈압이나 심박은 모두 정상이었어요. 이상할 정도로… 너무나 황당하고 놀라 재원이 주치의에게 얘기할까 했지만, 믿어줄 것 같지도 않고 일이 크게 될까 걱정돼서 그냥 혼자만 알고 있기로 했죠. 그런데 이런 일이 일어나다니… 내 잘못인지도 몰라요… 무슨 일 없었으면 하는데."

나도 재원이가 그런 행동을 보이는 것을 목격한 적이 있어, 그 사람의 말이 마음에 걸렸다. 재원이가 보통 상태가 아니긴 아니었다는 생각이 들었다. 제정신이 아닌 상태로 어딘가를 헤매다가 사고라도 당하는 것이 아닌지 걱정이 되기도 했다. 재원이를 찾기 위해서 뭔가 해야 하는데, 아무것도 할 수가 없어서 답답하기까지 했다. 재원으로부터 받았던 편지라도 가지고 있으면 뭔가 단서 같은 것이라도 찾을 것 같았지만, 전에 재원이 부모님들에게 드려서 어쩔 수 없었다.

며칠이 지나도, 재원이의 행방에 대해선 아무런 소식도 없었다. 경찰에 신고를 해보았지만, 하루에만 경찰에 들어오는 실종신고가 수천 건이 넘기 때문에 그쪽으로부터 도움을 받기는 힘들다고 했다. 재원이 부모님에게 전화를 드려보았지만, 오히려 내게 재원이 소식을 물으실 뿐이었다. 축 처진 목소리가 내 맘을 아프게 했다.

때 이른 장마가 시작되었는지 며칠째 비는 계속해서 내렸다.

비가 계속되자, 재원이가 더욱 걱정되었다. 어느 순간부터 매일 아침저녁 신문을 꼼꼼히 살피고, 뉴스를 보는 것이 일과처럼 되었다. 재원이가 관련된 기사가 나올지 몰라, 신문과 뉴스에 관심을 기울이다 생긴 버릇이 되었다.

재원이가 사라진 지 일 주일 정도 지났을 때, 이상하게 눈길을 끄는 기사가 눈에 띄었다. 언뜻 봤으면 지나쳤을지도 모를 사회면 하단의 작은 기사였다.

경기도 연천군 00면에 있는 '성일여관'에서 살인사건이 발생했는데. 여관 주인이 상체와 하체가 잘린 상태의 시체로 발견되었다는 기사였다. 흉기는 시체 옆에 피가 묻은 채로 발견되었는데, 평범한 낫이었다는 것이었다. 그런데 의문점은 사람의 힘으로는 낫으로 사람을 두 동강 낼 수는 없다는 것이다. 여하튼 경찰은 며칠 전에 군대에서 소대장을 때리고 탈영한 거구의 탈영병을 용의자로 지목하고 있다고 한다. 그 탈영병은 정신질환을 앓은 병력도 있다고 했다.

이 기사에서 이상하게 눈길이 가는 것은 연천에 있는 성일여관과 낫이라는 흉기였다. 재원이가 연천으로 의료조사 갔을 때 묵었던 여관이 바로 성일여관이었고, 재원이는 거기서 여자 귀신을 목격했다고 편지에 썼었다. 그리고 머리를 떠나지 않았던 낫… 재원이가 보고 경험했다는 그 버려진 집의 살인들은 모두 낫으로 자행되었다는 것이 떠올랐다.

 탈영병이 용의자라고 했지만, 살인사건은 재원이가 편지에 썼던 그 괴담과 연관성이 있어 보였다. 재원이의 실종과 어떤 관계가 있을지도 모른다는 생각이 문득 들었다. 담당 경찰에게 문의해보면 좀더 자세한 자초지종을 알 수 있을지도 모르겠지만, 통화를 한 번 해보았던 전직 경찰 주형준씨는 의문과 함께 불에 타 죽었기 때문에 뭔가를 알아내려면 내가 직접 가는 수밖에 없었다.

 한동안을 망설였다.

 그 동안 재원이가 겪었던 여러 가지 불가사의한 일들이 떠올랐다. 또한 내 주위에 일어났던 믿기지 않던 일들도 생각났다. 과연 그 모든 것들이 실제로 존재하는 것일까 하는 의문이 날 계속해서 괴롭혔다. 재원이가 당한 일을 보니, 나도 예외가 아닐지도 모른다는 생각도 들었다.

 하루 동안 고민 끝에 단서를 찾으러 연천으로 가보기로 결정했다.

 재원이를 찾아보겠다는 목적도 있었겠지만, 어쩌면 내 눈으로 뭔가 불가사의한 일들의 정체를 확인하고 싶은 마음도 있었을 것이다. 그 동안 내가 듣고, 경험한 기괴한 일들의 진상을 알고 싶었던 것이다. 우선 재원이 부모님을 찾아가, 혹시 모르니 연천 쪽을 찾아보겠다고 말씀드리고 재원이의 편지를 찾아왔다. 편지를 읽어보니, 처음에는 아무렇지도 않게 넘겼던 많은 의문점이 생겼다.

누가 그 과수원에서 살인을 저질렀을까?

재원이는 그날 밤 그 버려진 집에서 무엇을 봤길래 정신에 이상이 생긴 것인가… 과수원 주인의 사라진 머리는 어디에 있는 것인가… 지희라는 여자가 본 것은 무엇이고 왜 미쳐버렸을까… 행복했던 그 가정에 도대체 무슨 일이 있어 그런 참사가 빚어졌을까… 그 주형준이란 경찰은 과수원 살인사건을 조사중 왜 포기했으며, 의문의 자살은 무엇을 의미할까… 재원이의 이상한 발작과 증상은 무엇일까… 의혹이 꼬리에 꼬리를 물고 이어졌다.

그런 생각을 하면서, 짐을 싸고 있는데 전화가 왔다. 재원이 여자친구인 정화씨였다.

"일한씨, 저도 연천에 같이 가요. 재원 오빠 어머님께 들었어요. 연천으로 오빠 찾으러 간다는 것… 사실, 나도 오빠가 연천에서 의료 봉사할 때 이상한 전화를 받았거든요. 끔찍한 살인사건이 있었던 과수원에서 귀신을 봤다는 둥, 목매달고 자살한 여자의 귀신과 얘기를 해봤다는 둥 끔찍한 얘기를 들었어요. 그때는 안 믿었지만, 재원이 오빠가 병원에 실려간 뒤 거기서 무슨 일이 있었던 것 같아요. 제발 부탁이에요. 저 좀 데려가 주세요. 아무것도 안 하면서, 오빠 소식만 기다릴 수는 없을 것 같아요. 지푸라기라도 잡는 심정이니까, 같이 가요. 절대로 방해는 안 될게요. 안 데리고 가시면, 나 혼자라도 갈 생각이에요… 제발… 흐흑…"

너무 절실한 부탁이라 거절하기 힘들었다. 허나 하루에 갔다 올 수 없을지도 모르는 여행이라 같이 가는 것이 쉽지 않게 느껴졌다. 하지만 정화씨는 완강했다. 몇 차례 실랑이를 벌이다가, 같이 가기로 했다. 사실 재원이를 제일 많이 걱정하는 것은 정화씨일지도 모른다는 생각이 들었기 때문에 매정하게 거절할 수 없었다. 그리고 내가 그런 청을 거절할 권리도 없다는 생각도 들었다.

그래서 다음날 아침, 시외버스터미널에서 만나기로 했다.

정화씨와 약속을 하고 나서, 같이 가는 것이 잘한 건가 하는 후회는 했지만, 나보다 재원이에 대해 더 많은 것을 알지도 모르니 도움이 될 것도 같았다. 준비를 하면서, 윤석이가 몸담고 있었던 대한 심령학회에 연락을 해볼까 생각도 했지만, 아직 무슨 일인지도 제대로 모른 상태에서 괜히 그 쪽에 연락하는 것은 이상하게 생각되었다.

다음 날도 비는 계속 내렸다.

뉴스에서는 전국 각 지역에 호우주의보가 내려졌다고 했고, 많은 지역이 물난리를 겪고 있다고 했다.

정화씨는 나보다 먼저 약속장소에 나와 있었다.

비가 오는데도 불구하고, 터미널에는 많은 사람이 북적거렸다. 연천으로 가는 버스에 오르자, 부대로 복귀하는 군인들이 많이 보였다. 연천 주변에 부대가 많아서인 것 같았다. 군인들을 보자, 살인 용의자라는 탈영병이 생각났다. 버스에서 나는 정화씨에게 재원이가 마지막으로 보내준 편지를 주었다. 편지를 읽던 정화씨는 몸을 부르르 떨면서 무서워했다.

믿을 수도, 믿지 않을 수도 없는 것 같아 보였다.

그래도 정화씨는 재원이 주변에 일어났던 귀머거리 꼬마애 얘기라든가 정신병동의 엘리베이터 기술자 얘기를 들었던 적이 있는지, 이런 얘기를 되도록 믿어보려는 모습이었다. 하지만 편지 내용이 너무 끔찍해 무서워하기도 했다.

"재원 오빠가 이렇게 끔찍한 일에 연관되어 있었군요. 나는 대충 또 무서운 일을 찾아다니는 것인 줄 알았는데… 그래서 전화 왔을 때, 당장 집어치우고 올라오라고 했는데……."

정화씨는 계속 후회했고, 나는 연천에 도착하자마자 해야 할 일을 머리 속에 그려보았다. 이런저런 생각을 하는 사이, 버스는 어느새 연천 시내에 도착했다.

재원이가 묵었던 마을로 가려면, 여기서 다른 버스로 갈아타야 했다. 연천 터미널에는 헌병과 경찰이 눈에 많이 띄었다. 머리가 짧은 젊은이나 군인들은 모두 검문하고 있었다. 역시 살인사건의 용의자를 찾는 것 같았다. 마을로 들어가는 버스 안에서 생각해 보니, 내가 너무 황당한 생각을 하고 있는 것 같았다. 경찰이 그 살인사건의 용의자를 탈영병으로 지목하고 있는데, 나 혼자만 그 살인사건에 뭔가 재원이와 연관된 것이 있을 것 같아 여기까지 온 셈이 되었다. 논리적으로 생각하면 연천까지 찾아온 내 행동에 문제가 있지만, 뭔가 알 수 없게 끌리는 것이 느껴졌다. 불길한 예감과 함께…….

정화씨는 계속 불안에 떨고 있었다.

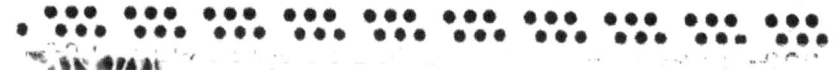

달영병

모두 퀭한 눈으로 우리를 빤히 보고 있었고, 한 손에는 피 묻은 낫을 들고 있었다. 그들은 모두 피투성이였고, 초등학생 정도로 보이는 꼬마애와 군복을 입고 있는 장교, 그리고 중년의 남자도 있었다. 그 중에는 흰옷에 머리를 풀어헤친 여자도 보였다. 그들은 다름 아닌, 바로 그 과수원에서 죽음을 당했던 사람들이었다!

이윽고 버스는 그 마을에 도착했다.

한동안 멈추었던 비는 우리의 도착을 기념하듯 다시 내리기 시작했다. 재원이의 편지처럼 음산한 분위기가 풍기는 마을이었다. 버스에서 내리자 제일 처음 느낀 것은 마을 사람들의 경계하는 눈빛이었다. 며칠 전에 있었던, 끔찍한 살인사건 때문인지 불친절하고, 낯선 사람을 경계하는 것 같았다. 우선 짐을 풀 곳을 찾으려 하는데, 갑자기 헌병과 경찰들이 급히 우르르 몰려가는 것이 보였다. 뭔가 다급한 사건이 일어난 듯했다. 많은 사람들이 바쁘게 움직이는 것을 보고, 무슨 일인가 따라가게 되었다. 버스에서 내린 곳에서 그리 멀지 않은 곳에, 비가 내리는데도 불구하고 많은 사람들이 웅성거리며 모여 있었다. 정화씨와 나는 호기심을 가지고 거기로 향했다.

경찰차와 앰뷸런스가 보였다.

경찰이 흰 천으로 덮인 들것을 옮기는 것이 보였다. 천으로 가려져 있다 해도, 그것은 한눈에 사람 시체라는 것을 알아볼 수 있었다. 그런데 섬뜩한 것은 머리부분에 벌겋게 피가 배어나 있는 것이다. 구경하고 있던 마을 사람들은 모두 겁에 질린 얼굴을 하고 있었다. 나는 도대체 무슨 일인가 하고 옆에 있는 아주머니에게 물어보았다.

그 아주머니는 나의 물음에 나와 정화씨를 살펴보더니, 강한 적대감과 경계심을 보이며 대답을 회피했다. 우리는 아주머니의 갑작스런 반응에 당황했지만, 어차피 묵을 곳을 찾아야 하는 상황이어서 거짓말을 보태 분위기를 바꾸었다.

"아주머니, 뭔가 오해하신 것 같네요. 저희들은 대학생인데요, 이 마을 고유의 방언과 전설을 들으러 온 국문과 학생이에요. 버스에서 내리자마자 민박이라도 할 곳을 찾다가, 사람들이 모이는 곳으로 오게 된 거예요. 그런데 정말 무슨 일이 난 거죠?"

의심스런 눈초리로 우리를 살펴보던 그 아주머니는, 그래도 수다 떨 상대를 보고 참지는 못했는지 충격적인 얘기를 시작했다.

"공부하러 온 학생들이구만… 어떻게 여기까지 오게 되었수? 빨리 이 마을을 떠나요. 요즘 얼마나 무서운 일들이 일어나는데……. 며칠 전에도 여관주인 최씨가 토막 나서 죽었고, 오늘도 정미소 김씨가 죽어서 발견되었수다. 어떤 미친놈이 우리 마을에 와서 사람을 끔찍하게 죽이고 있는 거유. 무서워요… 오늘 최씨가 정미소를 안 열어서 아픈가 하고 집으로 가봤는데 글쎄… 목이 없는 채 시체로 발견되었다지 뭐요… 옆에는 여관주인 최씨가 죽었을 때처럼 피 묻은 낫이 발견되었대요. 그 탈영병인지, 미친놈인지가 이 마을을 돌아다니며 사람들을 갈기갈기 찢어 죽이고 있는 거요… 그것도 낫으로…"

그 아주머니의 말을 들은 나는 멍해질 수밖에 없었다.

이번 살인을 자행하고 다니는 미친놈은 탈영병이든 아니든 무시무시한 놈이라는 느낌이 들었다. 몸서리를 치고 있는 그 아주머니에게 묵을만한 곳을 물어보았다. 이 마을에는 여관이 두 개 있는데, 그 살인사건이 났던 성일여관은 어제 의문의 화재로 타버렸다는 것이었다.

나는 다시 한 번 놀랄 수밖에 없었다.

그 여관에 가서 살펴볼 것이 있었는데… 재원이 편지에 따르면, 거기에는 과수원 살인사건 때 죽은, 지희 남동생 지철이의 일기도 있는 것 같았다. 그리고 주형준 순경이 재원이에게 준 수사기록도 있을 것 같았다. 그런데 그것이 다 타버렸다니…….

나는 다른 하나의 여관을 가르쳐주려는 그 아주머니의 말을 가로막고, 성일여관 화재에 대해 물어보았다. 그 아주머니는 갑작스런 나의 질문에 의아해했지만, 그래도 얘기해 주었다.

"어이구, 그것도 너무 무서운 얘기지요. 며칠 전에 그 여관에서 사람이 두 동강나는 살인사건이 있었는데, 글쎄 어젠 거기서 불이 나고요, 거기는 귀신 나온다고 밤에는 아무도 지나가지 않는 곳인데, 저절로 불이 났다는 거예요. 김 순경 말로는 불이 날 이유는 도무지 없다는 거예요. 그래서 마을 사람들은 귀신이 불을 붙였다고 해요. 나도 이 마을을 떠나야 하는데… 하여간 목구멍이 원수라니깐……."

점점 더 불안한 예감이 들었다.

뭔가 이해할 수 없는 일이 일어나는 것 같았다.

정화씨도 무슨 일이 벌어지는지 대충 감을 잡은 듯 긴장된 모습이었다. 아주머니의 안내로 우리는 이제 이 마을에 단 하나뿐인 궁전여관으로 갔다. 그 여관은 이름만 궁전이지 완전히 다 무너져 가는 허름한 옛날 집이었다. 벽도 나무로 되어 있어 바람이 조금만 세게 불어도 무너질 것 같았다. 성일여관이 문을 닫는 바람에 손님이 갑자기 많아졌는지 방을 잡기가 힘들었다. 다행히 저녁 늦게 들어가기로 약속하고, 방 두 개를 겨우 잡았다.

우선 짐을 여관에 맡기고, 길을 물어 그 문제의 버려진 집으로 향했다. 정화씨도 따라나섰다.

비는 계속 내리고, 길은 진창이 되어 시골길은 걷기 힘들었다. 비 때문인지, 아니면 연속되는 살인사건 때문인지 30여분을 걸어가는데도 인적이 거의 보이지 않았다. 가끔씩 순찰을 도는 경찰과 헌병들만 눈에 띄었다. 가는 길에 정화씨에게 내 계획을 애기했다. 사실 특별한 계획은 없었지만, 우선 모든 사건의 중심인 그 버려진 과수원집을 살펴봐야 할 것 같았다.

정화씨도 같은 생각을 가졌지만, 그 집에 대한 무서움 때문인지 그리 내켜하지는 않았다. 나는 불편하면 그냥 여관에서 쉬라고 했지만, 그녀는 그래도 따라 나섰다. 가는 길에 정화씨는 불안을 잊으려는 듯이 재원이와의 재미있었던 일을 애기했다. 나도 재원이가 초등학교 시절 짝사랑하던 여자애를 쫓아다니던 얘기를 해주면서 간만에 서로 웃었다.

기분이 좀 밝아질 만하니, 궁전여관 주인이 가르쳐준 큰 성황당이 보였다.

여관주인 말로는 그 성황당을 지나면 그 버려진 집의 황량한 모습이 보일 것이라고 했다. 우리는 자신도 모르게 긴장이 되는 것을 느꼈다.

길모퉁이를 도니 그 집이 보였다.

처음 받은 느낌은 말 그대로 흉가라는 것이었다. 그것도 그냥 집이 아닌 살아있는 생물체처럼 보였다. 어쩌면 생명체나 다름없을지도 몰랐다. 벌써 여러 명의 피와 생명을 빨아들이고 재원의 정신도 앗아간 집이니까……

정화씨가 옆에서 떠는 것이 느껴졌다.

오후 4시밖에 되지 않았는데, 비 때문인지 벌써 어둑어둑해진 것 같았다. 음산한 기분은 아무리 떨쳐보려고 해도 머릿속을 떠나지 않았다.

집은 누가 그랬는지 모든 문이 나무판자에 못이 박혀 폐쇄되어 있었다. 들어가기 위해서는 문을 뜯어야 할 판이었다. 집안에 아무것도 없을지 모르나, 그래도 한 번 들어가 봐야 될 것 같았다. 하지만 가져온 것은 손전등뿐이어서 난감했다. 어떡해서든 들어가 볼 생각으로 현관에 올라섰다. 정화씨는 간신히 내 뒤를 따라왔다.

현관문 앞에 서보니, 문을 막았던 사람이 서둘렀던지 박아놓은 판자가 건들거렸다. 몇 번 힘을 쓰니 판자는 마치 누군가 이곳으로 여러 번 드나들었던 것처럼 쉽게 떨어졌다. 판자를 쉽게 떼어내고, 허리를 구부리고 그 안으로 한발을 내밀었다. 퀴퀴한 냄새가 코를 찔렀다. 안은 창문을 다 막아서인지 한 치 앞을 볼 수 없을 정도로 깜깜했다.

소름이 쫙 끼쳤다.

누군가가 어둠 저편에서 나를 보고 있는 것 같았다. 손전등을 켜서 집안을 살펴보았다. 살육의 현장을 연상시키는 거무죽죽한 핏자국이 사방에 말라 있었다. 여기 이 안에서, 낮에 찔려 과수원 주인 한병식씨, 아들 한지철, 그리고 사윗감이었던 안 중위가 죽었고, 유일한 생존자이자 목격자인 지희라는 여자는 미쳤고 결국엔 목매달아 자살했다. 그리고 그 살인사건의 조사를 담당하다 포기한 경찰 주형준은 이 저주받은 집을 불사르려다 타 죽었고, 이 사건에 얽혀 들어간 재원이는 정신을 잃은 채 사라지고…….

엄청난 비극과 사건이 배어있는 집이었다.

집안을 둘러보자 재원이가 편지에 썼던 장면들이 떠올랐다. 서로를 살육하는 장면들과 섬뜩한 귀신들… 정화씨도 재원이의 편지가 생각났는지 '흑' 하고 불규칙한 숨소리가 들렸다.

한 걸음 한 걸음 옮길 때마다 삐그덕 소리가 기분 나쁜 적막을 깼다.

이상하게도 이 집에 들어오니 바깥에 내리는 빗소리가 들리지 않았다. 난 천천히 손전등을 사방으로 비추면서 집안으로 점점 들어가 보았다. 사실 내가 여기 무엇을 찾으러 왔는지는 아직도 감이 잡히지 않았다. 그래도 여기에 오면 무언가 재원이나 불가사의한 사건에 대한 단서를 발견할 수 있을 것 같았다.

집안에 사람의 흔적이란 찾아볼 수 없었다.

대신 벽에 바래진 채 남아있는 핏자국들만이 얼마나 끔찍한 살육이 여기서 자행되었는지 말해주고 있었다. 갑자기 재원이의 편지 속에 과수원 주인 한병식씨의 머리가 없어진 채로 발견되지 않았다는 대목이 생각났다. 그 생각이 나니 등골이 오싹해졌다. 여기 어디엔가 그 머리가 썩어가고 있는 것 같았다. 그런 생각을 하고 손전등으로 부엌 쪽을 비춰보는데, 지나가는 불빛사이로 뭔가가 눈에 띄었다. 언뜻 보여서 잘 알아차릴 수 없었다. 난 자세히 보기 위해 손전등을 다시 그곳으로 비춰봤다.

다음 순간, 난 숨이 멎는 줄 알았다.

사람의 얼굴이 탁자 위에 올려져 있는 것이었다. 처음엔 너무 놀라 잘못 본 것인가 했는데, 자세히 보니 그것이 아니었다. 그 없어졌다는 과수원 주인의 머리 같았다. 그것은 반쯤 감은 눈에 혀를 빼물고 마치 졸고 있는 듯한 사람의 얼굴이었다. 단지 다른 것이 있다면 목 밑에 피가 튀어 있었고, 얼굴만 덩그러니 탁자 위에 놓여 있다는 점이었다. 나는 몸을 움찔거리면서도 그것에서 눈을 뗄 수 없었다. 나도 모르게 '으윽' 하는 소리가 났다. 그러자 갑자기 그 얼굴은 반쯤 감았던 눈을 번쩍 뜨며 나를 섬뜩한 눈초리로 쳐다보는 것이었다. 내 속까지 꿰뚫는 것 같았다. 온몸에 식은땀이 흐르는 것을 느끼면서도, 뭔가에 잡힌 것처럼 눈을 뗄 수 없었다. 다음 순간 눈을 뜬 그 머리는 갑자기 내게로 다가오는 것 같았다. 나도 모르게 뒷걸음질치는데, 누가 내 팔을 잡았다.

"일한씨, 왜 그래요? 무슨 일 있어요?"

정화씨였다. 나는 최면에 걸렸다 깨어난 사람처럼 정신을 차렸다.

"정화씨, 저것 안 보여요? 저기 테이블 위에 있는 거요."

"무슨 말씀하시는 거예요? 아무것도 없는데…"

정화씨의 얘기를 듣고, 떨리는 마음을 억누르고 다시 탁자 위를 살펴보았다.

제기랄!

어떻게 된 것인지 언제 그랬다는 듯이 탁자 위엔 아무것도 없었다. 분명히 내 눈으로 똑똑히 봤는데……. 감쪽같이 사라진 것이다. 아니면 나도 너무 긴장해서 헛것을 본 것인지도 모르겠다. 걱정해하는 정화씨에겐 그냥 잘못 봤다고 둘러대고 아직도 떨리는 가슴을 진정시키고 부엌으로 향했다. 그 잘린 머리의 졸린 듯한 표정이 머리 속을 떠나지 않았다. 아마 재원이도 이런 것을 본 것이 아닐까…….

정화씨는 나의 이상한 행동에 당황했는지 나갔으면 하는 눈치였다. 하지만 내 생각은 이왕 여기에 발을 들여놓은 이상, 뭔가를 발견하고 나가고 싶었다. 더구나 이상한 것이 눈에 보인 이상, 분명히 무언가가 이 집에 있는 것 같았다. 점점 재원이가 보았다는 그 끔찍한 장면들이 내게도 보이는 것 같았다. 바닥에 말라붙은 검붉은 핏자국들은 난무했던 피와 낫, 그리고 그 살육을 즐겼던 살인귀의 모습을 연상시켰다.

나와 정화씨는 혹시 무슨 흔적이라도 발견할 수 있을까 하고 천천히 부엌 쪽으로 향했다. 한발씩 움직일 때마다 무언가가 나타날 것 같았다. 가장 참을 수 없는 것은 손전등 불빛에 비춰지지 않은 어둠 속에서 누군가가 우리를 바라보고 있는 것 같은 기분 나쁜 느낌이었다. 우리의 일거수일투족이 환히 드러나 있는 것 같았다.

찜찜한 기분과 두려움을 억누르며, 한 걸음 한 걸음 움직였다.

놀랍게도 정화씨는 생각한 것보다 무서움을 타지 않는 것 같았다. 무서워하는 것 같았지만, 오히려 나보다도 침착했다. 그런데 갑자기, 정화씨가 뭔가를 발견했는지 소리쳤다. 나는 놀라 정화씨가 가리키는 쪽으로 손전등을 비췄다. 피가 묻은 마루바닥 사이로 뭔가가 새겨져 있었다. 좀더 손전등을 가까이 비춰 뭐라고 씌어져 있나 읽어보려 했다. 내용을 이해하는 순간 나와 정화씨는 가슴이 서늘해지는 느낌이 들었다.

…여기서 나갈 수가 없어…
저것들이… 나를… 쳐다보고 있어…
내게로 온다…
안 돼!
날짜는 모르겠다… 재원

재원이가 남긴 흔적이었다.

정화씨는 그 글자들을 보고 충격을 받았는지, 말을 하지 못했다.

재원이가 마지막으로 이 집에 들어왔을 때 남긴 것 같았다. 무엇으로 새겼는지는 모르겠지만, 글자와 글자 사이에 피가 묻어 있는 것을 보니, 손톱 안쪽으로 피를 흘리면서 급하게 새긴 것 같았다.

섬뜩한 내용이었다.

재원이는 여기서 확실히 무언가를 보고, 무슨 일을 당한 것이다. 다른 흔적이 있을까 하고 여기저기 살펴보았지만, 더 이상 눈에 띄는 것은 없었다. 계속 살피면서 부엌으로 향했다. 재원이의 편지에 따르면, 살인사건이 발생되었을 때 지희라는 여자는 혼자 얼이 빠진 채 부엌에서 멍하니 선 채로 발견되었다고 했다.

부엌에서는 무슨 일이 있었는지 그 여자만 살아남았던 것이다. 그 여자는 그 참혹했던 밤의 모든 것을 목격했지만 결국 아무것도 말하지 못하고 죽었다. 이상하게도 부엌에도 핏자국이 사방에 튀어있었다. 시체는 여기서 발견되지 않았지만, 더 끔찍한 일이 있었는지 피가 튀어있었다.

나는 정화씨를 데리고, 그 지희라는 여자가 발견 당시 서 있었다는 구석으로 가 보았다.

그 여자는 발견 당시 두려움에 질린 표정으로 뭔가 무서운 것을 본 것처럼 보였다고 했다. 나는 여기 오다가 생각해봤는데, 그 여자가 그때 그날 밤에 있었던 일 때문에 움직이지 못하고 여기 서 있었던 것이 아니라, 발견 직전 그 자리에서 무언가를 보고 충격을 받고 움직이지 못했을 수도 있을 거라는 생각이 들었다. 다시 말해 그날 집에 있었던 사람들이 아닌, 다른 어떤 것을 보고 정신이 나갔을 수도 있다고 본 것이다.

지희라는 여자가 서 있던 자리는 생각보다 쉽게 찾을 수 있었다. 서 있을 때 피가 흘러내렸는지 가지런히 놓여있는 발자국을 남겨놓고 피가 말라붙어 있는 것이 보였다. 그때는 정말 글자 그대로 바닥이 피바다였을 것 같았다. 그런데 생각해 보니 하나의 의문도 생겼다. 핏자국 사이로 발자국이 났다면 거기 서 있었던 후에 피가 흘렀다는 것이 아닐까?

이 안에서 일어났던 일은 도무지 이해할 수 없었다.

뭉게구름처럼 피어나는 의문과 함께 나는 지희라는 여자가 서 있던 곳에 섰다. 지희라는 여자는 이 구석에 서서 무엇을 본 것일까…….

잠시 모든 정황증거를 무시하고 내 나름대로 그때 상황을 생각해 보았다.

마루에서 누군가에 의해 살인이 시작되었다. 약혼자인 안 중위가 죽고, 동생 지철이가 죽고, 아버지가 목이 잘려 죽어갈 때, 지희라는 여자는 무서워 이 부엌으로 도망쳐 왔을 것이다. 무서움에 떨며 어떻게 해야 하는가 생각했을 것이다.

그때 뭔가를 봤을 것이다.

충격적인 그 무엇을…

천천히 손전등으로 주위를 둘러보았다. 정화씨는 재원이의 흔적을 찾는데 여념이 없었다. 지희라는 여자의 키를 고려해 잠시 몸을 구부려봤다.

무엇이 보였을까… 순간 머리를 스치는 생각이 있었.

꼭 집안의 무엇이 아닐 수도 있었다. 그래서 자세히 반대편을 살펴보았다. 판자로 가려진 창문이 하나 있었다. 나는 황급히 그 창문으로 가서 판자를 뜯어냈다. 판자를 뜯어내니 작은 창문이 하나 보였다. 창문 사이로 빛이 들어왔다. 다시 그 자리로 돌아와 창문 밖을 살피는 순간 나는 뭔가 머리를 치는 듯한 느낌이 들었다. 처음에는 무슨 의미인지 잘 몰랐지만, 자세히 보니 내가 본 것의 의미를 알 수 있었다.

창문 너머로는 과수원이 보였다.

산등성이의 비탈에 있는 과수원이 작은 창 밖으로 병풍처럼 펼쳐졌다. 저 멀리 나무들 사이로 언덕 위 작은 둔덕이 하나 보였다. 무슨 성황당 같고 자세히는 모르겠지만, 파헤쳐졌는지 그 둔덕엔 지저분하게 붉은 흙이 보였다. 자세히 살펴본 후, 그 둔덕이 무언지 충격과 함께 알게 되었다.

무덤이었다. 무덤이 파헤쳐져 있는 것이다.

재원이 편지대로라면, 지희라는 여자의 어머니, 즉 이 과수원 주인의 부인은 몇 년 전에 죽었다고 했다. 그럼 그 무덤은 이 근처 어디 있을 것이 분명했다. 아마 내가 보고 있는 것이 그 무덤 같았다.

지희라는 여자는 여기 서서 자기 엄마의 무덤이 파헤쳐진 것을 봤을 것이다. 또 의문이 떠올랐다. 누가, 언제, 무슨 목적으로 무덤을 파헤친 것일까? 또, 왜 지희라는 여자는 파헤쳐진 무덤을 보고 그 정도로 큰 충격을 받았을까?

잠시 생각에 잠겨 있는데, 갑자기 정화씨의 목소리가 들렸다.

"일한씨, 여기 보세요! 이거 혹시…"

정화씨가 가리킨 곳은 부엌 바닥이었다. 손전등 불빛에는 보이지 않다가 창문을 뜯어낸 후 빛이 들어와 발견된 것이다.

바로 뼈들이었다.

누가 태웠는지 재들 사이에 하얀 뼈들이 보였다. 너무 이상했다. 살인사건이 난 후 경찰들이 다 조사한 후 폐쇄한 집일 텐데 어떻게 뼈가 발견된 것일까……. 그 후에 무엇인가가 들어와 사람을 태워 뼈만 남긴 것일까…….

정화씨는 혹시 재원이가 그렇게 된 걸까 놀라고 걱정하는 모습이 역력했다.

나도 설마 하고 그 뼈를 살펴보았지만, 재원이의 뼈라고 하기엔 너무 작아 보였다. 의학상식이 없어 이것이 어떤 연령대의 뼈인지, 어느 부위의 뼈인지 알 수는 없었다. 그래도 난 정화씨를 안심시키기 위해 마치 아는 것처럼 설명했다.

"정화씨, 걱정 마세요. 이 뼈들은 재원이 것일 리가 없어요. 너무 작고, 대충 보니 적어도 한 달 정도는 돼 보이는데요. 이제 이 기분 나쁜 집을 나가죠. 과수원도 둘러봐야 되고, 여기 더 있단 무슨 일을 당할 것 같아서요."

나는 정화씨를 진정시킨 뒤 뒷문을 뜯어내고 과수원으로 나왔다. 버려진 집의 뒷문을 나서자마자, 답답한 가슴이 탁 풀리는 것이 느껴졌다.

오랜 시간을 안에서 보냈는지 어느새 바깥은 어둑어둑했다.

그 안에 있는 동안 기라도 빼앗겼는지 몸에 힘이 쫙 빠진 느낌도 들었다. 뒤를 돌아보니 그 집은 아직도 무시무시하게 서 있었다. 꼭 지옥에서 나온 기분이었다. 하지만 불길하게도 그곳에 다시 돌아가야 할 것 같은 예감이 느껴졌다.

비는 아직도 내리고 있었다.

우리는 질척이는 길을 밟으며 부엌에서 보이던 무덤으로 향했다. 과수원은 그 동안 돌보는 사람이 없어서인지 여름인데도 불구하고 나무들이 다 죽어서 음산하기까지 했다.

정화씨는 집안에서 발견된 뼈들이 아직도 마음에 걸리는지 찜찜한 표정을 짓고 있었다. 언덕까지는 금방이었다. 가까이 가서 보니 역시 과수원 주인 아내의 묘였다. 집과 가까이 무덤을 둔 것을 보니, 과수원 주인의 아내에 대한 사랑을 느낄 수 있었다. 시간이 날 때마다 무덤에 와보고, 잘 돌보려고 한 것 같았다.

하지만 잘 꾸며놓은 그 묘는 사정없이 파헤쳐져 있었다.

두려움을 억누르고, 무덤 가까이 다가갔다. 무덤이 파헤쳐진지는 꽤 오래된 것 같았다. 파헤쳐진 무덤 안을 보는 순간, 머리속이 멍해지는 것이 느껴졌다. 석관 뚜껑이 열려 있고 무덤 안은 텅 비어있던 것이었다. 썩은 시체를 생각하고 다가갔는데 흔적도 없이 비어 있다니… 파헤쳐진 흙에 벌써 듬성듬성 풀이 난 것으로 보아, 꽤 오래 전에 파헤쳐진 것 같았다. 그럼 이 안에 있던 시체는 어디로 사라진 것인가……. 도무지 생각하면 생각할수록, 알아내면 알아낼수록 점점 복잡해지고 있었다. 살인사건이 났을 때, 이 무덤이 파헤쳐진 것에 대해 경찰이 조사하지 않았을 리가 없는데…….

어두워져서 손전등 불빛이 필요했다.

손전등을 켜고 무덤 주위를 살펴보았지만 특별한 것은 하나도 보이지 않았다. 정화씨도 파헤쳐진 무덤을 보고 몸서리를 치면서, 지금은 빨리 여기를 내려가고 다음날 밝아지면 다시 오자고 했다. 산촌이어서 그런지, 날이 흐려서 그런지 순식간에 사방은 어두워졌다. 어두워지니 나도 겁이 나기 시작했다. 서둘러 내려가려는데, 손전등 불빛에 언덕 저편 무언가가 언뜻 보였다. 자세히는 못 봤지만, 괜히 마음에 걸렸다. 그것만 살펴보고 가자고 정화씨에게 양해를 구하고, 그쪽으로 향했다. 그곳은 무덤에서 50여 미터 떨어져 있었다. 다가가 보니 돌을 쌓아놓은 돌무덤이었다.

그런데 이상하게도 그것을 보니 음침하고 섬뜩했다.

마치 성황당같이 생겼는데, 과수원 한복판에 이런 것이 있는 것도 이상했다. 주위를 살펴보니 나뭇가지에 울긋불긋한 천도 걸려 있고 기분 나쁘게 생긴 부적 같은 것도 보였다. 사람의 손이 한참 안 갔는지 지저분해 보였다. 고대 종교에서나 볼 수 있는, 무슨 의식을 치르는 제단처럼 보이기도 했다. 그러고 보니, 쌓아놓은 돌이 물들어 있는 것이 희미하게 눈에 띄었다. 손전등을 비춰서 살펴보니, 돌들이 검붉게 물들어 있었다. 피 같았다.

영문을 몰랐지만, 등골이 오싹했다.

정화씨는 사방이 깜깜해지고, 분위기 역시 심상치 않자 빨리 내려가고 싶은 눈치였다. 내 상식으로도 이것이 뭐하는 것인지 알 수가 없어, 오늘은 이 정도로 그만하고 내려가는 것이 나을 것 같았다.

이제 주위는 완전히 어둠에 휩싸였다.

어디서 뭔가 튀어나올 것 같은 분위기였다. 그 버려진 집도 우리를 과수원에서 나가지 못하게 하고 있는 것처럼 저편에 서 있었다. 불길한 기분을 애써 지우며 우리는 과수원을 내려왔다. 서둘러 내려오는데, 갑자기 정화씨가 '아야!' 하면서 넘어졌다. 나뭇가지에 걸려 넘어진 것 같았다. 나는 괜찮으냐고 물어보면서 손전등을 비춰보았다.

그런데 정화씨가 걸려 넘어진 것은 나뭇가지가 아니었다. 피투성이가 된 사람의 팔이었다. 정화씨는 자기 발에 걸린 것이 피투성이 사람 손인 것을 알고 비명을 질렀다. 날카로운 비명소리는 산을 메아리쳤고, 나는 공포에 사로잡혔다. 흔들리는 손전등 불빛에 비친 그 손은 마치 살아 움직이는 것 같았다.

　나는 막 도망가려는 정화씨를 진정시키고, 그 손을 자세히 살펴보았다. 손전등 불빛에 창백해 보이는 것을 보니, 산 사람의 손 같지 않았다. 팔꿈치부터 떨어져 나간 사람 손이었다. 천천히 손 주위를 비춰보았다. 아니나 다를까, 그 손의 주인은 5미터 떨어진 저편에 엎어진 채로 있었다. 피투성이가 된 채로 엎어져있는 모습이, 한눈에 봐도 시체라는 것을 알 수 있었다.

　정화씨는 팔이 잘려나간 시체를 보고 거의 기절할 것처럼 놀랐다. 나는 시체보다 정화씨의 날카로운 비명소리가 더욱 섬뜩했다.

　정화씨를 꼭 붙잡고 그 시체 쪽으로 다가갔다.

　언뜻 봐도 거구의 시체였다. 비가 내려 풀잎에 떨어지는 '후드득' 하는 소리조차 마치 누군가가 풀잎을 헤치며 우리에게 다가오는 것 같아 소름이 끼쳤다. 하지만 난 어느새 나도 모르게 시체 쪽으로 다가가게 되었다. 팔이 잘린 시체를 가까이에서 보니, 머리가 짧고 군복 같은 것을 입고 있는 것을 보니 군인 같았다. 다른 손 옆에는 피 묻은 낫이 떨어져 있었다.

　순간적으로 머리를 스쳐 지나가는 것이 있었다.

　이번 연쇄살인사건의 용의자라는 그 탈영병… 그 생각이 떠오르자, 역시 이 시체는 범인의 시체가 아니라는 생각이 들었다. 이 사람을 죽인 사람이 진짜 살인귀라는 생각이 뒤따랐다. 거기까지 생각하자, 갑자기 온몸에 소름이 쫙 끼치며 무서움이 느껴졌다. 시체가 여기서 발견된 것을 보니 살인귀가 이 근처를 배회한다는 의미였다. 나는 덜덜 떨면서, 뒷걸음질쳤다. 정화씨도 무서워 울면서 시체로부터 멀어지려고 했다. 빗소리는 어둠 속에서 무언가가 우리들에게 접근하는 소리 같았다. 그 순간 사방이 번쩍하며 귀가 떨어질 것 같은 천둥소리와 함께 사방이 밝아졌다. 번개였다.

그 짧은 순간, 나는 무서워서 미쳐버릴 것만 같았다.

사방이 환해지는 순간 우리 앞에 여러 명의 사람들이 서 있는 것이 보였다. 모두 퀭한 눈으로 우리를 빤히 보고 있었고, 한 손에는 피 묻은 낫을 들고 있었다. 그들은 모두 피투성이였고, 초등학생 정도로 보이는 꼬마애와 군복을 입고 있는 장교, 그리고 중년의 남자도 있었다. 그 중에는 흰옷에 머리를 풀어헤친 여자도 보였다. 그들은 다름 아닌, 바로 그 과수원에서 죽음을 당했던 사람들이었다!

나는 극도의 공포심을 느껴 온몸의 피가 역류하는 것처럼 느껴졌다. 그 짧은 순간동안 나는 모든 것을 보았고, 죽음과 같은 두려움을 느꼈다. 어두워지는 순간 그들이 낫을 들고 우리를 덮치는 것 같았다. 나는 그들을 보는 순간 균형을 잃고 뒤로 넘어졌다. 온몸이 비에 젖고 진흙투성이가 되는 것도 상관하지 않았다. 나는 정화씨의 손을 잡고, 우산을 팽개치고 거기서 벗어나려고 필사적으로 뛰기 시작했다.

정화씨는 나의 돌연한 행동에 움찔하곤, 열심히 따라왔다. 우리는 미친 듯이 과수원을 내려왔다. 비가 떨어지는 후드득 소리는 마치 뒤에서 그들이 낫을 들고 쫓아오는 것 같은 착각을 일으켰다. 몇 번을 넘어지고 과수원을 벗어났지만, 그 버려진 집은 아직 우리 앞에 버티고 있었다.

내 머릿속을 채우고 있는 생각은 오직 여기서 빨리 벗어나야 한다는 것이었다.

어느새 우리는 그 과수원집을 벗어나 길을 달리고 있었다. 그제서야 나는 숨이 찬다는 것을 느꼈다. 그리고 멈췄다. 정화씨는 심하게 고통스러운 것 같았다. 숨이 넘어갈 듯한 목소리로 나에게 따지듯이 물었다.

"일한씨, 허헉… 도대체… 헉… 무슨… 일인데… 허헉… 갑자기 도망치듯이… 달린 거예요? 허헉… 놀라고… 힘들어 죽는 줄 알았어요!"

나는 가쁜 숨을 몰아쉬면서, 그들의 무시무시한 모습을 보지 못했느냐고 반문했다. 그러나 정화씨는 영문을 모르는 표정을 하면서 오히려 나를 이상하게 쳐다보는 것이었다.

그 순간 나는 충격을 받았다. 그럼 그들은 내 눈에만 비쳤단 말인가? 나도 미쳐 가는 것인가?

비를 맞고 걸으면서, 만감이 교차했다.

나는 정화씨가 다시 말을 걸 때까지 정신을 못 차리고 있었다. 걱정스러운 표정의 정화씨에게 괜찮다고 얼버무리며, 우선 경찰서로 가자고 했다. 우리가 발견한 시체에 대해 신고를 해야 할 것 같았다. 우산을 거기 내팽개치고 왔기 때문에, 비를 다 맞으면서 파출소까지 찾아갔다. 시골의 작은 파출소인데도 이번 살인사건 때문인지 경찰과 헌병들로 붐볐다. 온몸이 젖고 진흙투성이의 우리가 경찰서 문을 여는 순간, 모두들 하던 일을 멈추고 우리를 돌아보았다. 나는 용기를 내어 옆에서 우리를 보고 있는 경찰에게 시체를 발견했다는 것을 얘기했다.

과수원에서 발견했다는 말에, 모두들 이상한 표정을 지었다. 어떤 알지 말아야 할 사실을 알게 된 것 같은 표정들이었다. 어색한 적막을 이번 수사의 책임자 같은 사람이 깼다.

"모두들 뭐하고 있는 거야? 빨리 움직여! 저, 안내 좀 해주시죠."

그곳으로 돌아가긴 싫었지만, 책임자의 강압적인 부탁으로 어쩔 수 없이 나도 경찰과 헌병들과 그곳으로 다시 출발했다. 추위와 두려움에 떨고 있는 정화씨는 여관으로 돌아가 몸 좀 말리라고 했지만, 혼자 돌아가기 무섭다며 파출소에서 기다리겠다고 했다.

같은 차에 탄 그 책임자는 자기를 김반장이라고 소개했다.

원래 이 마을 출신인데, 진급해서 지금은 연천시에서 강력계 반장을 하고 있다고 했다. 작달막하고 고생에 찌든 듯한 40대였는데, 경찰이어서 그런지 눈빛만은 날카롭고 평범하지 않았다. 그 사람은 자기 소개를 마친 뒤 대뜸 우리에 대해서 물었다. 어쩌면 당연한 질문일지도 몰랐지만, 나는 그 질문을 받고 당황할 수밖에 없었다. 내가 여기 온 이유를 어떻게 설명해야 하나 막막했다. 낮에 동네 아주머니에게 했던 거짓말은 김반장에게는 통할 것 같지 않았다.

"저… 얼마 전 여기로 의료조사 왔던 친구가 사라졌거든요. 그래서 그 친구를 찾아보려고요."

내가 생각해도 좀 엉뚱한 대답이었다. 그러나 김반장은 놀라지도 않고 좀더 자세히 얘기해 달라고 했다. 어쩔 수 없이 대략적인 얘기를 했다.

재원이란 친구가 과수원에 있었던 살인사건에 관심을 가지고 뭔가 조사하다 정신이 나간 상태로 발견되었는데, 며칠 전 병원에서 사라져서 혹시나 하고 여기로 찾으러 왔다고 했다. 물론 재원이의 편지에 묘사되었던 귀신이나 내가 목격했던 그 끔찍했던 광경에 대해서는 말하지 않았다.

그런데 내가 과수원 살인사건에 대해 말을 꺼내자 김반장의 표정이 굳어졌다.

"과수원이라… 그런 일이 또 있었군. 이상해…"

그는 뭔가 알고 있는 듯한 혼잣말을 지껄인 후, 이내 전형적인 경찰의 모습으로 돌아와 내게 그 시체의 발견 경위에 대해 물어보았다. 막 설명을 하려는데, 어느새 그 집에 도착했다. 걸어가면서 얘기하자며, 김반장은 우산을 펴고 앞장섰다. 속속 경찰과 군 관계자들이 도착했다. 헤드라이트 불빛을 받은 그 집은 정말 무시무시하게 보였다.

나는 떨리는 것을 참으며, 김반장을 내가 시체를 본 곳으로 안내했다.

시체 옆에 우산을 버리고 왔기 때문에 한눈에 그 자리를 찾을 수 있었다. 시체는 우리가 발견한 그대로 있었다. 잘려진 팔도 비를 맞으며 제자리에 있었다. 장교 하나와 김반장이 비닐장갑을 낀 채로 그 시체를 뒤집어보았다. 생각했던 대로 그 시체는 탈영병이 맞았다.

손전등 불빛에 비춰진 뒤집힌 시체는 죽은 지 얼마 안 되는지 아직도 혈색이 도는 것 같았다. 죽을 때 심한 고통이 있었는지, 얼굴은 일그러질 대로 일그러졌고 눈은 뭔가 무서운 것을 본 것처럼 크게 떠져 있었다. 경찰들은 조심스럽게 옆에 버려진 낫을 수

거했다. 그런데 헌병 책임자로 보이는 장교와 김반장이 언쟁하는 듯한 모습이 보였다. 그 둘은 점점 언성을 높이며 이야기했는데 급기야는 김반장이 소리쳤다.

"당신 마음대로 해! 나는 책임지지 않겠어!"

그러더니 김반장은 조사도 끝나지 않았는데도 차로 돌아갔다.

그 장교는 김반장이 자리를 떠나자, 헌병들을 지휘해서 일사불란하게 자리를 정리했다. 시체와 팔, 그리고 낫은 조심스럽게 운반되어 따라온 앰뷸런스로 옮겨졌다. 김반장을 따라온 경찰들은 어색한 표정을 지으면서 그 뒤를 따랐다. 멍하니 서있는 나에게 한 경찰이 다가오더니 수고했다며 타고 왔던 차에 타라고 했다. 서로 가서 목격자 진술만 하면 다 끝나니 조금만 더 수고를 부탁한다고 했다. 차로 가면서 뒤를 돌아보니 그 버려진 집이 사람의 생명과 피로 포식을 한 후의 괴물같이 보였다. 그런 생각이 들자 몸이 부르르 떨렸다.

김반장이 타고 있던 차로 다가가는데, 그 장교가 차안에 있는 김반장을 향해 느물거리는 표정으로 말했다.

"김반장님, 화 푸세요, 아까 말한 것처럼 시체는 읍내 병원에서 부검하지요. 의사는 우리 부대 군의관으로 하고, 피 묻은 낫은 서울로 보내서 검사하죠. 아마 내 말이 맞을 거예요. 그리고 내일 중에 보고서를 보낼 테니 동의해 주세요. 언론에는 군 통제하에 알리는 것으로 하시죠. 그럼…"

대충 들어보니, 수사 주도권 다툼 같았다.

아니나 다를까, 차에 타니 김반장은 씩씩거리며 그 장교에 대해 욕하고 있었다.

"나쁜 놈들, 아예 소설을 쓰고 있군! 소설을! 뭐, 미쳐서 사람을 둘이나 베어버리고, 자기 팔을 잘라 자살한 거라고! 아무리 미친 놈이라도, 어떻게 그렇게 녹슨 낫으로 자기 팔을 잘라내? 말도 안 돼. 말도… 수사는 그렇게 종결하고, 언론에도 그렇게 알리자고? 나는 앉아서 박수만 치라고… 나쁜 놈들…"

김반장의 말을 가만히 들어보니, 군대 측에서 탈영과 살인의 의미를 축소하기 위해, 그 탈영병은 정신병자였고 결국엔 자살한 것으로 마감하려 한 것 같았다. 김반장의 불편한 심기 때문인지 차 안에 탄 사람들은 조용히 있었다.

씩씩거리던 김반장은 돌연 내게 질문을 던졌다.

"일한씨라고 했죠? 그래서, 그 친구의 단서는 찾았나요? 이 마을에 살인사건이 일어나는 바람에 낯선 사람들은 모두 확인해봤는데, 일한씨 친구 같은 사람은 없었는데… 그건 그렇고 그 친구 힘은 세요?"

갑작스런 김반장의 이상한 질문이 마음에 걸렸지만, 솔직히 대답했다.

"그 친구 의대생이라 힘이 그렇게 센 것 같지는 않은데요… 운동도 별로 안 좋아하고… 그런데 그건 왜?"

"아니, 아무것도 아니고… 그래, 차도 끊겼는데 묵을 곳은 찾았소?"

김반장은 나의 질문에 대답하는 대신, 말을 딴 쪽으로 돌려버렸다.

파출소에 도착해보니 정화씨는 하루가 너무 힘겨웠는지, 소파에 앉아 자고 있었다. 나는 김반장에게 부탁해서 담요를 정화씨에게 덮어주었다. 책상에 앉아, 나는 시체를 목격한 것에 대해 간단히 진술했다. 물론 그 버려진 집안으로 들어간 일은 빼고, 단지 재원이를 찾아 과수원 근처를 헤매다가 그 시체를 발견했다고 했다. 김반장은 내 얘기를 듣는 둥 마는 둥 하더니, 이제 가보라고 했다. 나는 정화씨를 어렵게 깨워 여관으로 나섰다. 김반장은 나가는 나를 보고 의미 있는 한마디를 했다.

"일한씨, 조심해요… 이런 시골에서는 서울에서는 상상할 수 없는 일들이 일어나요. 그리고 그 재원이란 친구를 우리가 발견하면 꼭 연락해주겠소…"

그리곤 파출소 안의 사람들을 모아 회의를 소집했다.

나는 가만히 서서 김반장의 말의 의미를 생각해보았다. 하지만 그 말에 담긴 뜻은 잘 이해할 수가 없었다. 찝찝함과 함께 파출소 문을 나서는 내 뒤로 김반장의 풀죽은 목소리가 들려왔다.

"여러분들 모두 다 수고했어요. 이제 다 끝난 것 같으니, 짐 챙겨서 떠날 준비하세요. 나는 여기서 며칠 있다 갈 테니, 먼저들 시로 출발해요. 서장님에겐 이 사건 뒤처리한다고 내가 보고할 테니……"

비는 아직도 내리고 있었다.

경찰에게 빌린 우산을 쓰고 우리는 피곤한 몸을 이끌고 여관으로 향했다. 정화씨는 도대체 오늘 우리가 보고 겪은 것이 무엇이냐고 내게 물었다. 솔직히 나도 대답할 수 없었다. 재원이를 찾아 여기에 왔지만, 재원이에 대한 단서라곤 그 집에 새겨놓은 글밖에 못 찾았고, 점점 이상한 사건에 휘말리고 있는 것 같았다. 정화씨가 너무 지친 것 같아, 내일 첫차를 타고 서울로 돌아가라고 했다.

정화씨는 조금 갈등하는 것 같더니, 생각해보고 결정하겠다고 했다.

우리는 여관에 들어가 맡긴 짐을 찾고, 부탁한 방으로 들어가려고 했다. 그런데, 우리를 대하는 여관 주인의 태도가 좀 이상했다. 낮의 친절함과 달리 우리를 경계하는 눈치였다. 마치 우리를 달갑지 않은 불청객처럼 대했다. 흘끔흘끔 우리를 보는 눈치가 기분 나쁠 정도였다.

우리는 애써 개의치 않고 각자 방으로 들어갔다.

나는 정화씨에게 혹시 모르니 문단속 잘하고 자라고, 푹 자고 내일 보자고 한 뒤 내 방으로 들어왔다. 방에 들어오자마자, 지저분한 화장실에서 샤워를 했다. 샤워를 하면서, 오늘 있었던 많은 일들을 생각해 보았다. 마치 암흑 속에서 조각들을 찾아 맞추는 것 같았다. 그것들 각각은 모두 서로 연관이 있을 것 같아 보이면서도, 도무지 정체를 알 수가 없었다.

샤워를 마치고, 잠자리에 누웠다.

얇은 벽을 통해 들어오는 빗소리가 귀에 거슬렸다. 몸은 몹시 피곤했지만 잠은 잘 오지 않았다. 애써 잠을 이루려는데, 아까 그 집에서 본 졸린 눈의 사람 머리와 과수원에서 본 낫을 들고 있던 사람들의 모습이 떠올랐다. 갑자기 소름이 쫙 끼치면서, 그 사람들이 여관방 안에 나타날 것 같았다. 부끄럽지만 무서움이 느껴졌다.

그 두려움을 쫓다가 나도 모르게 잠이 들었다.

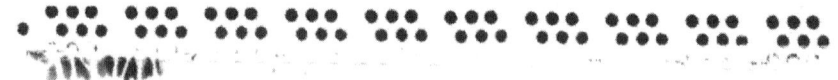

무당

무당할머니는 앉은 채로 정수리에 낫이 손잡이까지 푹 박혀있었다.
눈은 죽기 전의 공포로 가득 차 있었고, 얼굴에는 흐르는 피가 반쯤 말라 있었다.
어제 우리를 데려왔던 아이는 무당 옆에 난도질당한 끔찍한 모습으로 죽어있었다.
내장이 흘러나올 정도로 잔인하게 살해된 모습이었다. 옆에는 예의 피 묻은 낫이 보였다.
어제 자신이 쓰던…

'쾅쾅' 하고 문 두들기는 소리에 잠이 깼다.
   밤새도록 어제 일에 대한 악몽에 시달렸는지 자고 일어나도 개운하지 않았다. 잠시 잠에서 깨어 문을 열었다. 나타난 사람은 어쩔 줄 몰라하는 정화씨였다. 그녀는 누군가가 우리를 찾아왔다고 다급하게 말했다. 아직도 잠에 취해있던 나는 그 얘기에 확 잠이 깼다.
   누군가 우리를 찾아오다니 좀 이상했다.
   이 마을에 아는 사람이라곤 여관 주인을 빼면 어제 만난 김반장 뿐인데… 아침부터 우리를 찾아온 사람이 있다는 것이 좀 이상하게 느껴졌다. 정화씨 말로는 아침에 여관 주인이 어떤 사람이 우리를 찾는다고 했다는 것이다. 나는 잠시 시간을 달라고 하고, 나갈 채비를 했다. 준비를 하면서 생각해봤지만 머리속이 혼란스러워지기만 했다. 방 안을 나서니, 정화씨가 안절부절못하면서 나를 기다리고 있었다. 뭔가 두려움에 떠는 것 같았다. 얼굴을 보니 피로가 가득했다. 나는 혹시나 하는 마음에 어젯밤에 무슨 일이 있었냐고 물었다.

"…사실 어제 한숨도 못 잤어요. 믿으실지 모르지만, 어젯밤에 재원이 오빠를 봤어요. 꿈인지는 모르겠지만… 그런데, 평소의 모습이 아니라 피투성이가 된 모습이었어요. 광기 어린 눈빛과 살기가 깃든 표정, 오빠 같지가 않고 너무 무서웠어요. 그 모습을 보고 잠을 못 이루었어요. 너무 무서웠어요."

정화씨는 정말로 무서운 것을 본 사람처럼 얘기했다.

그 얘기에 나 역시 섬뜩함을 느끼고 있는데, 여관주인이 밑에서 우리를 불렀다. 우리는 아침부터 찜찜한 기분을 느끼며 찾아왔다는 사람을 만나러 내려갔다. 주인은 우리가 늦게 내려온 것에 대해 짜증스러운 표정과 함께 여전히 불쾌해하는 것처럼 보였다. 주인 옆에는 작은 키의 여자아이가 서 있었다. 아이인데도 불구하고, 언뜻 보기에 이상하게도 여관주인이 어려워하는 것처럼 보였다.

그 아이는 우리를 보자마자, 귀에 거슬릴 정도의 높은 목소리로 얘기했다.

"친구를 찾아왔죠? 그 의대생. 우리 엄마가 당신들을 보고 싶대요. 따라와요."

아이는 냉랭한 목소리로 말하고 뒤도 돌아보지 않고 앞장섰다.

가까이서 보니 그 여자아이는 아이가 아닌 것 같았다. 어른 같기도 하고 애 같기도 하고 잘 구분이 가지 않았다. 어투도 좀 이상하고, 보통사람 같지는 않아 보였다. 우리는 어리둥절한 상태로 그 아이의 뒤를 따라갔다.

비는 지겹게도 계속 내리고 있었다.

가는 길에 우연히 마주치는 마을 사람들은 우리를 경계하는 것 같았다. 뭔가 우리에 대한 나쁜 소문이 벌써 마을 사람들 사이에 퍼진 것이 틀림없었다.

그 아이는 우리를 한적한 곳으로 데려갔다.

우리는 한참을 걷다가, 평범하게 보이지 않는 집으로 이끌려 들어갔다. 집 장식이 울긋불긋한 것을 보니 무슨 무당집 같았다.

"들어가요."

아이는 다시 한 번 냉랭한 목소리로 우리를 방 안으로 안내했다.

방은 생각보다 컸다. 처음 눈에 들어온 것은 붉고 푸른 귀신의 나무 조각들이었다. 보살과 부처의 상도 보였다. 생각했던 대로 무당집이었다.

"여기 와서 앉아."

방 끝쪽 그늘 속에서 굵직한 여자 목소리가 들려왔다.

우리는 무슨 마법에 홀린 것처럼 그 목소리가 나는 곳으로 가서 앉았다. 가까이 앉으니, 목소리의 주인공을 볼 수가 있었다. 나이는 종잡을 수 없지만, 짙은 화장 뒤의 숨겨진 주름살로 보아 오륙십 대로 보였다. 하지만 그 눈매는 범상치 않았고, 그녀는 다름 아닌 뭔가 이상한 분위기를 풍겨내고 있는 무당이었다.

"어허… 남자는 귀(鬼)에 싸여있고, 여자는 살(殺)을 보고 있어…

너희들, 친구를 찾아왔지? 변해버린 친구… 그 친구는 과수원에서 변해버렸지…"

무당할머니는 다짜고짜 이해할 수 없는 얘기를 시작했다. 나는 조심스럽게 물어보았다.

"저… 무슨 일로 저희를 부르셨죠?"

그 무당할머니는 휴 하고 한숨을 내쉬더니 좀더 부드러운 목소리로 얘기를 시작했다.

"벌써 마을엔 너희 얘기가 쫙 퍼져있어. 귀신을 데리고 이 마을에 왔다고… 사실 모든 일이 내 책임이야. 그런데 두려워서 아무것도 못하고 일을 이 지경으로 만들었지. 내 얘기를 잘 들어. 아마 친구를 찾는 데 도움이 될 거야. 그때 병식이 부탁을 들어주지 말았어야 하는데. 과수원 주인 병식이는 이 동네 이사온 후부터, 이 집에 놀러오곤 했어. 남들은 다 무서워하고 꺼려하던 무당을 스스럼없이 대하고 내 말상대가 곧잘 돼주었지. 지희, 지철이, 그리고 안사람을 데리고 종종 아무도 찾지 않는 우리집을 찾아오곤 했지… 참 행복하고, 보기 좋았지. 그런데, 병식이 안사람이 시름시름 앓다가 죽었어. 그때 병식이 참 슬퍼했지. 거의 제정신이 아니었어. 그래도 자식들 때문에 정상으로 돌아왔어.

병식이는 제 어미 쏙 빼 닮은 지희에게 온갖 정성을 다했지. 항상 자랑하고 다녔지. 자기 딸이 마을 최고의 신부감이라고. 그러더니 그 사랑스런 딸이 안 중위라는 군인과 결혼을 약속하게 되었어. 그때 병식이가 나를 찾아와서 고민을 털어놓았지. 지희가 시집가서 행복해지는 것은 좋은데, 너무 허탈하고 외롭다는 거야. 그러더니 덜컥 죽은 사람을 살려내는 주문을 해달라는 거야.

나는 무슨 소리냐고 화를 냈지. 그런데 병식이는 용케 기억하고 있었어. 내 어머니가 죽어가면서 내게 남긴 주문이 있다는 것을… 바로 죽은 사람을 살려 내는 거였지…"

그녀는 잠시 말을 멈추더니 다시 이었다.

"…너희들은 믿지 않겠지. 과학을 신보다 중요시하고 신봉하는 놈들이니까. 그 주문은 너무 위험하고 비밀스러우니 일생에 단 한 번만 쓰고, 죽기 직전에 내 딸에게 넘겨주라며 남겼어. 어미 말로는 이 주문을 걸면, 죽은 사람이 밤마다 무덤에서 나와 주문을 건 사람 앞에 나타난다는 거야. 대신 절대로 다른 사람이 보면 안 되고, 당사자 이외에는 아무도 아는 사람이 없어야 성공한다고 했지.

그 주문을 받고, 어미가 죽었을 때 나도 처음으로 슬픔을 느꼈지. 언젠가 술에 취한 병식이가 자기 부인을 살려달라며 울고불고 할 때, 너무 안쓰러워, 내가 무의식중에 그 주문 얘기를 했을 거야. 병식이는 그 얘기를 기억하고 있던 것이고, 나를 졸라대기 시작했어.

나는 완강히 거절했어. 하늘의 뜻을 거스르는 주문은 분명히 마가 낀다고, 그래서 평생 한 번밖에 쓸 수 없다는 거라고. 하지만 병식이는 막무가내였어. 그때부터 매일 나를 찾아와 울고 애원하고 부탁했지. 그때 딱 부러지게 거절했어야 하는데… 다 내 업보고, 내 실수지. 하도 애원하니까 내 마음도 흔들리기 시작했어. 그리고 나도 그 주문을 죽기 전에 한 번 써보고 싶었거든. 결국 병식이에게 넘어갔지. 그날부터 병식이에게 그 주문의 절차를 하나하나 가르쳐주었지. 나는 이제 다리를 못 써 내가 직접 주문을 걸 수가 없었지.

　병식이는 안사람을 되살릴 수 있다는 것에 빠져들어, 딸애 결혼 준비에도 신경 안 쓰고 여기에만 매달렸지. 이런 큰 주문에 몰두하게 되면, 당사자의 기가 빨려 들어가 위험하게 되는데, 병식이가 그런 것 같았어. 점점 성격도 비밀스러워지고 포악해지는 것 같았어. 나도 변해 가는 병식이의 모습을 보니 슬슬 겁이 나기 시작했어. 하지만 이미 막기는 너무 늦었었지.

　주문을 걸기로 한 그믐날 밤, 나는 불길한 예감을 느끼며 병식이의 결과를 기다렸지. 그런데, 그날 밤 악귀의 기가 갑자기 느껴졌어. 아니나 다를까, 다음날 그 과수원의 몰살에 대한 얘기를 들었지."

　정말 심상치 않은 이야기들이었다. 난 숨을 죽인 채 침을 꼴깍 삼켰다.

　"나는 뭔가 크게 잘못되었다는 것을 깨달았어. 후회해봤자 소용없었어. 그런데, 그 살육이 평범하지 않다는 얘기를 들었어. 내 주문이 엉뚱하게 되었다는 것을 알게 되었지. 그 후에도 그 집에 얽힌 여러 가지 혼귀 얘기를 들었지만, 어쩔 수 없었지. 그거 알아? 무당은 아무리 신통력이 있어도, 누군가가 부탁해야 굿이나 주문을 걸어 잡귀를 쫓을 수 있어. 남의 부탁 없이 자기 뜻대로는 신통력을 발휘할 수 없는 것이 우리 무당의 숙명이야. 그런데 아무도 그 집의 악귀를 쫓아달라고 부탁한 사람이 없었어. 다리를 못쓰게 되어, 이 방 밖으로 나가보지 못한지가 벌써 10년째니, 그 집에 가볼 수도 없었지. 아무도 무당을 도와주려 하지 않거든. 자기가 무당이 필요하기 전까지는… 여하튼 그래서 그 집에 어떤 악귀가 있고, 왜 온 가족이 죽었는지 알 수가 없었지. 그 집에 관한 무서운 얘기가 돌고, 미쳐버린 지희가 자살하고, 서울에서 온 의대생이 그 집에 들어갔다 미쳤다는 얘기도 들었지. 그리고 주순경이 그 집을 태우려다가 자기가 불타죽었다는 얘기도.

그 집엔 분명 무시무시한 악귀가 서려있어. 그런데 알 수가 없지. 너희들이 믿을지는 모르지만, 내 얘기는 끝났어. 내가 너희들을 부른 이유는 그 집에서 미쳐나간 너희 친구를 찾기 위해서는 너희들도 너희 이야기를 내게 해줘야 한다는 거야. 너희들이 그 집에서 본 것, 친구가 그 집에서 겪은 일들. 나도 그 집에 대해서 책임이 있거든."

나는 그 할머니 무당의 얘기를 도저히 믿을 수가 없었다.

죽은 사람을 살려낸다는 둥, 악귀가 서려있다는 둥, 자기에게 얘기하면 재원이를 찾아준다는 듯이 얘기나 하고, 그냥 통속적인 무당 사기꾼의 얘기 같았다. 하지만 정화씨는 그 무당의 말을 믿는 듯 진지하게 무당의 얘기를 듣더니, 우리 얘기를 들려주었다. 재원의 편지 얘기서부터, 우리가 그 집과 과수원에서 본 것들을 상세하게 얘기했다. 가만히 그 얘기를 듣고 있던 나는 속는 셈치고 얘기해보자는 생각으로 내가 그 집과 과수원에서 본 귀신의 모습도 얘기해 주었다.

하긴 이런 얘기를 믿을 사람은 그 무당할머니밖에 없어 보였다. 우리의 얘기가 끝나자, 그녀의 얼굴은 흙빛이 되었다. 처음의 당당하던 모습은 사라지고, 두려움에 떨고 있었다.

"세상에… 이런 일이. 병식이가 건 주문은 확실히 잘못되었어. 그 무서운 것을 살려내다니. 잘 들어. 너희들의 얘기를 들어보니,

병식이가 살려낸 것은 자기 집사람이 아냐! 어떻게 된 일인지 모르겠지만, 병식이가 저승에서 불러낸 것은 끔찍한 살인귀야. 그런데 왜 과수원에서 살인귀가 살아 나왔지? 모르겠다. 모르겠어… 그 살인귀는 아직도 남아 사람들을 죽이고 있어. 군대에서 도망친 놈이 살인자라고? 웃기네… 그 놈도 그 살인귀에 당한 불쌍한 놈이라니까. 너희들, 친구 찾는 것 포기하고 빨리 이 마을 떠나! 다 내 죄고 업보다. 저승에 가서 어미 얼굴을 어떻게 볼꼬. 아아…"

무당할머니의 말은 우리에게 충격과 섬뜩함으로 다가왔다.

믿을 수 없는 얘기였다. 나는 당연히 의심했고, 결론적으로는 거짓말로 치부해 버렸다. 부활한 살인귀라니… 말도 안돼 보였다. 거기다가 우리보고 떠나라고 하다니……. 나는 지루함을 못 이겨 자리에서 일어났다. 하지만 정화씨는 정반대였다. 재원이를 걱정하는 것 때문인지 무서워서인지 너무 진지하게 그 얘기를 받아들였고, 무당할머니에게 애원을 하는 것이었다.

"할머니, 아까 그러셨죠. 부탁하는 사람이 없어 그 집의 악귀를 못 쫓는다고. 그럼 이러면 어때요? 내가 할머니께 그 집의 악귀를 쫓아달라고 부탁하는 거예요. 그리고 재원이 오빠도 찾아달라고… 할머니도 뭔가 하고 싶다고 했잖아요?"

정화씨는 필사적으로 부탁을 계속했다.

재원이를 걱정하는 마음은 이해할 수 있지만, 쓸데없는 데에 신경 쓰고 부탁하는 것은 이해할 수 없었다. 그 무당은 처음에는 거절했다. 이제는 자기 힘으로도 어쩔 수 없다며. 하지만 정화씨의 집요한 부탁과 애원으로 결국에는 한 번 해보겠다고 승낙했다.

대신 자기가 몸이 불편하니까 오늘 하루종일 우리에게 준비를 도 와달라고 했다. 나는 말도 안 된다고 생각하고 일어나려 했지만, 정화씨가 선뜻 승낙해버렸다.

정화씨는 자기는 여기서 일할 테니, 나보고는 하기 싫으면 딴 데 가서 재원이를 찾아보라고 했다. 난처했다. 이럴 수도 없고 저 럴 수도 없고. 울며 겨자 먹기로 나도 남아서 의식 준비를 도와주 기로 했다.

한 번 결심을 하자 그 무당할머니는 전혀 딴 사람으로 변했다. 찹쌀과 보통 쌀을 물에 깨끗이 씻어 장작불을 피워 밥을 지으라 는 둥, 수탉의 피를 구해오라는 둥, 준비를 위해 별의별 일을 다 시켰다. 우리를 데려온 그 여자아이는 생긴 것과는 달리 수탉을 무지막지하게 도살했다. 큰 칼로 단숨에 목을 따내고, 그 피를 받 기도 했다. 무당할머니는 방에 틀어박혀 주문인지 지방인지를 계 속해서 쓰고 있었다. 내가 장작을 패고 있을 때, 정화씨와 무당의 딸은 밥과 음식을 준비했다. 정신없이 일하다 보니 하루가 금세 지나갔다. 어두워지자 그 무당할머니가 일을 중단시켰다.

"자, 수고했어. 거의 준비가 다 되었으니, 내일 아침에 와서 마 무리를 짓도록. 의식은 내일 밤이야. 잘 되면 그 악귀도 저승으로 끌려가고, 너희 친구도 찾게 될 거야. 잘 못 되면, 이승을 떠날 수 도 있지. 무서우면 너희들 오지마. 아마 끔찍한 밤이 될 거야. 나 도 궁금해. 도대체 어떤 악귀가 거기서 살아난 것인지……."

불길한 말을 들으며, 우리는 그 집을 떠났다.

하루가 정말 정신없이 지나갔다. 분명히 사기 같은데, 왠지 모 르게 나도 이런 일에 빠져들고 있는 느낌이었다. 처음에는 분명히 이런 의식에 코웃음을 쳤는데, 오히려 내가 준비를 돕고 있는 것도 이상했다. 의식을 도우면서 나도 무당할머니의 말을 믿고 있는 것처럼 느껴졌다. 하긴 내가 본 헛것들의 정체도 밝혀질 수 있을지도 몰랐다. 하지만 낫을 휘두르는 살인귀라… 좀처럼 알 수 없는 일이었다. 정화씨는 이 의식에 뭔가 기대하는 눈치였다. 기대가 크면, 실망도 큰데…….

여관으로 돌아오다가 우연히 김반장을 만났다.

"아직들 안 갔군. 비가 많이 와서 저수지가 넘치면 다리가 끊겨 이 마을에서 떠날 수 없게 된다고… 빨리 떠나는 것이 좋을 걸……. 이 정도로 비가 오면 내일이면 저수지가 넘칠 것 같은데… 나는 여기서 그 핑계로 한참 쉴 생각이에요. 이 동네는 산 중턱에 있어 물난리 걱정은 없거든요… 하지만 다리가 끊기면 오도 가도 못하게 되죠… 자, 나는 동네 친구들과 술 한잔 약속 있어서… 내 말 명심해요."

그 말을 듣고 하늘을 쳐다보니, 정말 구멍이 뚫린 것처럼 비가 쏟아 붓고 있었다. 하지만 우리는 이렇게 떠날 수가 없었다. 정화씨의 기세로 봐선 홍수가 아니라 불바다에 휩싸인다고 해도 재원이를 찾기 전에는 절대로 떠날 것 같지가 않았다.

난 하루가 피곤했는지, 방으로 들어오자마자 쓰러져서 잠이 들었다.

다음 날, 역시 정화씨가 나를 깨웠다.

그날 밤에도 악몽에 시달린 탓인지, 몸이 찌뿌둥하고 피로도 풀리지 않았다. 비는 아직도 줄기차게 내리고 있었다. 우리는 어제 기억을 더듬으며, 그 무당집으로 향했다. 날씨 탓인지 괜히 아침부터 불길한 예감이 느껴졌다.

무당집은 아직도 아무도 안 일어났는지 조용했다.

우리는 마당에서 '할머니! 할머니!' 하고 불러보았다. 몇 번을 불러 봐도, 아무런 대답이 없자 갑자기 겁이 나기 시작했다. 나는 용기를 내어 방문을 열었다. 문을 열자마자 무슨 비린내가 풍기는 것 같았다. 그나마 있던 촛불도 꺼지고, 바깥도 어두운지 아무 것도 보이지 않았다.

우리는 어둠 속에서 '무당님, 저희예요' 부르며 방 안쪽으로 들어갔다. 언뜻 보니 무당할머니는 자리에 가만히 앉아 묵상하는 것처럼 보였다. 우리 존재는 전혀 개의치 않고 묵상에만 잠겨 있는 것 같았다. 나는 벽을 더듬다가 찾아낸 스위치를 켰다.

환해지는 것과 동시에 정화씨의 날카로운 비명이 내 귓전을 때렸다.

그쪽으로 돌아보는 순간, 나는 머리통을 한 대 맞은 것 같은 충격을 느꼈다. 절로 몸이 부들부들 떨리며, 속이 메스꺼워졌다. 무당할머니와 그녀의 딸이 피투성이가 되어 처참하게 죽어있었다. 무당할머니는 앉은 채로 정수리에 낫이 손잡이까지 푹 박혀있었다. 눈은 죽기 전의 공포로 가득 차 있었고, 얼굴에는 흐르는 피가 반쯤 말라 있었다. 어제 우리를 데려왔던 아이는 무당 옆에 난도질당한 끔찍한 모습으로 죽어있었다. 내장이 흘러나올 정도로 잔인하게 살해된 모습이었다. 옆에는 예의 피 묻은 낫이 보였다. 어제 자신이 쓰던….

둘의 끔찍한 모습을 보고, 우리는 순간적으로 정신을 잃었다.

정화씨의 비명은 계속되었고, 그 비명소리에 나는 정신을 차렸다. 나는 정화씨의 손을 낚아채고 바깥으로 나왔다. 살인마는 탈영병이 아니었고, 아직도 이 마을에 남아서 살인을 자행하고 있다는 말이 생각났다. 등골이 오싹해졌다.

어제 무당할머니가 음침한 목소리로 경고하던 것이 생각났다.

'병식이가 저승에서 불러낸 것은 끔찍한 살인귀야……'

온몸에 소름이 쫙 끼치며, 부르르 떨렸다. 무당할머니의 말이 점점 현실처럼 느껴졌다. 나는 바들바들 떨며 충격에서 헤어나오지 못하는 정화씨를 달랬다. 재원이 찾는 것을 포기하고 당장 이 무서운 마을에서 떠나고 싶었다. 이러고 있다 언제 나도 그 살인귀의 낫에 무지막지하게 당할지 몰랐다. 구역질을 참으며 파출소로 향하려는데, 우린 스피커에서 흘러나온 마을 방송을 듣고 머리속이 다시 멍해질 수밖에 없었다.

"…아 예, 주민 여러분. 저 이장입니다. 다름이 아니오라, 우려하던 저수지 범람으로 인해 읍내로 나가는 다리가 끊겼고, 전화선도 유실되었습니다. 외부로 나가는 통로가 완전히 차단되고, 연락 수단도 없어졌습니다. 아무도 이 마을을 벗어나거나, 들어올 수 없게 되었습니다. 다행히 높은 지역에 위치한 우리 마을은 아직 안전합니다. 그러니 주민 여러분 걱정하지 마시고 기다리십시오. 곧 정부에서 도움을 줄 것입니다. 한동안 우리 마을 사람들을 공포에 떨게 했던 살인범인 탈영병도 죽었는데, 설마 무슨 일이야 나겠어요?……"

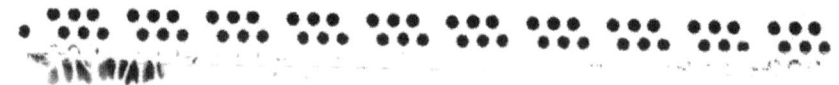

고립

두 사람을 죽인다고 가정할 때, 아무리 침착하다고 해도
첫 번째 희생자의 머리에다 낫을 박아놓고,
반항하는 두 번째 희생자에게는 낫을 바꿔들고 죽였다는 것이…
그 놈이 양손잡이라면 아무런 문제가 없겠죠…
하지만 만약 살인마가 둘이라면…

스피커에서 울려나오는 방송은 내 몸을 얼어붙게 만들었다.

이 마을에 살인귀와 함께 갇히다니… 사형선고를 들은 기분이었다.

정화씨도 시체들을 본데다 이런 방송마저 들으니, 충격을 받은 것 같았다. 그러나 우리가 여기서 할 일은 우선 파출소를 찾아가는 것밖에 없었다. 비는 계속 내리고 있었고, 아침이었는데도 불구하고 파출소로 가는 길에는 인적이 드물었다. 시체를 목격한 것과 마을이 고립되었다는 방송 때문인지 길가 숲에서 무언가가 퍽 하고 튀어나와 우리를 갈기갈기 찢어버릴 것 같기도 했다.

우리는 거의 뛰다시피 해서 어제 그 파출소로 뛰어 들어갔다.
그러나 이게 웬일인가…….

그저께만 해도 헌병과 경찰들로 가득 찼던 파출소에 아무도 없는 것이었다. 나는 당황하고 겁이 나서, 누구 없냐고 다급하게 소리쳤다. 몇 번을 불러도 대답이 없었다. 황당하고 절망적인 상황… 이런 절박한 때에 경찰 한 명 없다니…….

이제 어떻게 해야 하나 당황하고 있는데, 부스럭 소리가 나면서 책상 뒤편에서 누군가가 일어났다. 자고 있었는지 눈도 제대로 뜨지 못하고 부시시한 모습으로 일어난 사람은 바로 그 김반장이라는 사람이었다. 그 사람은 어제 과음을 했는지 술 냄새를 확 풍기며 아직도 술이 덜 깬 모습으로 무슨 일이냐고 물었다. 나는 왠지 모를 한심함도 느꼈지만, 지푸라기라도 잡는 심정으로 다급하게 말했다.

"사람이 죽었어요! 사람이! 무당집에 사람 두 명이 죽어있어요! 무당은 머리에 낫이 꽂혀있었어요!"

김반장은 처음에 내 말이 무슨 얘기인지 잘 못 알아듣는 듯 했다.

그는 과음 때문에 머리가 아프고 어지러운지 의자에 아무렇게나 앉더니 주전자에 있는 물을 들이키더니 다시 어떤 일이냐고 물었다. 다시 차근차근 우리가 무당집에서 발견한 끔찍한 시체에 대해 얘기해주자, 그제서야 김반장은 사태의 심각성을 깨달았는지 세면대에 가서 물을 머리에 끼얹고 옷을 고쳐 입고 아까와는 좀 다른 모습으로 돌아왔다. 그러더니 어디엔가 전화를 걸려고 노력하다가 전화가 먹통인 것을 알고 욕지거리와 함께 전화를 내던져버렸다. 술에 취해 골아 떨어져 전화선이 유실되고 다리가

고립

끊겨 고립된 상황을 모르고 있는 것 같았다.

나는 식식거리는 김반장에게 홍수 얘기를 해주었다.

역시 모르고 있었다며 김반장은 매우 놀랐다. 나는 다른 경찰관들은 다들 어디에 있냐고 물었다. 내 질문에 김반장은 히스테릭한 웃음과 함께 미처 생각하지 못한 얘기를 들려주었다.

"…하하… 다른 경찰이라… 이봐요 젊은이, 이렇게 작은 마을에는 원래 경찰이 거의 없소. 사실 이 마을에 경찰은 단 두 명뿐이오. 아니, 나까지 합해 셋이 돼야 정상이지만, 서 순경은 읍내에 나갔으니 두 명뿐이지. 여기는 파출소가 아니에요. 그저 작은 마을의 지서일 뿐이죠. 그놈의 낮 살인사건 때문에 잠시 북적거렸지만 지금은 다들 떠났고, 아무도 나가거나 들어갈 수 없는 이 마을에는 150여명의 주민과 두 명의 별 볼일 없는 경찰, 젊은이들 두 명, 그리고 피에 굶주린 미치광이 살인마가 있는 거요. 아, 그놈 때문에 마을 사람 수가 점점 줄어들 수도 있겠지만……."

"그래도 김반장님이 뭔가 어떻게 해야 되지 않나요?"

정화씨는 그 얘기를 듣고도 별로 놀라지 않는 듯 꾸물럭거리는 김반장을 다그쳤다. 김반장은 어쩔 수 없다는 듯이 자리에서 일어나면서도 부정적인 얘기를 계속했다.

"그래야죠. 아가씨… 하지만 난들 특별히 할 수 있는 일이 없다는 것은 뻔하지 않소. 전화도 안 되니 아무런 수사 협조나 도움도 받을 수 없고, 하나 남은 이 순경은 집에서 자고 있을 텐데 여기서 걸어서 한 20분 거리라 불러오기가 수월하지도 않고… 차도 들어갈 수 없는 곳에 살고 있고… 그리고 이 마을은 사실 내 구역도 아닌데… 그래도 어쩔 수 없지… 안내하슈. 가 봐야 무슨 일이 있었는지 알겠지, 뭐…"

말은 그렇게 해도 김반장은 처음의 탁하고 퀭한 눈빛이 아닌, 날카롭게 빛나는 형사의 눈으로 돌아왔다. 말도 시니컬하게 하고, 모습도 작고 꾀죄죄하게 보여도 어딘지 모르게 믿음이 가는 사람이었다. 김반장을 데리고 그 무당의 집으로 나서려 하는데, 갑자기 문이 부서져라 열리더니, 겁에 질리고 당황한 얼굴의 경찰이 뛰어들어오는 것이었다.

"반… 장… 님! 큰일…이 났어…요! 사과골 최씨 부부가… 낫에 찔려… 헉헉… 죽어있는 것이 발견되었대요! 헉헉… 살인이에요!"

우리는 처음에 우리 귀를 의심했다.

또 살인이라니…

무당집 살인 얘기를 하는 줄 알았다. 하지만 지금 들은 것은 그 사건이 아닌 다른 살인에 대한 이야기였다. 온 몸에 소름이 쫙 끼치는 것이 느껴졌다. 하지만 김반장은 침착하게 사태를 파악하려고, 겁에 질리고 숨이 차서 어쩔 줄 몰라하는 그 젊은 순경을 다그쳤다.

"이봐! 이 순경! 도대체 무슨 얘기를 하는 거야? 흥분하지 말고 차근차근 사건에 대해 말해봐! 천천히!"

"죄송합니다, 김반장님. 제가 너무 당황했습니다. 사실 저도 집에서 자고 있는데, 갑자기 정미소 김 영감이 문을 두들기는 거예요. 김 영감 말로는 아침에 일이 있어 최씨네 갔는데 인기척은 없고 방문 밖으로 피 같은 것이 흘러나와 있는 것이 보였다는 거예요. 피를 보니 너무 무서워 가까이 있는 우리 집에 와 저를 깨웠다는군요. 나는 귀찮아서 그냥 무시하고 계속 자려고 하는데, 김 영감의 겁에 질린 모습이 마음에 걸렸고, 김 영감 역시 너무 보채서 못 이기는 척하고 최씨네로 향했죠. 그때 마을 방송을 통해 우리 동네가 고립되었다는 것을 알았고…

최씨네는 김 영감 말대로 아무런 인기척이 없었어요. 방문 앞에는 말 그대로 시뻘건 핏물 같은 것이 흘러있었습니다. 저는 불길한 느낌이 들었지만, 그냥 문을 열었어요. 문을 여는 순간, 저는 지옥에 들어온 기분이었습니다. 작은 방 사방에 피가 튀어 있었고, 최씨와 부인이 처참하게 피투성이가 되어 죽어있었어요. 구역질이 나오는 것을 참으며 대충 보니 부인은 누워있는 상태로 목이 따져 있는 것을 보니 자다가 변을 당한 것 같았고, 최씨는 벽에 기대앉은 채로 목과 어깨가 심하게 난도질당한 것을 보니 자다가 부인이 죽은 순간 깨어 범인을 보고 죽은 것 같았어요.

최씨의 눈은 마치 무슨 악마를 본 것처럼 공포로 가득 차 있었어요. 나도 모르게 뒷걸음질치다가 방바닥에 피투성이가 된 낫이 하나 떨어져 있는 것도 발견했습니다. 방 안은 마치 악마가 낫을 들고 휩쓸고 간 것 같아 보였어요. 저는 제가 경찰이라는 것도 잊고 김 영감과 함께 그 끔찍한 곳에서 뒤도 안 돌아보고 도망쳤습니다. 김 영감은 자기 집으로 갔고, 저는 여기로 왔습니다. 어떻게 해야 하죠? 다리는 끊겼다는데…"

이 순경의 말은 우리에게 충격으로 다가왔다. 또 다른 살인이라니…….

이제 그 살인마는 닥치는 대로 사람을 죽이고 다니는 것이다.

나와 정화씨는 그 얘기를 듣고 우리가 아침에 목격했던 무당 모녀의 시체를 떠올렸다. 온몸에 전율이 흐르는 것 같았다. 어찌할 바를 모르고 멍하고 있는데, 김반장이 그 분위기를 깼다.

그는 아까와는 전혀 다른 침착한 목소리로 이 순경에게 앞으로 할 일을 지시했다.

"이 순경, 어차피 이번 사건은 우리 몫이야. 다리가 복구되고, 읍내에서 지원이 들어오려면 넉넉잡아 한 이틀에서 사흘은 걸릴 거야. 그때까지 손놓고 그 놈이 사람을 죽이는 것을 볼 수만은 없 잖아! 그러니 뭔가는 해야지… 이 순경은 당장 이장 댁에 가서 오늘 발견된 살인사건에 대해 얘기하고, 가능한 빨리 마을 사람들을 한곳에 모이게 하라고 해. 전화가 불통되었으니, 모아놓고 이번 사건에 대해 경고를 해줘야겠어. 그리고 장정 두세 명 정도 비닐하우스에 쓰는 큰 비닐 가지고 무당집으로 보내 줘. 그리고 고깃간 하는 정씨에게 시체들이 들어갈 수 있는 냉동고가 있나 물어봐. 이 날씨에 시체를 그냥 놔두면 얼마 안 가 흉칙하게 썩어버릴 테니…

그 일이 다 끝나면, 최씨 집에 가서 다른 사람들이 현장을 훼손하지 않게 지키고 있어. 내가 무당집을 조사해 본 뒤 서둘러 최씨 집 살인 현장으로 달려갈 테니… 그리고 주의할 건 마을 사람들에게 경고를 하되 무작정 겁을 집어먹지 않게 주의하도록. 괜한 소동 일어나면 통제가 힘들어지니까… 아, 그리고 마을 사람들 모일 때, 집에서 쓰는 낫을 들고 모이라고 해. 그 살인마는 이상하게 낫에 집착하는 것 같으니… 없어진 낫을 보면 뭔가 단서가 잡힐지도 모르니까… 또, 지서에 있는 무기고를 열어 옛날 총이라도 좋으니 있는 대로 꺼내 가져와.

나는 권총을 한 자루 가지고 있으니, 자네가 무장하고 남은 것이 있으면, 최씨 집으로 가져와. 쓸모가 있을 테니… 이 순경 명심해! 이번 사건을 해결하고, 마을 사람들을 보호해야 할 사람은 우리 둘밖에 없다는 것을… 그럼 수고하게……."

김반장은 마치 미리 생각하고 있던 것처럼 일사천리로 이 순경에게 명령하고 멍해 있는 우리를 독촉해 무당집으로 향했다.

빗줄기는 아침보다는 약해졌지만, 그래도 끊임없이 내리고 있었다.

김반장의 고물차에 타 무당집으로 향하면서, 나는 그 무당이 우리를 불러 해 주었던 괴기스러운 얘기와 우리가 준비했던 의식에 대해 간략하게 얘기해 주었다. 솔직히 김반장이 우리의 황당한 얘기를 안 믿을까 걱정했는데, 김반장은 진지한 표정을 하고 몇 가지 질문까지 하면서 우리의 얘기를 들었다. 과수원 얘기를 꺼내자 김반장의 표정은 왠지 모르게 심각해 졌다. 뭔가 생각이 가는 쪽이 있는 것처럼 보였다.

걸어서는 한참인 거리지만, 비포장 시골길인데도 불구하고 차로는 금방이었다. 김반장은 무당집 어귀에 도착하자 서둘러 차에서 내렸다. 우리는 뛰다시피 김반장의 뒤를 따랐다. 잰걸음으로 무당집으로 향하는 김반장의 뒷모습은 노련한 사냥개를 연상시켰다. 피 냄새를 맡은…

무당집은 우리가 떠날 때와 변한 것이 없었다. 하지만 나는 잔인하게 살해된 시체들이 널브러져 있는 그 방에는 죽어도 들어가기 싫었다. 다른 것보다도 겁에 질려 있는 그 눈이 머릿속에서 떠나지 않았다.

김반장은 거침없이 그 방으로 들어갔다.

들어가는 순간 김반장의 신음소리가 들렸다. 산전수전 다 겪은 반장 역시 충격을 받은 모양이었다. 하지만 곧 반장은 재빠르게 참혹한 현장을 조사했다. 나는 정화씨와 함께 그 방으로 들어가지 않고 마당에서 기다렸다. 정화씨는 떨고 있는 것 같았다. 나는 잠시 생각에 잠겨 보았다.

도대체 무슨 일이 일어나고 있는 것인가?

사라진 재원이를 찾으러 왔다가 끔찍한 살인사건에 휘말린 것이다. 더구나 언제 우리가 그 희생양이 될지 모르는 상황에서… 아직까지 뭔가 딱히 발견해낸 것이 하나도 없는 것을 봐서, 이 마을에서 재원이에 대한 실마리를 찾으려 한 것은 헛수고 같았다. 대신 엉뚱한 일에 빠져들게 된 것이다.

김반장의 목소리가 생각에 잠겨있는 나를 방해했다.

"일한씨! 여기 좀 들어와서 이걸 봐주겠소!"

나는 그 방에 들어가기는 지옥에 들어가는 것보다 싫었지만, 김반장의 강압적인 목소리에 어쩔 수 없이 방에 발을 들여놓았다.

방 안은 우리가 시체를 발견했던 기분 나쁜 모습 그대로였다.

김반장은 앉아있는 채로 정수리에 낫이 박혀 죽어있는 노파 무당의 시체 앞에 서서 골똘히 무언가 생각하고 있는 모습이었다. 시체들의 모습은 이미 본 것이긴 하지만, 여전히 소름이 끼칠 정도로 끔찍한 모습 그대로였다. 벌써 썩기 시작하는지 고약한 냄새마저 풍기고 있었다. 구역질을 참으며 김반장에게로 다가갔다.

"여기 박힌 낫 좀 자세히 봐요. 날이 왼쪽을 향해 박혀 있고, 손잡이가 오른쪽을 향한 것을 보면, 상식적으로 범인은 오른손잡이라는 얘기죠. 하긴 범인 자체가 상식적인 놈이 아니긴 하지만… 낫을 이용해 사람의 두개골을 뚫고 이 정도 박는다는 것은 인간의 힘으로 불가능해 보이는데… 그런데 여기 방바닥에 놓여져 있는 낫을 잘 봐요. 좀 이상하죠?"

나는 김반장이 무슨 얘기를 하는지 잘 이해가 가지 않았다.

노파 무당의 정수리에 박힌 낫을 보고 범인이 오른손잡이라는 것을 추측한 것은 이해했지만, 역시 피투성이가 된 채로 놓여있는 다른 하나의 낫을 보고 이상하다는 하는 것은 알 수가 없었다. 단지 다른 점이 있다면 손잡이 역시 피가 튀어있고, 누군가가 다 쓰고 가지런히 놓은 것처럼 낫이 놓여있는 것이었다. 의아해하고 있는데 김반장이 자기 추리를 얘기해 주었다.

"이 방바닥에 놓여진 낫을 잘 보세요. 날 끝이 오른쪽을 향하고 있죠. 한번 생각해보세요. 오른손에 낫을 쥐고 사람을 난도질해 죽인 후 그 흉기를 가지런히 놓았다면, 낫의 날 끝이 왼쪽을 향해야 되죠. 그런데 이 낫의 날 끝은 오른쪽을 향하고 있어요. 다시 한 번 상식적으로 생각하면 이번엔 범인은 왼손잡이가 되어 무당의 딸을 난도질해 죽인 것이에요. 그 후 자랑이라도 하듯이 낫을 가지런히 놓았어요. 왼손으로… 무당 딸 시체의 상처를 보더라도, 대부분의 상처가 왼쪽에서 오른쪽으로 나 있어요. 그것은 범인이 낫을 왼손으로 들고 휘둘렀다는 얘기예요? 혹시 이 방에 처음 들어왔을 때, 너무 놀라 낫의 방향을 건드린 것 아니에요?"

나는 그제서야 김반장이 얘기하는 것을 이해했다. 하지만 우리는 처음 시체들을 발견할 때 전혀 건드린 것이 없었다. 김반장은 나의 대답에 고개를 끄덕이면서 자기의 논리를 계속해서 폈다.

"하긴 여기 놓여진 낫에 튀긴 핏자국을 보아도, 누가 움직여놓은 것은 아닌 것 같군요. 또한 범인이 살인 직후 낫을 던진 것이 아니고 가만히 바닥에 놓았다는 것은 주변에 고여 있는 핏물을 보면 알 수가 있어요. 그럼 생각해보죠. 결과적으로 그 놈은, 무당 노파는 오른손을 이용해 낫을 정수리에 꽂았고, 무당의 딸은 왼손을 이용해 난도질했다는 거예요. 놈은 양손잡이일 수도 있고, 아니면… 범인이 두 명일 가능성도 있는 거죠… 그렇게 된다면 문제가 커지는데… 그리고 또다른 문제는, 그 놈이 이 방으로 침입하고 나간 흔적이 전혀 없다는 거예요.

정밀 조사를 해봐야 알겠지만, 육안으로 보면 안에서 잠긴 창문이나, 문에는 특별한 흔적이 없습니다. 그리고 더욱 이상한 것은 방바닥에 이렇게 많은 피가 튀었는데 놈의 발자국이 하나도 안 찍혔다는 거예요. 여기서 이렇게 낫으로 내리찍었다면, 피가 사방에 튀고 움직일 때 발자국이 나야 정상인데, 여기 난 발자국은 우리 발자국밖에 없다는 거요. 그 놈은 마치 허공에 뜬 상태에서 살인을 저지르고, 귀신처럼 사라진 것 같소."

다 맞는 얘기였다. 우리는 김반장을 얼굴을 멍하니 응시한 채로 그의 얘기를 들었다.

"참 이상하죠… 또 하나 알아볼 수 있는 것은 무당은 앉아서 아무런 반항 없이 당했다는 거예요. 그 얘기는 즉, 그 살인범은 무당을 알고 있었던 놈 같아요. 그러니까 그 놈은 이 방에 들어와 아무런 저항이 없는 상태에서 이 무당 노파를 오른손으로 죽이고, 겁에 질려 반항하는 무당의 딸을 왼손으로 난도질했다는 거요. 좀 이상하죠? 두 사람을 죽인다고 가정할 때, 아무리 침착하다고 해도 첫 번째 희생자의 머리에다 낫을 박아놓고, 반항하는 두 번째 희생자에게는 낫을 바꿔들고 죽였다는 것이… 그 놈이 양손잡이라면 아무런 문제가 없겠죠… 하지만 만약 살인마가 둘이라면…"

김반장의 추리에 나는 한기까지 느껴졌다.

무자비하고, 치밀하고, 힘도 보통 사람을 뛰어넘고, 또 살인을 즐기는 듯한 살인마가 둘일 수도 있다는 것…

김반장은 손에 장갑을 끼고 머리에 박힌 낫을 빼보려고 했으나, 워낙 깊이 박혀 혼자 힘으로는 꼼짝도 하지 않았다. 시체의 상태가 상할까봐 김반장은 낫을 뽑는 것을 포기하고, 바닥에 놓여진 두 번째 낫을 조심스럽게 가져온 비닐봉지에 넣었다.

그때 밖에서 웅성거리는 소리와 함께, 들어가 보라는 정화씨의 목소리가 들렸다.

이 순경이 보낸 마을의 젊은이 네 명이 커다란 검은 비닐을 들고 방 안으로 들어왔다. 그들은 방 안의 참혹한 광경을 보고 움직일 줄을 몰랐다. 김반장은 정신을 못 차리고 있는 그들에게 소리를 치면서 빨리 비닐에 싸서 시체를 운반하라고 했다. 그들은 신음소리를 내면서 겨우 시체를 비닐에 싸서 운반하기 시작했다. 김반장은 장소를 훼손하지 말라고 주의를 주면서 시체 운반을 지휘했다. 마을 청년들은 언뜻 보기에도 겁에 질린 모습이 역력했다. 그들의 표정엔 죽음의 공포가 보였다.

김반장은 그들을 트럭에 실어 보내고, 잠시 집 주위를 돌면서 무언가를 찾았다. 그러더니 마당 한 구석에서 뭘 발견했는지 잠시 멈추었다. 어깨 너머로 보니, 그는 거무스름한 흙이 빗물에 떠

내려가는 것을 보고 있었다. 마당은 원래 황토흙으로 덮여 있어, 검은흙은 눈에 띄었다. 많지 않은 양이었는지 빗물에 섞여 그리 뚜렷하진 않았지만, 김반장은 왠지 그 흙물을 유심히 살펴보았다. 그러더니 아무 얘기도 해주지 않고, 시체가 발견된 최씨네로 향했다.

　최씨네로 가는 차에서 김반장은 우리에게 무당이 했던 얘기에 대해 자세히 물어보았다. 과수원에서 하려고 했던 의식에 관해서였다. 나는 대답하기 뭐했지만, 김반장의 진지한 모습에 있는 대로 얘기해 주었다. 김반장은 과수원 주인이 부인을 살려내려고 하다가 뭔가 무시무시한 것을 살려낸 것 같다는 황당한 얘기를 듣고 전혀 놀라는 기색 없이 뭔가 골똘히 생각하는 것 같았다.

　비오는 시골길을 덜컹거리며 달려 최씨네에 도착했다.

　어느새 소문이 퍼졌는지, 많은 마을 사람들이 웅성거리며 모여 있었다. 사람들은 차에서 내리는 김반장을 보고 구세주를 만났다는 듯이 모여들었지만, 뒤따라 내리는 나와 정화씨를 보더니 경계와 분노의 눈길을 주었다. 김반장은 모여드는 사람들에게 오늘 저녁 전체 모임에서 모든 걸 자세히 설명하겠으니, 꼭들 모이라고 하고 사람들을 헤치고 집안으로 들어갔다.

　집에는 이장으로 보이는 사람과 이 순경이 구식 칼빈총을 세 자루 들고 서 있었다. 김반장은 이장에게 다가가 몇 가지를 얘기하고, 생각지도 않게 우리를 마을 이장에게 소개시켰다.

　"이장님, 이 젊은 분들은 학술조사차 이 동네에 왔다가 제 수사를 돕게 된 분들입니다. 결정적인 단서도 많이 찾고 능력 있는 분들입니다. 많이 도와주세요."

마을 이장은 김반장의 소개에 미심쩍은 표정을 지었지만, 우리를 경계하는 태도는 처음에 비하면 거의 없어진 듯 보였다. 나와 정화씨는 엉겁결에 이장에게 인사하고 김반장을 의문스러운 표정으로 쳐다보았다.

 김반장은 우리들의 표정을 무시하고 이장과 저녁에 있을 모임과 사건에 대한 대책에 대해 논의했다. 그리고 읍내와 연락할 길을 반드시 찾아달라고 부탁했다. 이장은 모여든 마을사람들에게 다가가 오늘 저녁 모임에 대해 설명해주고, 각자 맡은 이웃에게 연락을 하라며 해산을 종용했다.

 김반장은 이장이 자리를 뜨자 우리를 거짓으로 소개한 것에 대해 해명했다.

 "마을에는 당신들이 온 뒤부터 이상한 소문이 돌기 시작했어요. 당신들이 악귀를 이 마을에 데리고 와, 사람들이 계속 죽어가고 있다는… 겁에 질린 마을 사람들이 혹시 당신들을 희생양 삼아 무슨 짓을 저지를까봐 이렇게 소개한 거요. 오해 말고, 혹시 모르니까 좀 주의하세요. 사람들이 공포에 휩싸이면 어떤 일이 발생할지 모르니……"

 김반장의 뜻밖에 경고에 나는 겁이 났다.

 그럼 마을 사람들이 이번 연쇄살인사건을 우리 탓으로 돌리고 있다는 것인가… 갑자기 우리를 바라보던 마을 사람들의 경계의 눈빛이 무서워지기 시작했다. 김반장은 이 순경을 데리고 시체가 있는 방으로 들어갔다. 한참을 방 안에서 조사하고 나온 뒤 김반장은 고개를 설레설레 흔들며 얘기했다.

 "정말 지독한 놈인 것 같아… 낫을 이용해서, 사람을 완전히 회를 쳐놨군… 아무런 주저 없이 무시무시한 힘으로 부부를 피떡으로 만들었소. 그런데 이번에는 왼손만 쓴 것 같아. 아니면, 왼손잡이만 여기에 왔을지도 모르지……."

그러더니 이 순경과 나를 바라보고 지시를 내렸다.

"이 순경은 이 시체들을 가지고 냉동고로 가고, 보건소로 가서 보건의를 데려와 시체를 살펴보게 하도록. 뭐 자세한 것은 모르겠지만 혹시 새로운 것이 나올지도 모르니. 그것을 다 마치면 지서에서 나를 기다리도록. 그리고 기다리는 동안 지난번 그 탈영병 사건 기록이 있나 찾아봐. 몇 년 전에 있었던 과수원 살인사건의 기록도… 그리고 일한씨와 정화씨는 나와 함께 갈 데가 있소. 내키지 않으면 그냥 여관에서 쉬어도 좋지만, 친구를 찾기 위해서라도, 그리고 마을 사람들에게 의심을 받지 않기 위해서도 나를 따라다니는 것이 좋겠소. 뭔가 수사에 도움이 될 것 같기도 하고… 친구 문제는 저녁에 마을 전체 모임 때 얘기해 보면 뭔가 찾을 수 있을지도 모르고…"

김반장은 우리의 의향을 물었다.

나는 정화씨를 쳐다보았다. 정화씨는 잠시 생각하더니 김반장을 따라나서자고 했다. 여관에서 두려움에 떨고 있기보다는 차라리 김반장을 따라다니는 것이 좋다고 판단한 것 같았다.

김반장은 여기서도 마당을 조사하다가 아까 무당집에서 본 검은 흙물을 발견했다. 그는 심각한 표정으로 그 흙물을 살폈다. 그러더니 우리를 데리고 어딘가로 향했다.

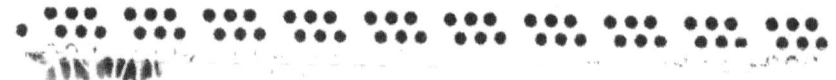

독립투사

찢어지는 듯한 여자의 비명소리가 들려왔다.
정화씨가 걱정되었다. 있는 힘을 다해서 달렸다.
땅이 질퍽거리는 것이나 미끄러지는 것은 전혀 개의치 않았고, 느낄 수도 없었다.
달릴 수밖에 없었다. 아까 그 놈을 쫓아 김반장과 함께 뛰어넘은 창문이 보였다.
그 창문 사이로 언뜻 뭔가 움직이는 것이 보였다. 핏빛의…

김반장은 어디로 가냐는 우리 질문에 단지 어르신을 만나러 간다고만 짧게 대답했다.

한참 산길을 걷다 보니, 커다란 집이 하나 나왔다. 김반장은 그 집주인과 잘 아는 사이인지, 어르신이라고 불리는 노인의 상태를 묻더니 좀 봐야겠다고 말했다. 집주인은 좀 망설이다 김반장의 간곡한 요청에 허락했다. 잠시만 기다려 달라는 집주인의 얘기에 우리는 대청에서 기다렸다.

김반장은 우리에게 어르신이라는 분에 대해 설명해 주었다.

"지금 우리가 만나 뵐 분은 이 마을의 최고 연장자고 이 마을에 대해 모르는 것이 없는 분입니다. 아마 거의 백 세가 다 되셨을 겁니다. 이 마을에서만 백 년을 사신 셈이죠. 나는 이 분에게 그 과수원을 둘러싸고 전해내려 오는 얘기에 대해 물어볼 생각이요. 혹시 당신들이 무당에게 들었던 얘기와 재원이란 친구에게 들었던 얘기와 뭔가 관련되는 얘기가 나올지 모르니 잘 들어보세요. 한 가지 걱정은 어르신이 너무 나이가 많고 지금 풍에 걸려 몸도 불편하셔서 말씀을 제대로 해 주실까 하는 거요."

때마침 집주인이 우리를 그 어르신이라는 분이 계시는 방 안으로 안내했다.

그 어르신이라는 할아버지는 첫눈에 봐도 나이가 엄청 많이 들어 보였다. 몸도 불편한지 누워있는 상태에서 고개만 끄덕거렸다. 김반장은 자리에 앉자마자 큰 소리로 자기를 포함한 우리를 소개했다.

"어르신! 저 방앗간집 둘째 아들 종수입니다. 읍내에서 순사질 하고 있는… 이 젊은이들은 서울에서 공부하고 있는 학생들이구요! 어르신 몸은 좀 어떠세요?"

그 말에 그 할아버지는 힘겹게 눈을 뜨고 우리를 바라보았다. 그리곤 거의 듣기 힘든 작은 소리로 얘기를 했다.

"아… 종수… 나야… 이제… 죽을… 몸이지… 뭐… 콜록콜록! 그런데… 무슨… 일이지…"

김반장은 목소리를 가다듬고, 큰 소리로 물어보았다.

"어른신! 저 성황당 너머 과수원 아시죠? 거기서 사람이 죽은 적 있죠? 그것에 대해 얘기 좀 해 주세요."

김반장의 질문에 나는 의아할 수밖에 없었.

몇 년 전에 있었던 그 살인사건을 굳이 이 노인에게 물을 필요는 없을 것 같았다. 거의 죽어가는 노인이 그 사건에 대해서 알 리가 없을 텐데 무엇을 묻는지 궁금했다. 하지만 나의 의심은 그 노인의 대답을 듣자 충격과 함께 여지없이 깨져버렸다.

"아! 그 일. 오래 전 일이지… 콜록콜록… 내가 어렸을 적… 일이니까… 아주 무서운 일이었지. 그 과수원에서 있었던… 콜록콜록! 아마 내가 10살 정도 되었을 때 일이었을 거야. 그러니까 왜놈들에게 우리나라를 빼앗기고 몇 년이 지난 후였으니까… 그때 우리 마을은 참 못사는 산골이었어. 보릿고개 때는 나무껍질을 벗겨먹어야 할 정도로 힘들었지… 농사라고 해봤자 조그만 텃밭에 지었고, 약초나 나물을 캐어 생계를 연명했어. 참 배고픈 시절이었지… 그런데, 그때 과수원자리에 누군가가 이사 왔지.

이상한 일이었지. 이런 산골에 누군가가 이사온다는 것은. 그때는 주민이 50명 정도밖에 안 되는 촌구석 작은 마을이었거든. 그 젊은 사람은 젊은 부인과 내 또래의 딸년을 데리고 왔어. 읍내 지서장이 이사올 때 따라온 것을 사람들이 보고 높은 사람이 왔다고 수군거리던 것이 기억나는구나… 콜록… 그 사람은 돈이 많았는지, 그 과수원 땅을 사고 사람들을 사서 그 버려진 땅을 과수원으로 만들었지… 그러더니 일본에서 들여온 새로운 종자의 과일들을 키우기 시작했어.

마을 사람들은 그 새로운 사람의 정체에 대해 궁금해했어. 그리고 동시에 미워하기 시작했어. 왜 미워한 줄 알아? 특별한 이유 없이 새로운 사람이라는 이유 하나로… 그때 우리 동네는 거의 한가족이었지. 모두가 친척인 셈이었지. 그런 동네에 이물질이 들어온 거야. 그 사람은 동네 사람들과 어울리려고 했지만, 동네 사람들은 그를 미워하고 배척했어. 그 사람이 역병 환자라도 되는 것처럼 증오했어. 그 이유 없는 증오심과 미움은 눈덩이가 불어나듯 커졌지… 아마 낯선 이방인에 대한 맹목적인 미움이었을 거야…

그렇게 마을 사람들의 손가락질을 받으면서도 그 사람은 묵묵히 과수원을 일구어나갔어… 지금 생각해 보면 그 사람은 참 부지런하고 착실했는데… 하지만 나도 어른들의 영향을 받아서인지 그 집 식구가 지나가면 돌을 던지거나 침을 뱉는 등 못살게 굴었지… 그 젊은 부인은 참 괴로웠을 거야… 마을 사람들이 두려워 집밖에 제대로 나오지도 못하고… 아마 집안에서 서너 살 된 딸아이만 키우고 있었겠지… 어느 순간부터 마을에 이상한 소문이 돌기 시작했어. 그 과수원집은 귀신의 소굴이라는 거야… 그 젊은 부부는 귀신을 섬기는 사람들이고… 그런 무시무시한 소문은 걷잡을 수 없이 커졌지… 이제 마을 사람들은 그 과수원집 사람을 공포와 증오가 뒤섞인 눈으로 바라보게 되었지… 콜록콜록! 나도 어렸지만, 마을 사람들의 그런 감정을 그대로 여과 없이 갖게 되었어."

우리는 힘겹게 한마디 한마디 뱉어내는 노인의 목소리에 점점 귀를 기울였다.

"밤마다 그 과수원집 헛간에서 사람이 비명소리가 들려온다는 둥, 그 집 사람들은 피에다 밥을 말아먹는다는 둥 별의별 소문이 있었지. 낮에도 그 집을 지나기가 무서울 정도였지… 그러던 여름이었을 거야… 콜록콜록! 그 여름도 올해처럼 비가 많이 왔지… 그때는 아무런 시설이 없었으니 물난리는 쉽게 일어났지…

그래도 우리 마을은 높은 곳에 있어 웬만한 홍수에는 별로 피해를 보지 않았어… 그런데 그 해는 좀 달랐어… 살고 있는 집들은 그래도 괜찮았지만, 논과 밭은 물에 잠겨버렸어. 그해 농사는 치명적인 타격을 받았지… 콜록콜록! 지금도 그 해 겨울의 배고픔만 생각하면 괴롭지…

농사에 전적으로 의지하던 우리 마을은 그 홍수로 대 흉년을 맞았어… 가을이라고 해봤자 거두어들인 수확이란 보잘 것 없었고… 사람들은 정말 배고픔을 견디다 못해 나무껍질을 벗겨먹고, 몇몇은 아예 이 마을을 떠나버렸지… 약초를 캐러 산으로 들어간 사람도 있었고, 사냥한답시고 산으로 들어갔다 멧돼지에 받혀 죽은 사람도 있었지. 그런데 공교롭게도 그 과수원집만 홍수 피해를 보지 않은 거야… 그 과수원이 워낙 높은 지역에 있어서 그 큰 물난리에도 말짱했지… 더욱이 일본에서 들여온 신종자 탓인지 아니면 운이 좋았던지 과수원 농사도 평년에 비해 잘되었지… 콜록콜록! 마을 사람들이 굶주림에 미쳐갈 때 그 집만 풍족하게 지냈어."

김반장과 우리는 고개를 끄덕거리며 계속 듣기만 했다.

"그 사람은 착했지… 마을 사람이 어려운 것을 알고 처음에는 나름대로 도우려 했어. 쌀 두 가마니를 마을 사람들에게 나누어 주었지… 하지만 사람들은 재수 없는 쌀이라고 받기는커녕 그 사람에게 욕설을 퍼붓고 그 쌀을 태워버렸어. 모두들 미쳤지… 미쳤어… 그 사람은 그 사건 이후 더 이상 마을 사람들을 도우려 하지 않았지… 그래도 남 몰래 그 사람 집에 찾아가 먹을 것을 얻어먹은 마을 사람들도 꽤 있었어… 나도 그때 배고픔에 못 이겨 친구들과 함께 그 집에 먹을 것을 훔치러 들어간 적이 있었어. 귀신이 나올지도 모른다는 무서움을 참으며 담을 넘어 그 집에 들어갔지… 부엌에 들어가 가마솥에 남아있던 찬밥을 미친 듯이 입안으로 우겨 넣다가 그 집주인에게 들켰지… 콜록콜록! 그때가 그 집주인하고 처음으로 말을 해본 때야…

지금 기억에도 그 사람은 이상할 정도로 우리에게 잘 해주었어. 배고픔에 찌든 우리를 불쌍하게 봤는지, 도둑질하러 들어온 우리를 나무라기는커녕, 싫어하는 부인을 달래서 반찬까지 차려주었지… 우리는 무서움과 체면은 다 잊고 먹는 데만 정신이 팔려 있었어… 그때 우리 모습을 보고 한숨을 내쉬는 그 사람의 모습이 아직도 기억에 남아있어… 그 사건 이후로 우리는 그 사람을 보는 시각이 달라졌어. 하지만 어른들에게 혼날까봐 그 집에서 밥을 얻어먹었다는 얘기는 꺼내지도 못했어… 괜히 그 사람을 칭찬했다가 날벼락이라도 떨어질 것 같았거든…

가을은 지나고 혹독한 겨울이 다가왔지… 콜록콜록… 그 끔찍한 겨울이… 모든 마을 사람은 굶주림에 거의 미칠 지경이었지… 마을에 식량이란 식량과 가축은 모든 먹어치웠지만, 그 대기근을 해결할 수는 없었어… 정말 지독히도 괴로운 겨울이었어… 아직까지도 그 겨울의 고통은 생생할 지경이니…

그러던 어느 날 밤. 동구밖에 살던 최씨가 그 과수원집 헛간에 들어간 음식을 훔치다 과수원집 주인에게 들킨 일이 발생했어. 과수원집 주인은 망설이다가 최씨를 놔주었대… 콜록콜록… 그런데… 그 최씨는 자기 잘못은 생각하지도 않고 그날 이후 마을 사람들에게 과수원집 헛간에는 먹을 것이 넘쳐나고 있고, 그 집

주인은 탐욕스럽게 그 음식들을 왜놈들에게 바친다고 소문냈어. 그 집주인에 대한 마을 사람들의 증오는 더욱 심해졌지… 굶주림이 심하다보면 이성이 마비되는지…

　며칠 후 눈이 심하게 오던 날 누구의 주동도 없었는데 저절로 마을 사람들이 모였어… 아직도 기억나… 그 살벌했던 분위기를… 마을 사람들의 눈에는 광기가 가득했고, 모두들 낫이나 곡괭이들을 들고 누군가를 죽일 기세로 모여들었지…"

　낫이라는 단어 때문이었을까, 나는 나도 모르게 머리칼이 쭈뼛 서는 듯한 공포를 순간적으로 느꼈다.

　"바로 그 과수원집에 쳐들어가려고 모인 것이야… 나는 어른들 몰래 거기에 따라갔어… 어쩌면 나를 따뜻하게 대접했던 그 집주인이 걱정되었는지도 몰라… 마을 사람들은 한 손에 횃불을 들고 살기등등해서 과수원집으로 향했어. 그리곤 그 집 문 앞을 에워쌌어. 누가 먼저랄 것도 없이, 문을 부수고 그 과수원집으로 쳐들어갔지… 콜록콜록… 한 무리의 마을 사람들은 곳간을 부수고 들어가 닥치는 대로 그 집 식량을 들고 나왔고, 다른 한 무리는 곤히 자고 있던 그 집 일가를 붙잡아 나왔어.

　과수원집 주인은 겁에 질려 있는 아내와 목이 터져라 울고 있던 딸을 필사적으로 달래려 애썼어. 지금 생각해보면 그 사람 참 대단한 사람이야… 자다가 그렇게 험악한 분위기에 휩싸였는데도 그렇게 당황하는 모습이 아니었어. 차가운 눈 바닥에 가족과 함께 내팽쳐지고 주위에는 광기에 사로잡힌 마을사람들이 살기를 띠고 있고, 자기의 재산이 눈앞에서 약탈당하는데도 그렇게 겁에 질린 모습이 아니었지… 그리고 당당하게 마을 사람들에게 따졌지…

 '여러분, 배가 고프면 저희 집 곡식을 가져가 드시오! 하지만, 이런 식으로 강탈하지는 마시오! 부탁하면 드릴 생각이었소. 뭐 하는 짓들이오! 한밤중에 아녀자를 놀라게 하면서까지 그럴 필요는 없잖소! 다들 집으로 돌아가시오. 헛간에 있는 것도 이제 다들 가져가지 않았소! 없었던 일로 할 테니, 다들 돌아가시오! 우리를 그만 괴롭히고…'

 어린 마음에 그 사람은 정말 용감하고 위풍당당해 보였지… 그런데 그렇게 당당하게 말하던 그 사람의 모습에는 이상하게도 슬픔이 보였어… 뭔가 안타까워하고, 허탈하고 희망을 잃은 듯한… 살기등등하던 마을 사람들도 그 사람의 꾸짖음에 정신을 차렸는지 고개를 숙이고 슬금슬금 뒷걸음질치기 시작했어. 여기저기서 제정신을 차린 사람들이 손에 들고 있던 낫과 몽둥이들을 힘없이 떨구기 시작했어. 마을 사람들도 자기들의 강도질에 부끄러움을 느꼈는지 서로의 시선을 피했지…

 나는 안도했지… 어느새 그 과수원 주인의 편이 되었거든. 그냥 그렇게 그날 밤 일은 끝나는 것 같았지… 그때였어… 콜록콜록… 어디선가 날카로운 외침소리가 들려왔어.

 '저 놈을 이대로 놔두면 순사에게 신고할지도 몰라!'

 그 외침소리 하나로 가라앉던 마을 사람들의 분위기는 갑자기 험악해지기 시작했어. 모두들 다시 이유 모를 살기에 사로잡혔지… 아마 그 과수원 주인이 순사들과 친한 관계로 보여진데다, 이 사실이 마을 지서까지 신고되면 마을 사람들 모두 서슬 퍼런 왜놈 경찰에 끌려가 고초를 겪어야한다는 것이 겁이 나서 더 그

랬을지도 몰라… 여기저기서 한마디씩 터져 나오기 시작했어.

'맞어! 저 놈은 분명히 신고할 거야!'

'저 놈은 왜놈 지서장과 한통속이니 이대로 가만있지 않을 거야!'

'저 놈 말은 믿을 수 없어!'

이런 저런 험악한 말이 터져 나오더니, 어디선가 끔찍한 말이 나오기 시작했어.

'저 놈을 죽이자! 죽여서 입을 막자!'

'그래 죽이자!'

'저놈은 죽어도 싼 놈이야!'

'죽여!'

삽시간에 분위기는 무시무시해졌어. 마을 사람들의 얼굴은 악귀 같았어. 피에 굶주린 도깨비 같았지. 그 과수원 주인도 심각함을 느끼고 필사적으로 점점 다가오는 마을 사람들을 말리려 애썼지… 콜록콜록… 하지만 소용없었어. 이미 미쳐버린 마을 사람들은 누가 먼저랄 것도 없이 절규하던 과수원 주인을 덮쳤어."

정화씨가 옆에서 자신도 모르게 내쉬는 한숨 소리가 내 귀에 들렸다.

"마치 늑대떼가 먹이를 발견하고 게걸스럽게 덮치듯이… 비명소리와 낫과 몽둥이가 난무하고 피가 사방으로 튀었어… 콜록콜록… 어린 나는 차마 눈을 뜨고 볼 수가 없었지. 하지만 알 수 없는 의무감에 사로잡혀 눈을 돌릴 수 없었어… 달려들었던 마을 사람들이 한두 발짝 떨어지자 그 사람의 처참한 모습이 보였지… 휴… 정말 순식간에 멀쩡하던 사람이 피투성이 고깃덩이가 되어

버렸어…

 평소에 그렇게 양순하던 마을 사람들이 그때는 정말 다르게 보였지… 자기 남편이 잔인하게 죽음을 당하는 것을 두 눈으로 똑똑히 보게 된 그 부인은 실성한 사람처럼 비명을 지르기 시작했지. 목이 터져라 울고 있는 어린 딸을 품에 꼭 안고, 애만은 살려달라고 처절하게 외쳤지… 콜록콜록… 이미 한 번의 살인을 저지른 마을 사람들의 눈에는 여자와 어린아이도 전혀 불쌍하게 보이지 않는 것 같았지. 몇몇은 차마 여자와 어린아이는 그냥 두자며 물러섰어… 하지만 이미 치솟은 광기는 아무도 막지 못했어… 자기들이 살인한 모습을 본 그 가련한 모녀를 살려둘 생각은 들지도 않았을 거야… 찢어질 듯한 비명을 지르며 애 엄마는 필사적으로 딸을 품안에 안고 보호하려고 했지.

 마을 사람들은 최면에 걸린 사람들처럼 피 묻은 낫과 몽둥이를 들고 천천히 다가갔어… 콜록콜록… 그때는 이미 마을 사람들이 아니었지. 완전히 악귀였지, 악귀… 무서웠어… 지금 생각해도 몸이 떨리곤 해…"

 난 모아 쥔 두 손이 조금씩 덜덜 떨리는 것을 감지했다.

 "뒤에서 본 마을 사람들은 허겁지겁 먹을 것을 먹어치우는 들개처럼 보였어. '퍽퍽' 하는 소리와 피가 튀기는 것이 그 모녀를 둘러싼 마을 사람들의 등 뒤로 보였어. 기계적으로 낫과 몽둥이로 희생자를 내려치는 모습은 정말 지옥을 보는 것 같았어… 곧 아이와 엄마의 비명소리도 없어지고 '퍽퍽' 하고 내려찍는 소리만 들렸어. 마을 사람들은 살육을 마치고 천천히 물러났지… 마을 사람들 사이로 보인 아이와 엄마는 정말 말할 수 없을 정도로 참혹하게 보였어… 형체를 알아볼 수 없을 정도로 찢겼으니… 하얀 눈은 사방이 붉은 피로 물들었어… 마을 사람들은 자기들이 저지른 일을 감상이라도 하는 듯이 가만히 서 있었어. 기분 나쁜 적막이었어… 그때였지… 콜록콜록… 분노로 피를 토해내는 듯한 처절한 절규가 들렸어…

'이 놈들! 이 놈들…'

죽었다고만 생각했던 그 과수원 주인이 숨이 붙어 있는 채로 자기 가족이 처참하게 죽는 것을 본 것이야… 사랑하는 아내와 딸이 낫과 몽둥이에 맞아 죽는 모습을… 그 사람은 피투성이가 되고, 살점이 너덜거리는데도 불구하고 몸을 일으키려고 애썼지… 마을 사람들은 범죄현장을 들킨 사람들처럼 그 모습에 충격을 받았는지 아니면 겁이 났는지 움직이지 못했어… 그 사람은 몸을 일으켰어… 그 모습이야말로 정말 처참했지… 한쪽 팔은 팔꿈치 밑으로 거의 잘려나가 대롱거렸고, 핏물을 뒤집어쓴 것처럼 머리 위부터 발끝까지 피투성이였어… 하지만 그 붉은 피 사이로 분노와 증오에 불타는 눈은 보기만 해도 몸이 얼어붙을 정도로 무서워 보였지…

그 사람은 비틀거리며 천천히 자기 가족의 시체더미로 다가갔지… 아무도 막지 못했어… 그 사람이 지나가니까, 주위에 있던 마을 사람들은 겁에 질린 듯이 슬금슬금 뒷걸음질쳤어… 그 사람은 형체를 알아볼 수 없는 아내와 딸의 시체를 안고 주위의 마을 사람들을 무시무시한 눈으로 휘둘러본 뒤, 잊을 수 없는 한마디를 했지…

'이 놈들, 내가 반드시 복수한다… 너희들 모두, 내가 받은 만

큼 돌려주마…'

 지옥에서 들려오는 듯한 목소리였지… 마을 사람들은 겁에 질려 아무 짓도 못하고 가만히 서 있었지… 그 사람은 중상을 입었는데도 불구하고 딸과 아내를 안고 눈물을 흘리며, 증오의 눈으로 마을 사람들을 쏘아보고 있었어… 그때 어디선가, 끔찍한 말이 들려왔어.

 '끝장내자!'

 '죽여!'

 마을 사람들은 그 말이 신호라도 되는 듯 최면에 깬 것처럼 불안한 적막을 깨고 그 사람에게 달려들었어. 가느다랗게 숨이 붙어있던 그 사람은 순식간에 무지막지한 몽둥이질과 낫질로 죽음을 당했지… 콜록콜록…

 마을 사람들은 한동안 가만히 있었지… 그때 무슨 생각들을 하고 있었는지 아무도 모르지… 양심의 가책을 느꼈는지, 아니면 그 과수원 주인의 마지막 말을 생각하고 있었는지… 하지만 이내 모두들 제정신을 차렸는지, 자기들이 저지른 엄청난 일에 놀라기 시작했어… 모두들 차마 자기들이 이 사람들을 이렇게 죽였는지 인정하기 싫어하는 눈치였어… 사람들은 서로 아무 말 없이 집으로 돌아가기 시작했어… 몇몇 어른들이 남아 처참한 세 식구의 시체를 헛간으로 날라 바닥에 묻기 시작했어. 땅이 얼지 않아서 파기가 쉬웠을 테고, 들키지 않기 위해서였나 봐… 그리고는 마당에 핏자국을 없애려고 짚더미를 모아 불을 붙였어. 검은 잿더미가 핏자국을 덮을 것이라고 생각한 것 같았지…

 불은 활활 타올랐지… 나는 몸이 꽁꽁 언 것도 못 느끼고, 그 참혹한 살육을 목격했지… 모든 마을 사람들이 집으로 돌아갈 때까지 있다가 나도 집으로 돌아왔지… 그 이후에 마을 사람들은 그날 밤 아무일도 없었다는 것처럼 고된 생활로 돌아갔지… 콜록콜록… 모두들 그날 밤 일은 기억에서 없어진 듯이 행동했어… 그 과수원집에서 가져온 곡식으로 우리 마을은 겨울을 났지…

그런데 어느 날. 읍내 지서장이 나타나 없어진 과수원 주인에 대해 찾기 시작했어… 사람들은 그 지서장을 통해 충격적인 사실을 알 수 있었지… 왜놈의 앞잡이며 쪽발이 지서장과 한통속이라고 생각했던 그 과수원 주인이 유명한 독립운동가였다는 거야… 독립운동하다가 왜놈에게 혹독한 고문을 당하고 중국으로 쫓겨나가게 되었다지… 그렇지만 그 과수원 주인은 조국을 떠날 수 없다고 이 시골에 내려와 농사를 짓기로 약속했대… 그래서 지서장이 감시를 하고 있었고… 그 사람은 농사를 지으면서 새로운 종자를 실험해서 가난한 민족을 풍족하게 먹여 살릴 방도를 연구하고, 여러 방면으로 독립운동을 몰래 지원하고 있었대…

나는 그제서야 내가 그 집에 밥을 훔치러 들어갔을 때나, 마을 사람들이 헛간을 강탈했을 때 왜 그 사람이 화를 내기보다는 허탈해 했는지 알 수 있었지… 동포의 헐벗은 모습이 슬펐던 것이지… 그런 사람을 그렇게 처참히 죽여버리다니… 마을 사람들은 충격에 휩싸였지… 그때만 해도 독립운동가는 우리 촌구석에서도 추앙 받는 존재였지… 너무 크나큰 죄악을 저지른 셈이었지…

그 이후로 누구도 그 과수원집에는 근처에도 가려고 하지도 않았고, 그 과수원 주인에 대해 말하는 것은 누구도 깰 수 없는 금기로 여겼지… 그 과수원은 수십 년 동안 버려진 집이었지…콜록콜록… 그 후에 전쟁이 나고, 또 데모다 혁명이다 시끄러웠지… 공장이 들어서고, 그 당시 사람을 죽였던 마을 사람들은 대부분 죽거나 떠났지… 이제 누가 남았는지 나도 잘 모르겠어… 가물가물해… 나도 평생을 괴로워했지… 아무리 잊어버리려 해도, 가끔씩 그 장면이 생생하게 떠올랐지… 콜록콜록… 이게 자네가 듣고 싶어했던 살인 얘기인가… 너무 무서운 얘기지…….”

나는 그 노인의 얘기에 충격을 받을 수밖에 없었다.

한 마을이 이방인에 대한 맹목적인 증오로 가족을 몰살시키는 일을 저지르다니… 그리고는 아무일도 없었다는 듯이 하루하루를 살아가다니…….

내가 멍해있는 가운데, 김반장은 뭔가 골똘히 생각하는 듯 하더니 많은 얘기를 해서 지친 듯이 눈을 감고 있는 노인에게 질문을 시작했다. 마치 용의자를 심문하는 듯한 날카로운 질문들이었다.

"어르신, 말씀은 잘 들었습니다. 하지만 몇 가지 이해가 안 되는 일이 있는데… 좀 대답해 주시겠습니까? 솔직히 말해주세요… 그날 밤 주동했던 사람과 적극적으로 가담했던 사람들 기억하세요? 방앗간 김 영감님하고, 사과골 최 영감님이 그 일에 가담했죠? 어르신 기억하시고 있는 것 모두 말씀해주세요… 다 알고 있습니다. 중요한 일이에요… 그리고 그 이후에 그 집에 일어났던 괴상한 일들하고… 제 어렸을 때도 그런 일이 있었던 것은 알아요… 어른들이 쉬쉬해서 잘 몰랐지만… 부탁입니다. 꼭 얘기해주세요……."

무례하다면 무례할 수 있는 김반장의 질문에 노인은 움찔거렸다.

나는 그 노인이 화를 낼 줄 알았다. 하지만 그 노인은 한참을 눈을 감은 채로 있다가 결심을 했다는 듯이 충격적인 얘기를 계속했다.

"휴… 자네도 뭔가를 알고 있군… 콜록콜록… 죽어가는 마당에 숨겨야 뭘 하노……. 숨기는 것도 이제 그만이야… 하지만 사실을 알게 되면 김반장 자네도 그 멍에에서 벗어나기 힘들 걸세… 괴롭고 두려울 거야… 하지만 원한다니 다 말해주지… 콜록콜록…

언제던가… 김반장 자네가 전쟁 끝난 이듬해에 태어났지… 그러면 그 사람들 얘기를 알겠군… 모두 사실이야… 감추고 싶지만, 죽을 때까지 따라다닐… 자네 할아버지, 내 아버지, 사과골 최씨, 밤골 김씨 모두들 그 사람을 죽이는데 있었지… 아니 앞장섰어… 특히 내 아버지는 마을 사람들을 끌고 그 집에 갔지… 또 죽은 줄 알았던 그 사람을 멈칫거리던 마을 사람들을 선동해 죽인 것도 내 아버지였지… 콜록콜록…

천벌 받을 짓이야! 천벌… 자네 할아버지… 최씨… 김씨 모두 앞장섰지… 그 일가족을 몰살하는데… 그리곤 모두들 아무일도 없었다는 것처럼 그 일을 잊었지… 요즘 얘기로 하면 은폐인가… 하지만 모두들 잊고 싶지만, 벗어날 수 없는 악몽 같았을 거야… 그것 때문인지, 몇몇 사람들은 마을을 떠났지… 그리고 몇몇 사람들은… 그렇게 죽어버렸지… 그 사건 이후로 그 집은 버려졌지… 아무도 그 집에서 살려고 하지도 않았고, 그 넓은 과수원은 버려진 채 수십 년이 지났지… 공짜나 다름없는데도 아무도 거기 살려고 하지 않았어… 언제부터인가, 마을 사람들은 낮에도 그 집 앞길을 지나기를 꺼려했어… 어쩔 수 없이 지나가는 일이 있어도, 저 언덕배기 길로 한참 돌아갔지… 더구나 무서운 일도 가끔씩 일어나곤 했지… 콜록… 콜록… 콜록… 그 집에서… 콜록… 콜록… 일어났던 일들은… 콜록… 콜록… 나 말고도 아는… 콜록… 사람이 있을 테니… 콜록… 그 사람들에게… 들어보게… 콜록… 너무 말을 많이 했는지… 콜록… 더 이상 얘기 못하겠네… 콜록… 무서운 일이야… 진작 죽었어야 했었는데… 콜록! 콜록! 콜록!"

그 노인은 갑자기 심하게 기침을 하면서 얘기를 멈추었다.

더 많은 충격적인 일들이 있는 것 같았지만, 안색까지 새파래지며 기침을 해대는 노인을 보니 더 이상 얘기를 재촉할 수 없었다.

김반장도 그 노인의 좋지 않은 건강에도 불구하고 너무 시간동안 얘기를 시킨 것 같아 어쩐지 미진한 듯 불만스러운 표정을 지으면서도 물러설 수밖에 없었다.

노인은 지친 듯이 가족들의 부축을 받으며 자리에 누웠다. 그리고 정중히 인사를 하고 나가는 우리들에게 마지막으로 힘겹게 한마디 던졌다.

"콜록, 콜록… 김반장, 자네… 할아버지 죽음이 기억나나? 콜록…콜록… 그것 한번 잘 생각해 보게… 콜록… 다들 이상하게 생각들 했지… 콜록… 이게 다 업보지… 업보야…"

그 노인의 마지막 말에 김반장의 표정이 순간적으로 굳어지는 것을 볼 수 있었다. 순간적이지만, 김반장의 눈빛이 예사롭지 않게 빛났다.

밖에는 비가 계속해서 내리고 있었다.

대문을 나서며 나는 머리 속에 맴돌고 있던 수십 가지 의문을 참지 못하고 김반장에게 질문하기 시작했다.

"그 영감님이 말씀하신 것이 사실이라면, 그 무당의 얘기와 뭔가 통하는 것이 있지 않겠어요? 이번 살인은 그 옛날 원한과 관련이 있겠죠? 그리고, 그 이후에 그 집에는 대체 무슨 일이 있었죠? 김반장님도 이 마을 출신이시니까 아는 얘기 있으시죠? 그리고 할아버님이 돌아가실 때 어떤 일이 있던 거죠?"

김반장은 쉴 새 없는 나의 질문을 들었는지 못 들었는지, 시종일관 뭔가 골똘히 생각하는 표정이었다. 김반장의 무반응에 머쓱해진 나는 천천히 걸어갔다. 같이 말이 없던 정화씨는 내게 한 마디 했다.

"일한씨… 정말 무슨 일이지요? 뭔가 뒤죽박죽인 것 같지만 결국 여러 사람이 참혹하게 죽고 있잖아요… 도대체 어떻게 된 거죠? 그리고 재원씨는 어디에 있는 거예요?"

체념과 공포가 뒤섞인 듯한 정화씨의 말에 나는 깜짝 놀랐.

살인사건에 휘말리는 바람에 우리가 여기에 온 진짜 목적인 재원이를 찾는 일을 잊어버리고 있었던 것이다. 정말 재원이는 어디에 있는 것일까? 이 살인사건들과 재원이가 관련돼 있지는 않을까? 갑자기 머릿속이 재원이 생각으로 가득 찼다.

그때 갑자기 말없이 빗속을 걸어가던 김반장은 한숨을 쉬며 나를 돌아보았다.

"일한씨, 친구 걱정이 되지요? 하지만 지금이 이 사건을 해결해야 해요. 그래야 친구분의 안위를 알 수가 있고… 그리고 솔직히 고립된 지금, 누가 언제 그 미친 살인마에게 죽음을 당할지 모르니, 살기 위해서라도 해결을 해야 돼요… 어떻게 생각할지 모르겠지만, 지금까지 내가 듣고 느낀 바로는 이번 사건은 좀 이상한 것 같아요… 아니 많이 이상하지… 모든 것이 그 버려진 집과 연관되어 있고, 그 연관성은 불가사의할 뿐이고… 그 영감님에게 들은 얘기는 나도 처음 들은 얘기예요… 어렸을 때 어른들이 그 집 근처에 가는 것도 꺼려한 것은 기억이 나지만, 그런 일이 있었는지는 정말 몰랐어요…

내가 이 영감님을 찾아와 본 것은 어렸을 때 이유도 모른 채로 그 집을 무서워하고, 어른들이 가까이 가지 못하게 한 것이 생각나서예요… 이 영감님이 그 집 근처에도 못 가게 야단치던 생각이 났거든요… 뭔가 이유가 있을 것 같았죠… 하지만 좀 생각해 봐야 할 것이 그 영감님이 말해주신 살인이 정말 일어났던 사실인가라는 점이에요… 사실이라면 영감님의 기억이 얼마나 정확한가도 문제이고… 그런 일이 실제로 일어난 일이라면, 정말 큰 사건이죠… 누군지 모르지만, 충분한 살해동기도 될 수 있고……. 다리만 안 끊겼다면, 군청이나 읍내에 연락해 무언가 실마리를 찾을 수도 있을 것 같은데…

제기랄! 지금으로선 그래도 그 영감님의 얘기를 가장 중요하게 참고할 수밖에 없는 상황이죠… 그리고 우리 할아버지의 죽음에 대해 얘기했는데… 그래 좀 이상하긴 했어… 내가 한 10살 때쯤 돌아가셨을 것이에요…

그때도 지금처럼 여름이었어요… 매우 더웠던 것이 생각나요… 할아버지는 아마 읍내에 무슨 잔치에 갔었을 거예요… 그런데 다음 날 아침이 되도록 할아버지는 돌아오지 않으셨어요. 걱정이 된 아버지는 내 손을 잡고, 할아버지가 가셨던 읍내 집까지 가셨어요. 하지만, 그 집 말로는 전날 밤 술이 거나하게 취해서 우리 집으로 향했다는 것이에요…

작은 마을이었으니, 할아버지가 없어진 사실은 삽시간에 온 마을에 퍼졌고, 마을 사람들이 모두 나서서 할아버지를 찾아다녔어요… 술에 취했다니, 집으로 돌아오다가 길가에서 잠이 들었다고 생각했죠… 하지만 하루종일 마을 곳곳을 찾아봐도 찾을 수가 없는 거예요… 읍내에서 마을로 오는 길은 아까 영감님이 말한 것처럼, 그 집을 지나는 가까운 길을 놔두고 먼 길로 돌아다녔거든요… 결국 할아버지를 못 찾게 되고 밤이 됐지요… 찾아볼 곳은 다 찾아봤어요… 한 곳만 빼놓고… 이상할 정도로 망설이던 마을 사람들은 노인 몇 분의 만류에도 불구하고, 횃불을 들고 그 버려진 흉가로 향했어요… 그 집 앞을 지나는 길을 찾아보지 않았거든요…

나는 엄마 몰래 아버지를 따라 그 곳을 향했어요… 그런데 아직도 이상하게 생각되었던 것은 할아버지를 찾아가는 사람들이 마치 무슨 싸움을 하러 가는 사람처럼 낫이나 몽둥이 등을 들고 가는 것이었죠… 겁에 질린 표정들을 하고 내키지 않는 모습들이 역력했어요… 제일 앞에 선 것은 역시 아버지였죠… 철없던 나였지만, 어른들마저 겁을 내는 것 같으니 무서웠어요… 그 집으로 향하는 길도 음산했어요… 인적이 닿지 않아 무성해진 잡초와 길가의 나무들이 섬뜩하게 느껴졌죠… 횃불을 들고 그 집 앞에 도착했어요… 얼마나 무시무시했는지…

그때 그 집의 모습은 정말 무서웠어요… 하도 어른들이 가지 못하게 해서 그때가 나는 그 집을 처음 보는 것이었어요… 수십 년 동안 아무런 손이 가지 않았던 그 집은 허름하면서도 횃불에 비친 그 모습은 살아있는 악귀를 보는 듯 했어요… 마을 사람들은 뭔가를 경계하는 모습을 하면서도 무리무리 흩어져 할아버지를 찾아다녔어요. 나도 '할아버지! 하고 몇 번 소리쳤던 것도 같고…

 여하튼 얼마 안 가서 '찾았다!' 하는 소리가 저 길가 구석에서 들려왔죠… 사람들은 그 소리를 듣고 모여 들었죠… 그리곤 모두들 고개를 돌렸어요. 마치 지옥이라도 본 것 같은 표정을 지으며… 아버지는 사람들을 헤치고 할아버지를 보더니 신음소리와 함께 나의 눈을 가렸죠… 하지만 짧은 순간이었지만, 나는 평생을 잊지 못할 처참한 모습을 보았지요…

 내가 20여 년 동안 경찰에 있으면서 보았던 어떤 시체보다 그때 할아버지의 시체는 끔찍했죠… 길가에 버려진 할아버지의 시체는 어떤 무지막지한 살인마에 당했는지 수십 군데 난도질당해져 있었어요… 언뜻 봐서 누워있는 것 같았는데, 순간 뭔가 이상해보였죠… 이상한 점을 깨닫자마자, 나는 아버지의 손을 뿌리치고 거기서 도망쳤죠. 할아버지의 얼굴만 하늘을 보고 있고, 몸은 뒤집어져 있었죠… 누군가가 할아버지의 목을 잘라 머리만 뒤집어놓은 것이죠…

 나중에 들은 얘기로는 할아버지 시체 옆에 녹슨 낫이 발견되었고, 살인범은 못 잡았다더군요… 그 당시 허술한 경찰들은 출몰하던 도둑떼로 범인을 지목했지만 결국 해결하지 못했다고 했어요… 그런데 이상한 것은 할아버지의 그 끔찍한 죽음 이후, 우리 집은 뭔가에 쫓기듯이 이 마을을 떠났죠… 그렇게 해서 나는 이 마을을 떠났고… 지금 생각해 보니 할아버지의 죽음이 많은 사람들에게 이유 모를 큰 공포를 느끼게 한 것 같아요…

 그 이후 나는 할아버지의 죽음에 대해 그렇게 깊이 생각해 본 적이 없다가 어떻게 해서 경찰이 되고, 여기 연천으로 다시 돌아오게 되었죠… 작년인가 갑자기 생각이 나, 할아버지 죽음에 대한 경찰 자료를 찾아봤지만, 벌써 수십 년 전의 일이라 흔적도 없이 사라졌더군요… 지금까지 특별한 의심을 안 했는데, 영감님 말을 듣고 보니 뭔가 좀 이상해요… 그때도 낫이었고, 그 사건에 할아버지도 연루되었다니… 그리고…"

 얘기를 계속하던 김반장은 갑자기 발걸음을 멈추었다. 그리곤 뭔가를 깨달았다는 표정과 함께 다급하게 외쳤다.

 "그래 맞아! 할아버지 시체를 찾아 나섰을 때, 그 버려진 집을 찾아보라고 한 것은 영감님이었어! 이제 기억나는데 아버지에게 거기 한번 가보라고 한 것도 이 영감님이었어! 그리고 우리가 이사갈 때 끝까지 따라나와 다시는 돌아오지 말라고 한 것도 그 영감님이었고… 영감님이 말해주지 않은 뭔가가 있는 것 같아. 피곤함을 핑계로 그때의 일을 몇 가지 숨긴 것 같아! 일한씨, 우리 다시 돌아갑시다! 무슨 일이 있더라도 숨겨진 얘기를 다 들어야겠어!"

 김반장은 뭔가 결정적인 단서를 찾은 것처럼 정말 발걸음을 돌렸다. 나도 그 영감의 얘기가 뭔가 미흡했던 생각이 들어 두말 않고 따라 나섰다.

 김반장은 비 맞는 것에도 아랑곳하지 않고 걸음을 재촉했다.

영감님 집에서 얼마 안 갔기 때문인지, 발을 돌린 지 얼마 안 가 그 집이 보였다.

그때였다. 여자의 찢어지는 듯한 비명소리가 그 집에서 들려왔다.

그 순간 김반장은 우산을 내던지고 그 집을 향해 달리기 시작했다. 나도 불길한 예감을 느끼며 그 뒤를 쫓았다. 나는 뛰면서 정화씨를 돌아보며 외쳤다.

"정화씨는 천천히 따라와요!"

그리고 비에 흠뻑 젖으며 그 집으로 뛰어갔다.

김반장은 풍기는 이미지와는 달리 의외로 빨리 달려, 젊은 나보다도 한참을 앞섰다. 숨을 할딱이며 그 집 마당에 들어섰을 때, 이미 김반장은 신발을 신은 채로 마루로 뛰어올라가고 있었다. 그 순간 영감님 방에서 또 한 차례의 비명소리와 '퍽' 하고 기분 나쁜 소리가 들려왔다. 김반장은 민첩하게 권총을 빼어들고 영감님 방문을 차고 뛰어들었다.

동시에 '쨍그랑' 하고 창문이 깨지는 소리가 들렸고, 다음 순간 나도 김반장을 따라 그 방에 들어갔다. 실제 시간으로 따진다면 5초도 안 걸리는 순간이었지만, 너무 큰 충격 때문인지 내 눈앞에는 모든 것이 슬로우 비디오처럼 펼쳐졌다. 방에 들어가자마자, 내 눈앞에 펼쳐진 것은 글자 그대로 피바다였다. 방 안 전체가 시뻘건 피로 뒤덮여 있었다.

불과 5분전만 해도 우리에게 얘기를 들려주었던, 그 영감님은 누운 채로 목이 잘려있었고, 우리를 안내해 주었던 중년의 사내도 갈기갈기 찢겨진 채로 방구석에 널브러져 있었다. 창가에는 비명을 질렀던 것 같은 중년의 부인이 피투성이가 된 채로 '그륵 그륵' 하는 숨넘어가는 소리를 내며 쓰러져 있었다.

그리고 김반장이 들어갈 때 깨진 창문 너머로 뭔가가 멀어지는 것이 보였다. 김반장은 "서라!" 하는 말과 함께 움직이는 그것을 겨누고 권총을 발사했다. 그것은 총에 맞았는지 안 맞았는지 빗속에서 숲으로 순식간에 사라져 가고 있었다. 창졸간이어서 자세히는 못 보았지만, 내 눈에는 사람의 뒷모습으로 보였다. 한 손에는 낫을 든… 하지만 그 모습에는 왠지 모르게 사람이라는 느낌이 들지 않았다.

섬뜩함이 느껴졌다.

몸을 부르르 떨고 있을 때, 김반장은 나를 돌아보고 짧고 빠르게 한마디 했다.

"그 놈이야! 그 놈. 따라가야 해!"

그리곤 창문을 훌쩍 뛰어 넘어 그것이 사라진 쪽으로 뛰어갔다. 등 뒤로 이제야 도착해 방 안의 지옥을 발견한 정화씨의 날카로운 비명소리가 들려왔다. 충격으로 아무런 생각을 할 수 없던 나는, 정화씨에게 마당에 나가 잠깐만 기다리라는 한마디만 남긴 채 무엇에 홀린 듯 김반장의 뒤를 따라 창문을 넘었다. 그리고 숲으로 사라진 그것의 뒤를 쫓았다. 난 뭔가에 홀린 듯이 그 놈을 쫓아 창 밖으로 뛰어나갔다. 나서자마자 갑자기 이상할 정도로 굵어진 빗줄기가 얼굴에 떨어져 눈을 제대로 뜰 수 없었다. 눈 위를 흘러내리는 빗물을 대충 손으로 훔치며, 김반장과 그 놈이 사라진 쪽으로 달리기 시작했다.

김반장은 먼저 뛰어나간 지 불과 10초도 안 되는 시간이었지만, 저 멀리 나무를 헤치고 달려가고 있었다. 나도 필사적으로 따라가기 시작했다. 며칠동안 계속 내린 비 때문에 땅은 질퍽거리고, 무성한 나뭇가지가 온 몸을 할퀴고, 얼굴 정면으로 떨어지는 빗방울로 앞은 잘 보이지 않고, 정말 따라가기가 힘들었다.

한 5분쯤 따라갔을까.

어느새 깊은 숲속까지 들어오게 되었다. 김반장은 벌써 울창한 숲속으로 사라져서 보이지 않게 되었다. 물론 그 놈도 시야에서 사라졌다. 나는 가쁜 숨을 몰아쉬며, 주위를 둘러보았다. 나무들을 제외하고는 아무것도 보이지 않았다. 몇 번을 소리쳐 김반장을 불러 보았지만, 돌아오는 것은 메아리뿐이었다. 생각해보더라도, 그 놈을 쫓고 있는 김반장이 내 소리에 대답할 처지 같지는 않았다.

잠시 숨을 가다듬으면서, 어떡할까 생각해보았다.

무턱대고 김반장이 사라진 숲속으로 들어갈까도 생각했지만, 따라가 봤자 찾을 수도 없을 것 같았다. 솔직히 혼자서 따라가는 것에 겁도 났다. 비는 점점 심하게 내리고, 비로 흠뻑 젖은 몸도 슬슬 추워지기 시작했다. 김반장 뒤를 따라가지 못한 것에 대해 부끄러움도 느껴졌다. 하지만 김반장이 혼자서라도 잘 처리할 것이라며 위안했다. 살육의 현장에 혼자 남겨진 정화씨도 걱정이 되었다.

되돌아가기 위해 발길을 돌렸다.

그런데 그 순간 나는 난감해질 수밖에 없었다. 어디로 가야할지 길을 잃어버린 것이다. 비도 내리고 있었고, 길이 없는 숲을 헤치고 들어온 바람에 어디로 가야할지 종잡을 수 없었다. 그래도 움직이긴 움직여야 했기에, 대충 감으로 발걸음을 옮겼다.
 가도 가도 도무지 어디가 어딘지 알 수 없었다.
 나무들의 모습은 다 똑같이 보였고, 그 집으로 돌아가는 방향을 알 수 없었다. 질퍽이는 땅에 발은 자꾸 빠져 걷기마저도 힘들었다.
 그런데 갑자기 등 뒤로 이상한 느낌이 들었다.
 누군가가 나를 지켜보고 있는 것 같은 섬뜩한 느낌이었다. 뒤를 돌아보았으나, 무성한 나무들밖에 보이지 않았다. 하지만 그 나무들 뒤에 뭔가 기분 나쁜 것이 있는 것 같았다. 가만히 들여다보고 있지만, 떨어지는 빗방울에 흔들리는 나뭇가지들의 움직임만이 보일 뿐이었다. 귀를 기울여 봐도, 후들거리며 나뭇가지에 떨어지는 빗소리밖에 들리지 않았다. 하지만, 사방에서 들려오는 그 소리는 마치 뭔가가 내게로 다가오는 발소리처럼 들렸다. 사방을 둘러봐도 아무것도 보이지 않았지만, 뭔가가 점점 나를 향해 압박해 들어오는 느낌은 더욱 강해졌다.
 겁이 났다.
 비 때문에 앞도 제대로 보이지 않았다. 하지만 무언가 나를 보고 있고, 점점 다가온다는 섬뜩한 느낌은 더욱 강해지는 것 같았다. 주위를 둘러보아 야구방망이 크기의 나무토막을 집어들었다. 나무의 묵직한 촉감을 느끼니 좀 든든해졌다.
 천천히 주변을 경계하며, 천천히 발걸음을 옮겼다.
 나뭇가지에 떨어지는 빗소리는 점점 커지는 것 같았다. 하지만 어디선가 나를 덮칠 것 같은 느낌은 점점 강해졌다. 불안한 느낌이 강해지면서, 비에 흔들리는 나무들이 모두 살아 움직이는 것처럼 보였다. 나무를 잡은 손에 나도 모르게 힘이 들어갔다. 후드득 소리가 나서 돌아보았지만, 빗방울이 한꺼번에 떨어지는 것이었다. 비로 젖은 온몸에 땀까지 나기 시작했다. 보이지 않는 무언가에 포위당한 기분이었다. 나도 모르게 덜덜 떨려오는 것 같았다.

그때였다.

갑자기 '탕!' 하는 소리가 온 숲속을 메아리쳤다.

총소리 같았다.

뒤이어 '타탕!' 하는 소리가 계속해서 이어졌다. 하지만 메아리 소리 때문에 어디서 난 소리인지 알 수 없었다. 아마 김반장이 총을 쏜 것 같았다. 그리곤 죽음 같은 적막이 흘렀다. 단지 빗소리만 들려왔다. 그 총소리에도 불구하고, 내 주변을 휘감고 있는 사악한 기운은 수그러들지 않고 점점 다가오는 것처럼 느껴졌다.

더 이상 생각할 수 없었다.

닥치는 대로 뛰기 시작했다. 앞에도 아무것도 보이지 않았다. 나뭇가지에 온 몸이 긁혔고, 걸려 넘어지기도 했다. 진흙이 묻는 것도 개의치 않았다. 그렇지만, 조금이라도 지체하면 뭔가가 내 뒷덜미를 챌 것 같았다. 그런 느낌만 들면 지체없이 들고 있는 나무 몽둥이를 뒤로 후려쳤지만, 아무것도 없었다. 점점 더 다급해졌다. 등골이 오싹해지는 것을 느끼며 얼마나 달렸을까. 온 몸은 진흙투성이가 되고 엉망이 되었다.

순간 누군가 내 등을 확 잡는 것이 느껴졌다.

너무 놀라 두려워 움직일 수 없을 정도였다. 있는 힘을 다해 들고 있던 나무 몽둥이를 휘두르려는 순간, 귀에 익은 목소리가 들려왔다.

"나야 나, 일한씨. 김반장!"

나는 화들짝 놀라며 고개를 돌려 등 뒤를 보았다.

김반장이었다. 그런데 김반장 역시 호된 일을 겪었는지, 한쪽 어깨가 피범벅이 되어있었다. 다른 한 손으로는 간신히 권총을 쥐고 있었다.

"반장님! 무슨 일이죠? 어떻게 된 거예요? 괜찮은 거예요?"

김반장은 고통스러운지, 신음소리를 내며 간신히 대답했다

"나는 견딜만하니… 걱정마. 그 놈이 저기 그 집으로… 돌아갔으니… 정화씨가… 혼자 있는… 빨리 가봐. 나는… 따라갈 테니… 자, 이 총을 가져가게…"

그러면서 내게 피 묻은 총을 쥐어줬다.

김반장은 피투성이가 되었지만, 눈만은 공포와 그것을 이기려는 강한 의지가 섞여서 섬뜩할 정도로 빛나고 있었다. 나는 땅바닥에 주저앉은 김반장의 어깨 상처를 살펴보았다. 뭔가 날카로운 것에 왼쪽 어깨부분이 찢겨나갔다. 언뜻 보기에도 깊은 상처같이 보였지만, 김반장은 계속해서 아무렇지도 않다고 말했다.

"나는 걱정 말라니까… 좀 쉬었다 금방 따라간다니까… 빨리 가… 그 놈은 벌써 그 집에 갔을 거야… 정화씨가 위험하니 빨리! 으윽… 괜찮아, 괜찮아… 그 놈을 꼭 잡아… 아니 죽여 버려……"

김반장은 헉헉대면서, 나를 재촉했다.

다친 김반장을 이렇게 놔두고 간다는 것 때문에 잠시 망설였지만, 괜찮을 것 같았다. 그의 그런 처절한 모습을 보니, 이유 모를 분노가 치솟았다. 김반장의 피가 묻은 총을 꽉 쥐고, 고개를 드니

저기 나무 사이로 끔찍한 살인이 있었던 노인의 집이 보였다. 길을 잃은 줄 알았지만, 그래도 제대로 온 것이었다.

나는 심호흡을 하고 그 집을 향해 뛰기 시작했다.

뒤에서 김반장의 목소리가 들려왔다.

"조심하게… 놈은… 사람이… 아닐지도 모르니… 제기랄! 으윽…"

나는 공포와 이상야릇한 흥분감도 느끼면서, 그 집을 향해 달렸다.

그때였다.

찢어지는 듯한 여자의 비명소리가 들려왔다. 정화씨가 걱정되었다. 있는 힘을 다해서 달렸다. 땅이 질퍽거리는 것이나 미끄러지는 것은 전혀 개의치 않았고, 느낄 수도 없었다. 달릴 수밖에 없었다. 아까 그 놈을 쫓아 김반장과 함께 뛰어넘은 창문이 보였다. 그 창문 사이로 언뜻 뭔가 움직이는 것이 보였다. 핏빛의…

나는 죽을힘을 다해 뛰었다.

마당에는 아무도 보이지 않았다. 정화씨를 목이 터져라 불렀지만, 아무런 대답도 없었다. 총을 꽉 쥐고, 시체들이 나동그라져 있을 방 안으로 뛰어들어갔다. 바닥에 피 묻은 발자국이 보였다. 심장이 쿵쾅거리는 것을 느끼며 방으로 뛰어 들어갔다.

방바닥은 피바다 그대로였다.

시체들은 그대로 널브러져 있는데, 이상하게도 그 노인의 시체만 감쪽같이 사라졌다. 그 놈이 여기를 다녀간 것이다. 가쁜 숨을 몰아쉬며 정화씨를 찾아보았다. 그 놈이 어디선가 낫을 들어 덮칠 것만 같았지만, 상관하지 않았다.

그녀가 걱정되었다. 어디선가 낫에 난도질당해 있을 것만 같았다. 한구석에서 가느다란 울음소리가 들려왔다. 난 소리 나는 쪽을 확 돌아보았다.

그녀였다!

정화씨는 방 한구석에서 피투성이가 된 채로 눈만 내놓고 쪼그리고 앉아 있었다. 나는 다급히 그녀에게 다가갔다. 어디라도 다친 줄 알았다. 하지만 그녀는 몸을 부르르 떨고 있었다.

다행히 살아있었다.

무릎을 안고 있는 정화씨를 살펴보았지만, 피투성이만 되어있을 뿐 상처는 보이지 않았다. 어깨를 잡아 흔들며 그녀를 불러보았지만, 그녀는 대답은커녕 멍하니 허공을 쳐다보며 계속 떨고 있었다. 피범벅이 된 얼굴은 지옥이라도 들여다 본 사람처럼 겁에 질려 있었고, 눈은 악마에게 영혼이라도 빼앗긴 사람의 눈처럼 초점이 없었다. 그녀는 부들부들 떨면서 입으로는 뭔가를 계속해서 중얼거리고 있었다. 아무리 흔들어보아도 전혀 반응이 없었다. 무슨 소리를 중얼거리는 것인가 주의 깊게 들어보았지만, 단지 이 두 마디의 연속이었다.

"…그가 왔어… 낫을 들고… 그가 왔어… 낫을 들고… 그가 왔어… 낫을 들고…"

그녀의 어깨를 부여잡고 흔들었지만, 그녀는 계속해서 그 말만 되뇌고 있었다. 김반장은 불편한 몸을 이끌고 다가와 넋이 나간 정화씨를 살펴보더니 한숨을 내쉬고 한마디 했다.

"휴… 정화씨는 지금 엄청난 충격을 받은 것 같네요… 뭔가 끔찍한 것을 본 듯한 눈빛이야… 하지만, 좀 시간이 지나면 제정신을 찾을 것 같아요. 안정이 필요하고…"

 김반장의 말이 끝나자마자, 정화씨는 고개를 떨구더니 기절했다. 순간적으로 당황했지만, 살펴보니 다행히 잠시 정신을 잃은 것뿐이었다.

 김반장을 잠시 명해있는 나를 보챘다.

 "일한씨, 이제 서두르지. 빨리 정화씨를 데리고 지서로 돌아갑시다. 거기 가서 좀 차분히 생각 좀 하고, 그 놈에 대해 대비도 해야 할 것 같아요."

 "김반장님은 다친 곳은 어떠세요? 제가 정화씨를 업고 갈 테니, 빨리 출발하죠."

 김반장의 상처를 살펴보니 흘러나오던 피는 좀 멈춘 것 같지만, 그렇게 가벼운 상처 같지는 않았다. 기절한 정화씨를 들쳐 업고 우리는 그 피비린내 나는 지옥에서 출발했다. 빗줄기는 좀 가늘어져 있었지만, 쉽게 그칠 것 같지는 않았다.

 이미 젖을 대로 젖어있어서, 우산 쓸 생각은 하지도 않았다. 하지만 등에 업힌 정화씨에게는 김반장이 웃옷을 벗어 덮어 주었다.

 "피는 묻었지만, 그래도 그냥 비 맞는 것보다 나을 거야. 제정신이라면 죽어도 피 묻은 옷은 덮지 않겠다고 했겠지. 하하… 그건 그렇고 일한씨 무겁지 않아요? 원래 기절한 사람은 제정신의 사람보다 3배는 무겁다는데……."

 김반장은 심각한 분위기를 바꾸려는 듯이 가벼운 농담을 던졌다. 하지만 자신은 긴장된 얼굴을 하고 연신 사방을 살피면서 앞장섰다. 그 놈이 갑자기 튀어나오기라도 할 것처럼 경계를 늦추지 않았다. 어깨의 상처에도 아랑곳하지 않고 한 손에는 안전장

치를 푼 권총을 쥐고 있었다.

나도 긴장이 되었는지, 등에 업힌 정화씨의 무게를 느낄 수 없었다.

앞서가는 김반장의 어깨의 상처가 눈에 띠었다. 날카로운 것에 길게 찢겨나간 상처가 보였다. 꽤 아플 것 같은데도 김반장은 겉으로는 티를 내지 않았다. 갑자기 잊고 있던 의문이 생각났다.

"저… 김반장님. 그 어깨 상처 말인데요… 그렇게 다칠 때 그 살인마 보셨나요? 어떻게 다치신 거죠? 저는 김반장님을 따라가다가 놓쳐버려, 무슨 일이 있었는지 볼 수 없었거든요?"

김반장은 내 질문을 들었는지 못 들었는지, 뒤도 안 돌아보고 계속해서 걸어갔다. 내가 다시 한 번 물어보려는 순간, 김반장의 어두운 목소리가 들려왔다.

"그 놈 말이지요. 그 놈… 말하기 부끄럽지만 그때 솔직히 나도 무서웠어요… 무서웠지… 죽는 줄 알았어… 어깨가 낫에 찍혔을 때는… 나도 창문을 뛰어넘어 숲으로 그 놈의 뒤를 필사적으로 쫓아갔어요. 평소에 나쁜 놈들 잡으러 다니는 것 때문에, 달리기만은 자신이 있었는데 그 놈은 도저히 잡을 수 없었어요… 그 놈은 달리는 것이 아니고, 마치 땅 위를 떠가는 것처럼 순식간에 숲속으로 사라졌지… 숨은 차왔고, 허탈했죠… 도망가는 범인을 따라가 잡는 것은 둘째가라면 서러워할 나였는데, 어떻게 된 것인지 그 놈은 따라가면 따라갈수록 점점 멀어지더니 순식간에 사라져 버린 거예요… 잠시 숨을 돌리며, 사방을 둘러보고 있었는데…

그때였어요. 갑자기 등 뒤에서 섬뜩한 살기가 느껴졌어요. 뒤를 돌아보았죠. 그놈이었어요. 정말 아무 인기척도 못 느꼈는데, 어느새 내 등 뒤에서 낫을 높이 쳐들고 나를 치려고 하는 것이었어요. 분명히 내가 사방을 한바퀴 돌면서 둘러보았는데… 글자 그대로 갑자기 나타난 것이었어요. 실제로 그 놈이 나를 낫으로 내려치려고 하는 순간은 1초도 안 되는 짧은 순간이었을 거야… 하지만 나에게는 죽음 같은 시간이었어요. 아무것도 느낄 수 없었어요. 어깨위로 떨어지던 빗방울마저도… 단지 느낄 수 있던 것은 공포뿐이었어요…

그 놈이 든 낫이 내 머리를 향해 내리치는 모습이 보였어요. 이상하게도 움직일 수 없었어요. 마치 입체영화관에서 낫이 나를 향해 날아오는 장면을 보는 것 같았어요. 그것도 슬로우 비디오로… 천천히 그 낫이 내 머리로 점점 다가왔죠… 어쩔 수 없이 죽음을 맞이하고 있었어요… 그런데 순간적으로 어디서 날아왔는지 빗방울이 내 눈에 튀었어요. 정신이 들었지. 짧은 순간이었지만 기괴한 최면에 들려있었나 봐요. 전혀 반항을 할 수 없었으니까… 다행히 그 빗방울 때문에 나는 움직일 수 있었던 것 같아요. 생각할 새도 없이 몸을 틀었어요.

머리를 향해 내리쳐지던 낫은 내 어깨를 내려쳤어요. 아픔을 느낄 새도 없이 나는 뒤로 넘어졌어요. 그리고는 쓰러진 나를 향해 다시 한 번 낫을 힘껏 치켜든 그놈에게 들고 있던 권총을 겨냥하고 아무 망설임 없이 방아쇠를 당겼죠. 2미터도 안 되는 가까운 거리였는데, 아무리 권총이라도 빗나갈 거리가 아니었는데, 그놈은 총에 안 맞았는지 전혀 개의치 않았어요. 어쩌면 그 놈은 내 총에 맞았는지도 몰라… 나는 분명히 그 놈의 심장을 정확히 겨냥했거든… 순식간의 일이었지만, 가까운 거리여서 확신할 수 있어요. 하지만 그 놈은 분명히 아무렇지도 않게 나에게 다가왔어요. 나는 공포에 떨며 두 번째, 세 번째 방아쇠를 당겼어요. 그런데 운 좋게 세 번째 총알이 그 놈이 낫을 들고 있던 손을 명중시켰죠. 낫이 저쪽으로 날아갔어요. 그러자 총알 세례에도 꿈쩍 않던 그 놈이 잠시 멈추더니 낫을 떨어뜨린 곳으로 가버리고, 나는 전혀 개의치 않는다는 듯 순식간에 영감님이 죽어있던 집 쪽으로 사라졌어요.

 나는 필사적으로 몸을 일으켜 세워 멀어져 가는 그 놈의 등 뒤를 향해 총을 발사했지만… 하지만, 그 놈은 순식간에 사라졌어요. 그때서야 나는 어깨의 통증을 처음 느꼈어요… 휴… 그런데 일한씨가 궁금했던 것에 대한 답은… 그 놈이 누구였는지, 어떻게 생겼는지… 정말 부끄러운 얘기지만, 솔직히 나는 그 놈에 대해서는 하나도 기억나는 것이 없어요… 너무 순식간에 일어난 일이어서 그랬는지, 아니면 너무 무서웠기 때문인지… 단지 기억나는 것은 그 놈이 입었던 붉은 색 체크무늬 상의뿐이고. 그것도 내가 그 놈의 심장을 겨누고 총으로 쐈기 때문에 기억나는 것뿐이에요. 그리곤 아무것도 생각해낼 수 없어요. 단지 그 놈에게 풍겨나오던 사악함과 무시무시함만 기억날 뿐이지… 부끄럽네요… 경찰이라는 작자가 범인을 잡기는커녕 겁에 질려, 인상착의도 제대로 기억 못하고 있으니……."

 얘기를 마친 김반장의 어깨는 축 늘어졌다.

 부끄러움과 무력감을 느끼고 있는 것 같았다. 하기 힘든 얘기였는지 얘기하는 동안 한 번도 뒤돌아보지 않았다. 사실 나는 이전부터 마음에 제일 걸려오던 것을 김반장의 얘기를 통해 확인하고 싶었었다. 그런 살인을 저지르고 다니는 놈이 혹시 사라진 재원이가 아닌가하는 것이었다. 왠지 자꾸 그런 생각이 들었다. 하지만 김반장이 기억을 못하는 것으로 보아 재원이가 아닐 수도 있었다.

"김반장님 정말 큰일날 뻔 했네요… 그래도 다행이네요… 그런데 그 놈을 다시 보면 아실 수 있겠어요?"

"그건 걱정 말아요… 그놈의 얼굴은 기억 못해도, 그 놈이 뿜어내는 그 숨막히는 살기와 공포감은 죽을 때까지 잊을 수 없을 테니까… 그건 그렇고, 일한씨 안 힘들어요? 정화씨가 아무리 여자고 가벼워도, 이렇게 비 맞으면서 걸으려면 힘들 텐데…"

김반장은 그러면서 걸음을 재촉했다.

잠시 가늘어졌던 빗줄기는 다시 굵어지는 것 같았다. 머릿속에는 수많은 생각이 지나갔다. 이렇게 계속해서 비가 오면 고립된 이 마을은 언제 외부와 연락이 닿을 수 있을까? 그때까지 우리 모두는 이 미치광이 살인마를 잡을 수 있을까? 아니, 그 놈으로부터 살아남을 수 있을까? 그리고 도대체 재원이는 어떻게 된 것일까?

버려진 집에 얽힌 괴이한 이야기들, 재원이의 정신착란과 실종, 정체 모를 살인마의 잇따른 연쇄살인, 이 모든 것이 도대체 어떤 관련이 있을까? 의문에 의문이 꼬리를 물고 떠올랐다. 뭔가 알 것 같으면서도 도저히 감을 잡을 수가 없었다.

그런데 갑자기 이런 생각이 떠올랐다.

그 살인마는 도대체 왜 계속해서 살인을 하고 있는 것일까? 닥치는 대로… 아니면 우리가 모르는 어떤 이유로. 이제까지 그 놈의 계속되는 살인을 뒤쫓다보니, 너무 그 놈에 이끌려온 것 같았다. 제대로 그 놈의 동기를 파악할 틈도 없이…

"김반장님, 지금 떠오른 생각인데요? 그 살인마는 왜 마을 사람들을 계속해서 죽이고 있을까요? 그리고 희생자들은 어떤 특별한 이유가 있어 그 놈에게 죽음을 당한 걸까요? 아니면 그놈이 무차별적으로 살육을 감행하고 있는 것일까요?"

김반장은 나의 질문에 다시 한 번 발걸음을 멈추었다. 잠시 뭔가 생각하는 것 같다가 다시 발걸음을 옮기기 시작하며 입을 떼었다.

"그래요… 일한씨 말이 맞아요. 이제까지 우리는 너무 그 놈의 살인 하나 하나를 쫓고만 있었어. 하긴 순식간에 너무 많은 살인 사건이 발생했으니… 연쇄살인사건에서 가장 중요하고 제일 먼저 조사해야 하는 것은 살인범의 살해 패턴을 찾는 것이죠. 희생자들 사이에 어떤 공통점이 있나 등을 밝혀내서 범인의 살해동기를 알아내고 다음 살인을 예방하고 그 놈에 대한 단서를 발견해야 하는 것인데…

우리도 한번 생각해 봐요. 이 사건의 제일 첫 번째 희생자는 누구였지? 우리가 수사에 나선 것은 탈영병이 이곳 근처에 숨어들었다는 신고와 동시에 성일여관 주인인 최씨가 상체와 하체가 잘린 채 발견되었다는 신고를 받고 나서였지… 그리고 며칠 있다가 정미소 김씨가 시체로 발견되고… 두 사건의 용의자는 알다시피 그 거구의 탈영병이었지… 하지만 일한씨가 그 탈영병의 시체와 낫을 발견하고 나서 일단은 사건이 종결되었지… 그 바보 같은 군 수사관 놈들… 그저 자기들 책임인 탈영병이 시체로 발견되자 얼씨구나 좋구나 하고 사건을 종결시켜 버리고… 그리고 홍수로 마을이 고립되고, 무당과 그 조수가 시체로 발견되었지…

그 살인도 일한씨와 정화씨가 발견하고… 같은 시간 사과골 최씨 부부가 난도질당한 끔찍한 시체로 발견되고… 그리고 지금 어르신과 어르신을 모시던 부부가 당했어요… 모든 피해자는 낫으로 당했고… 탈영병을 제외하고는 이 마을에 산 지 오래되는 사람이고… 뭔가 연관성이 있을 텐데… 그것이 뭘까?"

"김반장님, 이건 어떻게 생각하세요. 그 버려진 집에 몇 년 전에 발생했다는 살인사건이요. 과수원 주인이 자기 딸과 사윗감이었던 장교, 그리고 아들을 낫으로 죽이고 자신은 자살한 사건, 그 어르신이 얘기했던 일제 시대에 있었던 끔찍한 사건들과 이번 사건과의 무슨 연관성은 없을까요? 괜히 꺼림칙하네요… 모든 사건들이 다 그 버려진 집과 낫이라는 매개체로 얽히고설킨 실타래 같아요… 원한과 증오, 복수, 뭐 이런 것이 동기 아닐까요?"

"글쎄요… 일한씨 말도 일리가 있지만, 너무 모호해요… 뭔가 더욱 명확한 살해 동기나 패턴이 숨겨져 있을 것 같아요… 어차피 읍내의 지원이 앞으로 얼마간은 불가능하니 우리끼리 그것을 찾아내야 해요… 앗! 그런데 저건 뭐지!"

김반장은 갑자기 말을 멈추고, 뭔가를 발견한 것처럼 앞으로 뛰어갔다.

나는 정화씨를 업고 있어 뛰어 갈 수는 없었지만, 그래도 빠른 걸음으로 김반장의 뒤를 따라갔다. 김반장이 발견한 것은 길 한복판에 뭔가 널브러져 있는 것이었다. 먼저 달려간 김반장은 그것을 보더니 허리를 굽혀 두 손을 무릎에 올리고 큰 소리로 외쳤다.

"제기랄! 이럴 수가! 똑같잖아! 똑같아…"

김반장의 소리를 듣고 달려간 나는 그것을 보는 순간 큰 충격을 받았다.

시체였다.

시체가 가지런히 누워있었다. 아니, 자세히 보니 누워있는 것이 아니라 몸은 엎어져 있고, 머리만 잘라 하늘을 향해 돌려놓은 것이었다. 끔찍한 모습에 정신이 멍해져 있는데, 김반장의 목이 쉰 듯한 목소리를 듣고 온 몸에 소름이 쫙 끼쳤다.

"그때와 똑같아… 내가 어릴 적 할아버지 시체를 그 과수원 근처에서 발견했을 때와… 그때도 할아버지 시체는 이렇게 놓여있었어… 머리만 하늘을 향한 채로……. 제기랄! 똑같단 말야…"

길 복판에 가지런히 놓여진 그 끔찍한 시체 주위에는 피와 빗물이 섞여 붉은 웅덩이를 이루고 있었다.

나는 천천히 그 시체로 다가갔다.

바로 아까 그 집에서 사라진 노인의 시체였다. 우리에게 과수원집의 숨겨진 비밀을 얘기해 주었던… 하지만 뭔가를 숨기고 있다가 이렇게 처참한 시체로 발견된 노인이었다.

"그 놈이 어르신의 시체를 이렇게 여기다 이런 모양으로 가져다 놓은 것은 우연이라고 보기에는 너무 많은 것을 의미하는 것 같네요… 우리에게 뭔가 보여주고 싶은 것일지도 모르죠… 우연일지도 모르지만, 무슨 의도가 있다면 이 시체 배열을 봐서는 일한씨에게보다는 내게 하고 싶은 말이 있는 것 같아요… 그렇다면 그것이 무엇일까?"

"어쩌면 그 놈이 아무 생각 없이 여기다 시체를 버리고 간 것일 수도 있잖아요… 단지 정말 우연의 일치일 수도 있고…"

"모르겠어요… 무엇을 의미하는 것이며, 어떤 것이 진실인지를… 그건 그렇고, 어르신의 이 끔찍한 시체를 여기다 버리고 갈 수도 없고, 그렇다고 어떻게 옮길 수도 없고… 어떻게 하지?"

김반장은 난감한 표정을 한참 짓다가, 주위를 둘러보았다.

다행히 길가에 쓰다버린 듯한 가마니가 몇 개 보였다. 김반장은 그 가마니 몇 개를 가져와 시체를 덮었다. 그리고는 어쩔 수 없다는 듯이 한숨을 내쉬었다.

"우선 이렇게라도 수습을 하죠… 빨리 지서에 돌아가 사람들을 보내 시체를 처리해야겠어요… 이런 식으로 가다간 온 마을이 시체로 넘쳐나가겠어요. 큰일났군, 큰일났어…"

가마니로 대충 안 보일 정도로 시체를 가려놓고 우리는 다시 출발했다.

슬슬 팔과 허리가 아파 왔다. 처음에는 그렇게 가볍던 정화씨의 몸이 천근만근으로 느껴졌다. 어느새 땀까지 나는 것 같았다. 아마 그 시체를 보아, 더욱 힘이 빠진 듯했다.

김반장은 착잡한 듯 걸음걸이가 느려졌다. 그러더니 그는 갑자기 긴장된 목소리로 속삭였다.

"일한씨… 조심하죠… 우리… 그 놈이 시체를 여기다 놓고 갔다는 것은 우리 주위에서 맴돈다는 얘기일 수도 있으니까. 혹시 다음 목표가 우리일 수도 있으니까… 여하튼 그 놈은 이 근처에 있는 것이 확실해요… 모르죠… 어디선가 우리를 감시하고 있을지도…"

그러고는 사방을 경계하며 발걸음을 옮겼다.

나는 더욱 난감해졌다. 정화씨를 업는 것은 점점 힘들어지는데, 어디선가 그 놈이 낫을 들고 튀어나올지도 모르고… 김반장의 얘기를 듣고 보니, 사방에 인적은 전혀 없고 비만 내리고 있는 것이 으스스했다. 이미 마을 사람들에게는 살인에 대한 소문이 쫙 퍼졌을 테고, 아무도 이 음침한 길을 돌아다니지 않을 것 같았다.

사람들은 오직 저녁 모임시간에만 맞추어 움직일 것이었다. 더구나 우리들을 보니, 영락없는 상처 입은 채로 천천히 도망가는 먹이 같았다. 지금 이 상태에서 그 놈이 덮친다면 그 놈을 잡기는커녕, 제대로 저항하기도 힘들 것 같았다. 올 때는 한 20분도 안 걸린 것 같은 짧은 거리였지만, 긴장한데다 정화씨까지 업고 있으니 정말 한참 걸리는 것 같았다.

그녀를 업고 있는 상태에서도 자꾸 뒤에서 뭔가가 쫓아오는 것 같아 돌아보게 되었다. 체력 소모는 더욱 심해지고…….

김반장 역시 신경이 날카로웠는지 쉬지 않고 주위를 둘러보았다.

우리를 내려다보는 뜨거운 시선이 느껴진 적이 한두 번이 아니었다. 긴장은 더욱 심해지고, 발걸음 하나하나 떼 놓는 것 자체가 힘들어졌다. 간신히 고개를 들어보니 저 앞으로 지서가 보였다. 왔다 갔다 하는 사람도 보였다. 이제는 살았구나 하는 생각이 들었다.

김반장이 외쳤다.

"이봐! 빨리 나와 봐! 여기 와서 일한씨 좀 도와 줘!"

그 말을 들었는지, 지서 앞에서 있던 마을 장정 서넛이 달려와 정화씨를 들쳐 업고 나를 부축해줬다. 김반장은 부축을 거절한 채로 성큼성큼 지서로 들어갔다. 나는 정화씨를 지서의 숙직실에 눕혔다.

김반장은 지서로 들어가자마자 수많은 질문과 보고를 무시하고, 우선 지서에 있던 어떤 아주머니에게 정화씨의 간호를 부탁했다. 그 아주머니는 피 묻은 채로 쫄딱 젖어버린 정화씨를 보더니 '에그머니' 하면서, 나를 포함한 남자들을 숙직실 밖으로 쫓아냈다. 우선 젖은 옷부터 갈아입힐 생각인 것 같았다. 나는 아주머니의 걱정 말라는 말을 들으며 등이 밀려 숙직실에서 나왔다. 김반장은 의자에 앉아 상의를 벗고, 어깨의 상처를 치료하고 있었다.

나를 보더니 정화씨는 걱정 말라고 했다. 그 아주머니가 잘 해줄 것이고, 지금 자기 어깨를 치료하고 있는 보건의가 정화씨를 진찰할 것이라고 했다.

나는 무너지듯 빈 의자에 주저앉았다.

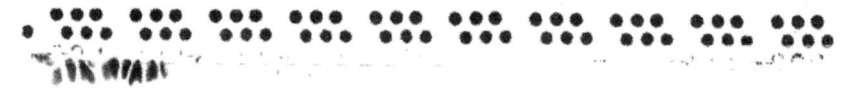

살인 또 살인…

명심하게! 그 놈은 미친놈이지만, 멍청한 놈은 아니라네…
이상하게 들릴지 모르겠지만, 그 버려진 집 근처는 지나지 말게!
이유는 묻지 말게, 나도 잘 모르니까…
마을을 돌다가 그 놈 같으면 생포할 생각 말고, 가차 없이 발포하게.
섣불리 덤벼들다간 자네들만 다칠 테니까!
그런 놈은 잡을 생각하지 말고 죽일 생각을 해!

젖은 몸이 추워졌지만, 지금은 그걸 신경 쓸 수가 없었다.

시계를 보니 어느새 오후 3시가 넘고 있었다. 생각해보니 먹은 것도 없어 배가 고픈 것 같기도 했다.

김반장은 어깨를 치료하면서 이 순경에게 지금까지의 상황을 보고 받고 있었다.

"…아직 읍내와 연락할 수 있는 방법을 찾지 못했습니다. 그리고 이장님이 오늘 오후 5시에 모든 마을 사람들을 분교 교실로 모이라고 전달하셨습니다. 시체들은 모두 냉동고로 옮겼고, 의사 선생님이 검사하셨습니다. 반장님께 직접 몇 가지 말씀을 드린답니다. 그리고 마을에 있는 총기류를 모아 보니, 지서용 칼빈총 3정과 보관중인 사냥용 공기총 2정이 전부입니다. 실탄은 칼빈용 100발과 권총용 20발입니다. 모두 지서에 모아두었습니다. 말씀하신 탈영병 사건 기록은 그때 군 수사본부에서 전부 가져가서 찾을 수 없었습니다. 그리고 몇 년 전에 있었던 그 과수원집 살인사건에 대한 기록들은 본서에 보관되어 있고, 그 사건을 담당했던 주형준 순경은 얼마 전에 아시다시피 분신자살했고, 개인적으로 보관하고 있던 사건 기록도 같이 사라졌습니다. 그런데…"

그때였다.

갑자기 이 순경의 말이 채 끝나기 전에 지서의 문을 쾅 열고 누군가가 뛰어들어왔다. 머리를 산발한 어떤 아주머니였다.

"우리 애가… 큰일 났어요! 큰일! 제발… 제발… 안돼!"

아주머니는 미친 사람처럼 알 수 없는 소리를 외치더니 이내 그 자리에서 쓰러져 혼절해버렸다. 지서 안에 있던 사람들은 그 아주머니에게 웅성거리며 다가갔다.

"서산댁, 정신차려요! 정신차려!"

이 순경이 쓰러진 아주머니를 흔들어 깨웠지만, 아주머니는 아무런 반응이 없었다. 김반장의 어깨에 붕대를 감아주던 보건의는 재빠르게 아주머니의 상태를 살펴보고 단순한 충격에 의한 기절이라고 말했다. 정화씨와 비슷한 경우처럼 보였다. 모두들 어리둥절했다.

무슨 일인지 짐작조차 할 수 없었다.

멍하니 쓰러진 그 아주머니를 보고 있는데, 어떤 남자가 지서로 뛰어들어왔다. 가슴에는 피투성이가 된 무언가를 들고 들어왔다.

처음에는 전혀 알아볼 수가 없었다. 무슨 동물의 시체를 가져온 줄 알았다. 하지만 그 피투성이의 무언가를 알아보는 순간 나는 충격에 멍해졌다. 속이 메스꺼워지며 구토가 나올 것만 같았다.

그것은 바로 아이의 시체였다.

끔찍한 것은 그 애의 양팔이 붙어있지 않은 것이었다.

"우리 애가 죽었어요! 흐흑… 흐흑… 누가 우리 애의 팔을 잘랐어요. 제발 살려줘요… 흐흑…"

모두들 그 참혹한 모습에 얼어붙은 듯 움직일 수 없었다.

그 와중에도 보건의는 그 남자가 책상 위에 내려놓은 거의 고깃덩이나 다름없는 피투성이 아이를 살펴보았다. 내가 보기에도 그 애는 이미 이 세상 사람이 아니었다. 의사는 고개를 가로저으며, 자기 가운을 벗어 그 참혹한 시체를 덮어주었다. 아이를 안고 온 사람은 제정신을 잃은 것처럼 계속해서 흐느끼기만 했다.

또 다른 살인이 일어난 것이었다.

김반장은 상처치료를 끝내지도 않은 채 벌떡 일어나, 제정신을 잃고 흐느끼고만 있는 그 사람을 부여잡고 흔들며 소리쳤다.

"이봐, 박씨! 무슨 얘기를 하고 있는 거야? 이게 어떻게 된 일이야? 안사람은 저렇게 기절해있고! 도대체 어떤 일이야? 정신 차리고 말 좀 해봐! 이봐, 정신 차리란 말야!"

김반장의 과격한 행동에 그 사람은 흐느낌을 멈추고 고개를 들었다. 그리고는 초점 없는 눈빛을 하고 마치 딴사람 얘기하듯이 또 하나의 끔찍한 사건을 얘기했다.

"…아, 김반장님. 오랜만이네요… 언제 마을에 오셨나요? 우리 애를 살리러 오셨나요? 우리 애가 죽었어요… 팔이 잘려나갔어요. 이장님이 마을에 끔찍한 일이 발생하니, 조심하고 오늘 5시에 분교로 온 가족을 데리고 모이라는 말씀을 전해주시러 우리 집을 다녀가셨죠… 안사람은 겁에 질려, 물난리 난 것 구경하러 나선 애를 찾아 나서자고 했죠.

우리 애 아시죠? 우리 부부의 하나뿐인 자랑… 걔, 공부도 지학교에서 일등 해요… 읍내 중학교에서 서울대학 감이라고 다들 칭찬하는데… 방학이라 집에서 농사일 돕고 공부도 하고 있었는데… 강가로 갔죠. 거기는 우리 애가 어렸을 적부터 자주 놀러 가던 곳이었어요… 처음에는 여편네가 걱정도 팔자라고 생각하고 투덜거리며 애를 찾으러 간 것인데… 강가로 갔지요… 그런데 누군가가 저 옆을 휙 하고 지나가는 것이 언뜻 보였지요… 너무 순식간에 일어난 일이었기에, 그냥 잘못 본 것인 줄 알았는데…

그 놈이야! 그 놈이 우리 애를 저렇게 만든 거야! 흑흑… 아무 생각 없이 애 이름을 부르며 강가를 헤맸죠… 그런데, 그런데 말이에요… 저쪽에 뭔가가 보이는 거예요… 그쪽으로 다가갈수록 이상하게도 불안해졌죠… 바로 우리 애였어요… 피투성이가 된 채… 두 팔이 잘려나간 채… 아냐! 이건 아냐! 아냐!"

갑자기 그 사람은 발작이라도 한 듯이 악을 쓰며 책상을 쾅쾅 쳐댔다.

이 순경은 그 사람을 부여잡고, 진정하라고 외쳤다. 하지만 그 사람은 아들을 잃은 슬픔에 실성한 사람처럼 악을 쓰고, 보이는 것은 모두 부숴버릴 기세였다. 금세 지서 안은 아수라장이 될 판이었다. 나를 포함한 마을 사람들이 그 사람을 향해 달려들었지만, 진정시킬 수가 없었다.

그 사람은 보건의가 진정제를 놓을 때까지 처절한 발악을 계속했다. 하지만 곧 그 진정제가 약효를 보이는지, 그 사람은 발작을 멈추고 의자에 주저앉았다.

순간 죽음과 같은 적막이 흘렀다.

모두 참담함과 무력감, 또는 절망감을 느끼고 있는 것 같았다. 그 사람은 의자에 앉아 계속해서 아들의 이름을 뇌까리며 흐느꼈다.

그 끔찍한 적막을 깬 것 역시 김반장이었다.

"나쁜 새끼! 이제 아이까지……. 어디 보자. 잔인한 놈… 모두들, 이제 가만히 있을 수 없지? 자, 빨리 움직이자! 이장님, 박씨하고 안사람을 집으로 데리고 가서 좀 안정시켜 주시겠어요? 댁에 사람들 좀 불러서 같이 계셔 주시죠… 워낙 큰 충격을 받으셨을 테니… 그리고 의사 선생님 수고스럽겠지만 여기서 이 애가 어떻게 살해되었는지 좀 봐주시겠어요… 물론 생소한 일이겠지만, 최선을 다해주세요… 뭔가 단서를 발견할 수 있을지도 모르니까요… 김군은 의사 선생님의 검시가 끝나면 몇 명과 같이 이 애를 그 냉동고에 날라주게… 냉동고에 이제 자리가 없겠군… 제기랄!"

모두들 김반장의 얘기를 듣고, 최면에서 깨어난 사람들처럼 움직이기 시작했다. 아무도 김반장의 반 명령조의 말투에 이의를 제기하지 않았다. 명령에 복종하는 것인지 아니면, 이 지옥같은 자리에서 한시바삐 빠져나가고 싶은 것인지 민첩하게 움직였.

김반장은 보건의가 감다 만 붕대를 자기 손으로 대충 감아버리고 웃옷을 입었다. 누가 봐도 김반장의 눈에는 분노와 굳은 결의가 서려있었다. 그에게선 이제 그 놈을 용서할 수 없다는 강렬한 의지가 풍겨났다. 하지만 내 눈에는 그런 김반장의 모습에서 왠지 모르게, 그 내부의 두려움이 느껴졌다. 자기 힘으로 도저히 감당할 수 없는 공포를 억지로 억누르고 있는 자의 모습이 보였다.

 김반장이 몸을 일으키며 움직이려 할 때, 이 순경이 갑자기 뭔가가 떠오른 듯 허름한 수첩을 내밀며 말했다. 처음에는 무슨 얘기를 하려는지 의아했는데, 얘기를 듣고 그 의미를 알아차렸을 때 난 온 몸에 전율을 느꼈다.

 "저… 김반장님. 아까 말씀드리려고 했는데, 저런 일이 발생하는 바람에… 주 순경의 과수원 살인사건에 대한 수사 기록 있잖습니까… 전부 없어졌는 줄 알았는데… 지서 캐비넷을 뒤지다 이걸 발견했습니다. 앞에 보니 주 순경 이름하고, 그 과수원 살인사건에 대한 요약이 있는걸 보니, 아마 없어지지 않은 그 사건의 개인적인 기록 같습니다. 저는 아직 읽어보지 않아서 어떤 내용이 담겨 있는지는 모르겠습니다. 이것이 반장님이 찾던 겁니까?"

 나와 김반장은 목마른 사람이 물을 찾듯 허겁지겁 이 순경이 내민 주형사의 수첩을 받았다. 이 순경은 우리의 갑작스런 행동에 놀라면서 말했다.

 "그것이 그렇게 중요한 단서가 될까요? 정신병으로 자기 몸에 불을 지른 사람이 끄적거려 놓은 건데… 제가 신참 시절에 듣기에는 주형사는 그 사건을 맡은 이후로 점점 이상해져서 결국은 사표를 냈다고 하는데요… 더구나 점점 자폐 증상까지 보이며 남과의 접촉을 끊고 그렇게 죽었는데… 그것이 쓸모가 있을까요?"

 김반장은 그 수첩을 뒤적이느라 고개도 들지 않고 차가운 목소리로 이 순경의 질문에 답해주었다.

"소문에 가려 진실을 보지 못한다면 좋은 경찰이 될 수 없네. 나는 주형사를 알고 있어… 내 밑에서 일한 적도 있고… 그렇게 능력은 뛰어나지 않았어도, 사건 하나를 끈질기게 물고 늘어지는 것에는 일가견이 있지… 그것 때문에 오히려 출세도 못했고 비극적인 최후를 맞이했지만… 요즘 같은 세상에, 몇 가지 의문을 끝까지 포기하지 않고 추적하는 경찰은 점점 사라지고 있네… 주 순경은 요즘 보기 힘든 그런 사람이었는데… 그런 사람이 사건을 포기하고 사표를 썼다면 반드시 어떤 이유가 있었을 거야… 혹시 그의 자살도 뭔가 사건과 연관이 있을지도 모르고…"

나는 김반장에게 내가 들었던 주형사의 얘기를 해주었다. 재원이 편지에 나왔던 얘기며, 그 사람이 자살 전에 나와 통화했던 내용을 얘기해 주었다.

김반장은 그 얘기를 듣고 수첩을 읽는 것을 잠깐 멈추고 생각에 잠겼다. 그리고 혼잣말인지 모르게 한마디를 내뱉었다.

"정말 그 집에 뭔가가 있는 것일까…"

그러더니 그 낡은 수첩에 다시 몰두했다.

나는 치밀어 오르는 호기심을 억제할 수 없었다.

갑자기 주형사와의 마지막 통화가 생각났다.

'…걱정 마쇼. 안 그래도 내가 오늘 신나를 사오고 다 준비해 두었소. 오늘밤에 그 빌어먹을 집을 태워버릴 작정이오. 더 이상 그 악귀 같은 집을 그대로 놔둘 수가 없겠소. 또 다른 사람이 희생될지도 모르잖소. 그래서 그 집을 싸그리 태워버릴 생각이오… 재원이 학생이 회복되면, 이 얘기 전해주고 연락해달라고 전해주

쇼…'

그러더니 그는 자기 몸에 불을 질러 자살했다.

도무지 이해할 수 없는 일이었다. 과수원 살인사건에 대해 가장 많이 알고 있을 사람이 비밀을 품고 영원히 가버린 것이다. 또한 주형사가 작성한 수사기록과 동생 지철이의 일기는 재원이가 버려진 집으로 가져갔다가 사라졌다. 지금 이 상황에서는 이 수첩만이 지금의 피비린내 나는 연쇄살인사건과 과수원사건의 단서를 줄 것만 같았다. 이 두 사건은 버려진 집을 가운데 두고 뭔가 관련이 있는 것 같았다. 설사 아니더라도 지금 마음은 지푸라기라도 잡는 심정이었다.

나는 이것저것 생각하면서 지서 안을 천천히 둘러보았다.

김반장은 집중해서 수첩을 읽고 있었고, 보건의는 책상을 수술대 삼아 그 아이의 끔찍한 시체를 검사하고 있었다. 이장은 정신을 제대로 추스르지도 못한 그 아이의 부모를 어디론가 데리고 나가고 있었다. 이 순경은 어정쩡한 자세로 김반장이 수첩을 다 읽기를 기다리고 있었고, 몇 명의 청년들은 혹시나 총이라도 나누어주지 않을까 하는 기대를 품으며 이것저것을 돕고 있었다. 하지만 지서 안에는 도저히 숨길 수 없는 분위기가 풍기고 있었다. 내가 너무 민감하게 느끼는 것인지는 모르지만, 모두에게서 공포의 내음이 진하게 풍겨 나오고 있었다. 뭔가에 쫓기는 듯한 초조함과 두려움들이 느껴졌다.

숙직실에 누워있을 정화씨가 생각났다.

숙직실 문을 노크했더니. 정화씨를 돌보고 있던 아주머니가 들어오라고 했다. 정화씨는 아직 정신을 차리지 못한 것 같았다. 기절 상태에서도 몸서리를 치는 것을 보니 무의식중에 뭔가 무서운 것을 보는 것 같았다. 한편으로는 안쓰러웠고, 한편으로는 연민의 정이 느껴졌다. 사라진 남자친구를 찾으러 왔다가 온갖 험하고 끔찍한 일을 경험하고 정신까지 잃다니… 내 책임도 있을 것이다.

착잡했다.

아주머니 말로는 좀 시간이 지나면, 정신을 차릴 것 같다고 했다. 하지만 의사도 아닌 그 아주머니의 말은 쉽게 믿을 수 없었다.

그때 마침 시체에 대한 검시를 끝냈는지, 보건의가 김반장을 부르는 소리가 들려왔다. 나는 재빨리 숙직실을 나왔다. 김반장은 읽던 것을 멈추고 시체가 놓여있는 책상 위로 다가갔다. 보건의는 진저리치면서 얘기했다.

"어휴, 정말 끔찍하군요. 제가 검시관이 아닌 이상 정확한 사인이나 기타 사항에 대해서는 말씀드릴 수 없네요. 더구나 아무런 장비도 없고 부검도 하지 않은 상태에서 뭔가를 밝히기란 불가능하죠. 특히 저 같은 보건의로서는 더욱더 힘든 일이죠. 그래도 대략적인 사인은 잘려나간 두 손을 제외하곤 특별한 외상이 없는 것으로 보아 출혈과다로 사망한 것 같습니다.

두 손이 잘려나간 부분은 뭔가 매우 날카로운 것에 잘린 것처럼 매끈하게 잘렸습니다. 뼈까지 깔끔하게 잘려나간 것을 보면, 사람이 아닌 기계에 의해 잘린 것 같습니다. 이런 상처는 제가 인턴 시절 응급실에서 본 기억이 있는데, 절단기에 손을 잘려서 병원에 실려온 기술자 때와 똑같은 형태입니다. 날카로운 것에 엄청난 힘을 실었을 때 나타나는 상처죠. 아마 사람 힘으로는 힘들 걸요. 큰 도끼로 내려친다면 자르는 것은 가능할지 모르지만, 이런 상처를 남길 순 없어요.

 그리고 여기 이상한 흔적이 보입니다. 누군가가 팔뚝 근처에 지혈해 준 흔적입니다. 자국이 보이죠? 강한 힘으로 밧줄 같은 것으로 동여맨 자국입니다. 양쪽 팔에 모두 자국이 있습니다. 그러니까 누군가가 두 팔을 피가 안 통할 정도로 강하게 조여 놓았다는 얘기입니다. 참 이상한 일입니다. 손을 잘라내고 지혈을 하다니… 만약 살인이라면, 정말 끔찍한 살인 방법입니다.

 이 아이는 자기 손이 잘려나가는 고통을 맛본 후에 거기서 피가 흘러나오는 것을 보면서 죽어간 것이죠. 더구나 팔뚝을 지혈했기 때문에 피는 천천히 흘러나왔겠죠. 물론 주체도 못할 정도로 많이 흘러나왔겠지만, 사망시간은 좀 늦출 수 있었을 것입니다. 아이는 천천히 죽어갔습니다. 온갖 공포와 고통을 느끼며…"

 지서 안은 죽음과 같은 적막이 흘렀다.

 이 순경이 "제기랄! 어떤 새끼가 그런 거야!"라고 목쉰 목소리로 욕지거리를 할 때까지 아무 소리도 나지 않았다. 그제서야 모두들 충격에서 깨어난 것처럼 행동했다. 기다리던 마을 청년은 가련한 아이의 시체를 포대에 싸서 옮겨갔다. 그래도 지서 안은 바닥이며 책상이 피범벅이 되어있었다. 하지만 아무도 그것을 닦아낼 생각조차 못하고 있었다.

 김반장은 보건의에게 몇 가지 질문을 하고, 팔짱을 끼고 생각에 잠겼다.

 우리는 한참을 김반장의 생각이 끝나길 기다리고만 있었다. 이윽고 고개를 든 김반장은 먼저 이 순경에게 단호한 목소리로 명령을 내렸다.

"이 순경, 지금 당장 무기고에 있는 칼빈총과 실탄을 챙겨 가지고 나오게. 그리고 좀 쓸만한 마을 청년들을 무장시키게. 총이 없는 사람들은 몽둥이라도 들려서 무장시켜. 그들을 데리고 마을을 한 바퀴 돌면서 마을 사람들 전부를 분교로 데려오게. 마을에 남아 있는 모든 사람들을 데리고 오는 것이야! 반항하거나 지시에 따르지 않는 마을 사람들이 있으면 강제로라도 데리고 오게. 단단히 각오해야 할 걸세!

자네도 알고 있듯이 그 미치광이 살인마는 어디서 누구를 살해할지 몰라. 어쩌면 지금도 누군가를 갈기갈기 찢고 있을 지도 모르지… 어두워지려면 앞으로 두세 시간 남았으니 서두르게. 어두워지면 그 놈의 살인행각을 피해가기가 더욱더 힘들어지니까. 그리고 마을을 돌 때, 읍내 본서와 연락할 수 있는 무언가를 찾아보게. 휴대폰이나 무전기나 아무 것이라도 좋아. 읍내와 연락할 수 있는 것이라면 다 가져오게! 이렇게 비오는 날, 한 집 한 집 들르며 마을 사람들 전부를 데리고 다닌다는 것이 쉬운 일이 아니라는 것은 나도 알아! 하지만, 그렇게라도 하지 않으면 더 많은 사람이 죽어나갈 것 같아. 수고스럽고 위험하겠지만 부탁하네…

명심하게! 그 놈은 미친놈이지만, 멍청한 놈은 아니라네… 이상하게 들릴지 모르겠지만, 그 버려진 집 근처는 지나지 말게! 이유는 묻지 말게, 나도 잘 모르니까… 마을을 돌다가 그 놈 같으면 생포할 생각 말고, 가차 없이 발포하게. 섣불리 덤벼들다간 자네들만 다칠 테니까! 그런 놈은 잡을 생각하지 말고 죽일 생각을 해! 그것이 그 놈의 살인행각을 막는 가장 좋은 방법이야… 그럼 부탁하네!"

 이 순경은 김반장의 단호하면서 진지한 얘기에 아무런 불만도 표시하지 않고 무기고로 갔다. 이 순경의 굳은 얼굴에는 두려움과 강한 책임감이 느껴졌다. 이 순경은 칼빈총을 꺼내와서 실탄을 장전하고 자기가 하나 들고 나머지는 마침 지서에 있던 청년들에게 나누어줬다. 그리고는 그들에게 간단히 사용법을 설명해 주었다.

 마을 청년들은 처음 총을 받아들 때는 약간 들뜬 모습마저 보였지만, 심각한 분위기를 파악했는지 차츰 긴장된 모습으로 이 순경의 설명을 들었다. 이 순경은 마을 지도를 펼치고 안전하면서 최대로 짧은 시간에 마을 사람들을 데리고 올 루트를 정했다. 그리곤 우비를 입고, 굳은 표정으로 지서를 나섰다.

 김반장은 나가고 있는 이 순경에게 한마디 덧붙였다.

 "제발 조심하게… 그 놈은 정말 위험한 놈이야! 어쩌면 인간이 아닐지도 몰라… 단지 인간의 탈을 쓴 괴물일지도 모르니까……."

 이 순경은 잠시 발길을 멈추었지만, "괜찮습니다!"라고 자신감 넘치는 대답을 남기고 청년들을 이끌고 나섰다. 그 뒷모습을 보며 나는 불안감을 느꼈지만, 이 순경의 힘찬 대답에 그 불안감을 애써 떨쳐버렸다.

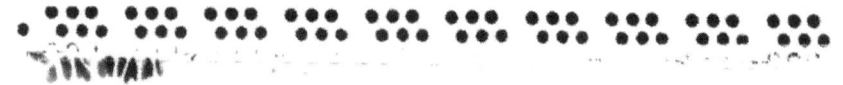

수첩

한참을 마음 졸이며 떨고 있는데, 갑자기 뒤에서 발자국이 들리는 것이었어요.
너무 무서워 뒤를 돌아보려는 순간 머리에 큰 충격을 느꼈어요.
순간 주변이 깜깜해지고, 의식을 잃었어요… 그리곤 아무것도 기억이 안 나네요…
정신을 차려보니, 낯선 방에서 낯선 아주머니가 저를 보살피고 있었어요…

이제 지서에는 나와 김반장밖에 남지 않았다.

김반장은 한숨을 내쉬며 문제의 수첩을 내밀었다.

"일한씨… 이거 한 번 읽어보세요. 여기 씌어진 내용을 믿어야 할지 말아야 할지… 만약 모두 사실이라면, 이번 사건과 어떻게 연관지어야 하는지… 뭔가 알 것 같기도 하고… 무슨 안개 속에서 더듬는 것 같기도 하고… 여하튼 일한씨도 읽어보세요… 혹시 일한씨가 재원씨에게 받았다는 편지와 관련되어 뭔가 새로운 사실이 밝혀질 수도 있으니까요…"

나도 모르게 그 수첩을 받아든 손이 긴장으로 떨렸다.

이 수첩에는 분명히 뭔가가 있을 것 같았다. 이 끔찍하게 계속되는 살인사건의 진상을 밝혀낼 수 있는 그 무엇이…

나는 심호흡을 하고 그 수첩을 펼쳐보았다. 무시무시하고 기괴한 사건의 기록들…

주형사의 수첩에 적혀 있던 것은, 수사에 관한 일정한 형식이 없는 메모들이었다. 한 번에 씌어지지 않고, 몇 달에 걸쳐 씌어진 것이었다.

〈과수원 살인사건〉

- 3명의 희생자와 1명의 목격자
- 살인 도구는 낫으로 추정
- 살인 도구로 추정되는 낫에는 4명의 지문이 모두 채취됨
- 1명의 목격자는 사건 당시의 일을 기억 못함

모든 가능성을 감안해 최대한 논리적으로 생각해보자.

1. 희생자중 살인범이 있다면…

(즉, 범인도 자살 또는 정당방위에 의한 타살로 죽었다는 가정)

가) 한병식(과수원 주인)이 살인범이라면…
- 살인 동기: 정신질환
- 타당성 있는 결론. 그러나 안 중위와 아들인 지철을 죽인 다음에 자기 목을 스스로 잘라 자살하는 것은 불가능. 또한 그렇다

면 사라진 그 머리는 어디에…….

– 안 중위나 지철이 정당방위로 한병식을 죽이고, 자신들도 죽였다고 하는 것도 이해가 가지 않음. 정당방위로 상대방의 머리를 잘라버리는 것은 논리적이지 못함. 더구나 마지막에 낫을 쥐고 있던 사람은 한병식…

나) 안 현(인근 모 부대 ROTC 중위)이 살인범이라면…
– 살인 동기: 한병식의 딸 한지희와의 결혼 문제로 빚어진 갈등. 너무 모호하고, 일가족 몰살의 동기로는 약함.
– 먼저 지철의 등을 낫으로 찍어 죽이고, 격투 끝에 한병식의 머리를 자른 후에 자기도 깊은 상처를 입고 죽었다? 그렇다면 없어진 한병식의 머리 또한 안 현이 처리했다는 것인데, 죽을 정도로 깊은 상처를 입은 사람이 왜 이미 자기가 죽인 사람의 머리를 잘라 숨겼을까? 또한 마지막에 낫을 쥐고 있던 사람은 한병식이었다.

다) 한지철(과수원집 아들, 중학생)이 살인범이라면…
– 살인 동기: 정신질환
– 안 중위와 아버지를 죽이고 그때 입은 상처로 죽음? 또는 살인을 말리던 누나인 지희에게 피살됨? 중학생의 힘으로 사람의 머리를 잘라낼 수 없음. 또한 안 중위와 한병식의 시체에는 서로 격투한 흔적이 발견되었지만, 지철과 격투한 흔적은 없음.

라) 한지희(과수원집 딸, 안 중위와 결혼 예정)가 살인범이라면…
– 살인 동기: 정신질환 또는 결혼 문제로 일어난 갈등

- 유일한 생존자이기 때문에 가장 유력한 용의자가 될 수 있음. 과연 혼자서 세 명의 남자들을 죽일 수 있었을까? 또한 여자 힘으로 사람의 머리를 잘라 낼 수 있을까?

마) 살인자가 두 명 이상이라면… (가능성 있는 조합을 보면)
- 한지희와 안 현이 공범: 가능성 높음
살인 동기는 결혼에 방해가 되는 가족의 처치? (우발적) - 가능성 있음.
안 현과 한지희, 한병식과 한지철을 죽이고 그 과정에서 안 중위도 죽음을 당함? - 가능성 있음.
사라진 한병식의 머리와 마지막에 한병식에게 쥐어진 낫은 수사의 초점을 흐리게 하기 위한 한지희의 속임수? - 일리 있음
한지희의 실성은 속임수? - 정신과 전문의의 소견으로는 절대로 속일 수 없다고 함. 결국 한지희는 진짜 정신병 환자로 밝혀짐.
살인을 저질렀지만, 그 충격으로 한지희가 진짜로 실성? - 가능성 높음. 하지만 왜 한병식의 머리는 숨기고 낫을 쥐어줬을까?
또 하나의 의문 - 한병식이 낫을 쥐고 있던 형태로 보아 다른 사람이 쥐어준 것은 절대 아님.

2. 제3자가 범인이라면…
- 살인 동기: 과수원집 가족과의 원한
- 과수원집에 제3자가 침입한 흔적을 발견 못함.
피바다가 된 과수원집 바닥에서 제3자의 발자국을 발견 못함.
흔적 없이 들어왔다 살인을 저지르고 사라지는 것은 불가능.

제 3자가 살인을 했다면 안 중위와 한병식이 쥐고 있던 서로의 머리카락과 계급장은?

결정적인 목격자가 될 수도 있는 한지희를 살려둔 이유는?

모든 것이 뒤죽박죽이다.

제대로 된 결론은 하나도 없다. 글자 그대로 미궁이다. 도대체 무슨 일일까? 한지희가 살아나 그때 사건을 말해주지 않는 한 진상은 영원히 알 수 없을까?

분명히 이 사건은 가정불화로 인한 자살 따위가 아니다. 누군가가 무지막지한 원한 또는 악의를 가지고 저지른 끔찍한 범죄가 확실하다······.

이런 잔악한 살인을 저지른다는 것은 금품이나 돈이 목적이었던 것이 아니다. 또한 단순히 사람을 죽이기 위해서라면 이런 잔혹한 살인극을 벌이진 않았을 것이다. 놈의 목적은 사람을 갈기갈기 찢어서 최대한 잔인하게 죽이는 것이었다! 최대한의 고통과 공포를 느끼게 하면서···

아래는 적혀있는 볼펜 색깔이 다른 것을 보니 며칠 후에 적힌 내용 같다.

3. 원한관계

가) 과수원 주인 한병식과의 원한

- 5년 전에 이곳으로 이주. 이사를 주선한 사람은 친구인 성일여관 주인(최성일)이 했다. 이사 후 1년만에 부인 사망. 원인 불명. 단지 치료할 수 없는 병으로 사망했다고 알려짐.

부인이 죽기 전까지 마을 사람들과 원만한 관계를 유지.

그러나 부인이 죽은 후에는, 전혀 다른 성격의 소유자처럼 행동.

항상 술에 취해 살고, 폭력적이 됨. 그 때문에 마을 사람들과의 관계도 나빠짐.

특히 정미소를 운영하는 김은철과 술자리에서 싸움을 벌여 전치 4주 정도의 상처를 입힘. 김은철의 고소로 치료비와 합의금조로 500만원을 배상하는 등, 마을 사람들과의 관계가 악화.

가장 가까운 친구는 역시 여관주인인 최성일.

나) 안 중위와의 원한

- 서울 태생의 여유 있는 집안 출신으로 제대를 앞둔 ROTC 군인.

제대 후 대기업에 입사하기로 되어있는 등 안정되고 전망 있는 상태였음. 소속 대대장 등 상급자의 증언에 따르면 밝은 성격으로 원만한 복무 생활을 했음.

하지만 안 중위가 지휘하던 소대원들의 증언에 의하면, 소대원 중 상병 한 명과 관계가 좋지 않았다고 함. 자세히는 말해주지 않았으나, 하극상과 관계 있는 것 같음. 도시 출신에 대졸 학력의 연약한 소대장을 각계각층 출신의 거친 병사들이 복종하고 따를 수 있었을까…

다) 첫째 딸 한지희와의 원한

- 마을 사람들의 칭찬이 자자함.

마을에서 가장 훌륭한 부인감이며 며느릿감으로 평가받음.

뛰어난 외모와 착한 성격으로 모든 사람이 좋아함.

원한 관계는 전혀 없다고 주변에서 증언. 하지만 가뜩이나 여자가 부족한 마을에서 어디 내놔도 손색이 없는 일등 신부감을 놓고 아무런 잡음이 없다? 더구나 외부 사람과 결혼하는데… 표면적으로는 없는 것으로 보이나, 이 결혼에 대한 치정 살인의 가능성도 배제할 수 없다. 누군가 한지희를 짝사랑했다? 조사가 필요…

시간이 얼마 지난 후에 씌어진 것으로 보이는 메모에 한지희에 관한 내용이 덧붙여져 있다.

…마을에 한지희에 대한 이상한 소문이 돌고 있다. 그녀의 정신이 나가있는 지금, 그녀를 한병식의 친구인 여관주인 최성일이 돌봐 주고 있으나, 누군가의 애를 임신하고 있다는 등 지저분한 소문이 있다. 불쌍한 것… 마을 누군가가 실성한 지희를 농락하는 것 같다… 죽일 놈…

라) 한지철과의 원한
- 중학생이라 특별한 원한 관계가 없다.
전학 와서도 친구를 잘 사귀는 등 원만한 관계를 유지.
단지, 같은 반 반장(박윤환)과 성적이나 인기 같은 것에서 경쟁관계여서 껄끄러운 사이였다고 함. 친구들의 얘기로는 반장이 지철을 엄마가 없어 버릇없는 애라는 등 심한 욕도 하고 해서 사이가 나빴다고 함. 직접 박윤환에게 물어보니 자신은 지철과 사이가 좋았다고 주장.

또다시 시간이 지난 후에 적힌 내용 같다.

…무섭다!

이 사건에 대해 집착할수록 뭔가가 나를 압박하고 뒤쫓는 것 같다.

나를 감시하고 나를 위협한다.

무엇일까…

제기랄…

박형사가 오늘 죽었다. 교통사고로…

단순한 교통사고라고 하지만 믿을 수 없다. 본서에서 파견 나와 이 사건에 대해 정열적으로 조사하던 젊은이였는데…

그도 사건에 파고들수록 공포를 느꼈던 것 같다.

결국 사건은 상부의 지시로 말도 안 되는 시나리오로 마무리되고 그는 본서로 복귀했었지만, 그는 끝까지 석연치 않음을 떨칠 수 없었나보다. 사고 당하기 전날 밤 술 취한 목소리로 전화해 내게 말한 것이 머리 속에서 떠나지 않는다.

'주형사님, 포기하실 겁니까? 저는 무섭습니다. 부끄럽지만 무서워요… 밤마다 끔찍한 악몽에 시달려요… 죽음이 내게 다가오는 것 같아요… 이 사건에는 뭔가 우리가 이해할 수 없는 불가사의함이 있는 것 같습니다. 아주 무서운……. 아직 주형사님께 말씀드릴 단계는 아니지만, 살인사건이 일어난 그 집에 대해 뭔가를 알아냈어요… 얘기해도 믿지는 않을 거예요… 제가 살아있다면 곧 말씀드릴게요… 무서워요…….'

박형사가 정말 사고였는지. 자살했는지. 아니면 누군가의 손에 죽었는지…

나도 무섭다!

그 집에 뭔가가 있다. 알 수 없지만, 이 공포의 근원인 그 무언가가…….

4. 과수원 – 살인사건이 일어난 후 버려진 집.

– 1920년대에 지어졌다고 추측됨.

이 집을 지은 주인에 대한 기록은 없음. 1945년까지 주인이 나타나지 않고 버려진 채 폐가로 남겨졌다고 함. 그 후 여러 가지 괴이한 이야기가 전해짐.

그 중 신빙성 있는 것만 살펴보자면, 6·25 당시 국군 소대가 그 집에 주둔한 적이 있는데, 하룻밤 사이 한 소대가 사지가 잘린 상태로 모두 죽은 사실이 보고됨. 전쟁 때라 아무 조사 없이 끝났으나 전해진 이야기로는 그때 발견된 한 명의 생존자였던 소대장이 낫을 들고 부대원 전원을 죽였다고 함. 그 소대장은 물론 미친 상태에서 혼란 중에 사라지고…….

그 외에도 수사기록 및 사망사건의 자료들을 조사해 보면, 그 집에서 시체로 발견된 사망자 수가 이번 사건을 제외하고, 30년 간 20명이 넘음. 뭔가 이상하다. 더구나 그 기간 동안 그곳에 특별히 거주자도 없는 상태에서 그렇게 많은 사람이 죽어나간 것은 분명 이상한 일이다.

희생자의 대부분은 부랑자나 떠돌이, 그리고 술주정뱅이로 하룻밤 정도 빈집에서 쉬려고 들어갔다가 다음 날 시체로 발견된 경우. 모두 사인은 충격에 의한 심장마비 또는 원인불명으로 기록되었다.

한병식은 왜 그런 집을 사서 이사하게 되었을까? 누가 그 집을 소유하게 되고 한병식에게 팔았을까? 한병식의 그 집으로의 이주는 친구이며 여관 주인인 최성일이 주선했다. 그런데 한병식에게 집을 팔았다는 것도 바로 최성일이었다. 서류상으로 보면 소유주가 불분명한 상태였던 6년 전 최성일이 자기 소유로 신고하고, 그 뒤 바로 한병식에게 판 것이다.

최성일은 그 집이 흉가라는 것을 알고 판 것인가? 한병식은 그 집이 그런 저주받은 집이라는 것을 알고도 그 집으로 이사한 것일까? 그 집을 처음 짓고 실종된 사람은 누구일까?

마을에서 제일 나이가 많은 어르신에게 물어보았지만, 아무것도 기억이 나지 않는다고 했다. 하지만 뭔가 알고 있는 듯한 눈치였다. 확실히 뭔가 숨겨진 얘기가 있다.

그 집이 풍기는 기괴하고 무시무시한 기운은 과연 무엇일까?

그게 무엇이든 그것은 나를 압박하고 나를 죽음으로 몰아넣고 있다.

너무 무섭다…

어디로 가도 나를 쫓아오는 괴물이 있다.

그 집에서 뭔가 나오고 있다.

사악한 기운이…….

그리고 재원이가 그 집에 들어갔다가 정신이 나간 후에 쓴 듯한 글이 보였다. 바로 주형사가 그 집에서 불에 타 죽기 전에 쓴 글이었다.

…멀쩡한 의대생이 그 집에 들어갔다가 미쳐서 나왔다. 내게도 찾아와 이것저것 물어보았는데… 그때 얘기해준 내 잘못이다. 말렸어야 하는데……. 도망가고 숨어사는 것도 이제 끝이다. 그 집에 있는 것이 무엇이든 이제는 정말 끝을 봐야겠다. 불을 지를 것이다. 내가 죽든 그 집이 타 없어지든, 이제 죽음의 공포는 끝이다. 수십 명의 피를 먹고도 아직도 사람의 목숨에 굶주려있는 그 집을 이 세상에서 없앨 생각이다… 이제 모든 것이 끝이다…….

나는 메모를 다 읽고 더욱 혼란해질 수밖에 없었다.
이것을 쓴 날 밤 주형준 형사는 몸에 불을 붙여 자살했다. 자살이 아니고 그 집에 의해 죽음을 당했는지도 모르지만… 주형사의 기록은 나를 더욱 혼란스럽게 만들었다. 뭔가 단서를 제공해주는 것 같기도 했지만, 확답을 내 주지는 않고 있었다. 하지만 확실한 것은 이번 살인이든, 지난번 살인이든 어떤 관계인지는 모르지만 그 버려진 집과 관련되어 있는 것은 확실해 보였다.
김반장은 내게 그 기록에 대해 물어보았다.
"일한씨, 어때요? 무슨 감이 잡혀요? 그 끔찍한 놈에 대해…"
"아뇨. 전혀… 하지만, 확실한 것은 일련의 살인사건들과 그 버려진 집과는 분명히 관계가 있다는 것입니다. 형태가 어떠하든, 그 집이 이번 사건의 중심이 되는 것 같습니다. 비이성적인 생각인 것 같지만, 제가 생각해낼 수 있는 것은 이것뿐이네요… 반장님은 뭐 좀 아시겠어요?"
"나도 비슷하죠. 그래도 선명하지는 않지만 그림 하나가 눈에 보이는 것 같네요. 일한씨 말대로 그 버려진 집이 중심에 있는…"

　김반장은 뭔가를 알아차린 것 같지만, 아직 밝힐 때가 아닌지 전부 얘기해주지 않고 있었다. 좀 자세히 물어보고 싶었지만, 때가 되면 알게 될 것 같아 참았다.

　그때 숙직실 방문이 열리며, 정화씨를 봐주고 있던 아주머니가 나왔다.

　정화씨가 정신을 차렸다며 들어가 보라고 했다.

　나는 황급히 방 안으로 들어가 보았다.

　그녀는 파리한 얼굴을 하고 벽에 기대어 앉아 있었다. 첫눈에 봐도 대단히 고생을 겪고 험한 경험을 한 사람의 얼굴을 하고 있었다.

　나는 조심스럽게 말을 꺼냈다.

　"정화씨, 괜찮아요? 안심하세요… 여기는 지서 안이니까… 일어나서 다행이네요. 모두 걱정했어요."

　정화씨는 힘이 하나도 없는 목소리로 대답했다.

　"미안해요, 일한씨… 저 때문에 고생하고… 저는 여기 괜히 따라왔나 봐요… 방해만 되고… 그때 일한씨 말 듣고 오지 말 걸 그랬어요…"

　안돼 보이는 정화씨에게 뭔가 위로의 말이라도 해 줘야겠다고 생각하는데, 갑자기 김반장이 끼어들었다.

　"정화씨, 일어나자마자 이런 질문해서 미안한데… 지금 상황이 워낙 급하니까 좀 이해해줘요. 정화씨, 기절하기 전의 상황에 대해 기억해요? 기억나는 것이 하나라도 있으면 얘기해 주시겠어요? 무리라는 것을 알지만 부탁입니다…"

나는 정화씨가 안쓰러웠지만 김반장의 다급한 입장도 이해가 되었다.

어떻게 보면, 지금 현재 그 놈을 보고 살아있는 것은 김반장과 정화씨밖에 없는 상황이었다. 김반장의 경우는 제대로 목격한 것이 아니니까, 정화씨가 유일한 증인이자 단서가 될 수 있는 것이었다. 정화씨는 김반장의 질문을 들었는지 못 들었는지 가만히 눈을 감고 있었다.

무엇을 생각하는 것인지, 아니면 그 놈을 목격한 순간을 회상하는 것인지 알 수 없었다. 그녀는 한참을 그렇게 가만히 있다가 가라앉은 목소리로 얘기하기 시작했다.

"너무… 무서웠어요… 사실 그때 상황에 대한 정확한 기억은 없는 것 같아요… 일한씨가 반장님을 따라 창을 뛰어넘어 간 후, 저는 혼자서 그 끔찍한 살인 현장에 혼자 남아있게 되었어요. 방 안에 흐트러져 있는 시체들을 보니 구역질이 나고 무서워서 방에 있을 수 없었어요. 밖에 나와서도 방 안의 피바다의 전경이 머리 속을 떠나지 않아 괴로웠어요. 자꾸 무서워져 딴 생각을 하면서 비 내리는 것을 보고 있었어요. 갑자기 총소리 같은 것이 메아리쳐서 들렸어요. 깜짝 놀랐어요. 그 소리 후에 사방은 쥐죽은 듯 조용해졌어요. 단지 빗방울 떨어지는 소리만 들렸어요. 그러니까 더욱 무서워지는 것이었어요. 일한씨나 김반장님에게 무슨 일이라도 났을까 걱정되기까지 했어요.

한참을 마음 졸이며 떨고 있는데, 갑자기 뒤에서 발자국이 들리는 것이었어요. 너무 무서워 뒤를 돌아보려는 순간 머리에 큰 충격을 느꼈어요. 순간 주변이 깜깜해지고, 의식을 잃었어요… 그리곤 아무것도 기억이 안 나네요… 정신을 차려보니, 낯선 방에서 낯선 아주머니가 저를 보살피고 있었어요… 이것이 제가 기억할 수 있는 모든 것입니다."

정화씨의 대답에는 이해할 수 없는 부분들이 있었다. 나도 모르게 그 의문에 대한 질문이 튀어나왔다.

"그런데 정화씨… 정말 전혀 기억이 안 나나요? 제가 정화씨를 발견했을 때는 정신을 잃고 있지 않았을 때였거든요…"

내 질문에 정화씨는 이상할 정도로 깜짝 놀라면서 반문했다.

"정신을 잃고 있지 않았다고요… 그럼, 그때 제가 무얼 하고 있었죠?"

나는 머뭇거리며 대답을 못하고 있었다. 그러자 옆에 있던 김반장이 담담하게 말해 주었다.

"그때 정화씨는 '그가 왔어. 낫을 들고…' 라는 말을 계속해서 중얼거렸어요… 그것은 전혀 기억이 안 나나 보죠? 그러다가 기절했어요. 우리는 그 말을 듣고 정화씨가 최소한 그 놈을 봤으리라 생각했지요… 하긴 그 놈과 마주쳤으면, 정화씨도 살아남지 못했을지도 모르죠… 다행입니다… 그래도 혹시나 하고 물어보는데요… 정화씨가 무의식중에 중얼거리는 '그' 가 누구인지 기억 나세요?"

정화씨는 김반장의 질문을 듣고 이상할 정도로 당황하는 것 같았다. 평소의 정화씨와 달리 침착하지 못한 모습이었다. 하지만 그럴 만한 일을 당했다고 생각하니 납득이 갔다. 정화씨는 더듬거리면서 김반장의 질문에 간신히 대답했다.

"그건… 음… 모르겠어요. 제가 왜 그런 얘기를 중얼거렸는지… 아무것도 기억 안 나요… 단지 머리를 얻어맞고 정신을 잃었다는 것 밖에요… 전혀 모르겠어요…"

좀 이상한 대답이었지만, 김반장은 알았다는 듯이 고개를 끄덕였다.

나는 솔직히 정화씨의 대답을 듣고 더욱 혼란스러워졌다.

말이 안 되는 것 같기도 했지만, 기억이 안 난다는 데는 특별히 할말이 없었다. 김반장의 반응이 궁금했다. 그런데 내 생각과는 달리 김반장은 더 이상 묻지 않고, 오히려 정화씨의 말을 전적으로 믿는다는 듯이 행동했다. 힘들더라도 몸을 일으켜 모두들 분교로 움직이자는 얘기를 했을 뿐이다. 정화씨는 자기는 괜찮다는 듯이 옮겨갈 준비를 하겠다고 했다.

방에서 나와서 나는 나지막이 김반장에게 물었다.

"반장님, 좀 이상하지 않으세요? 정화씨의 대답이 약간 말이 안 되는 것 같기도 한데…"

"글쎄요… 약간 말이 안 되는 것 같은 것이 아니라, 좀 많이 틀리는 것 같은데… 좀 더 기다리죠… 정화씨가 직접 얘기해 주겠죠, 뭐. 우선 분교로 옮기고 봅시다. 이 순경도 마을 사람들을 데리고 곧 분교로 돌아올 것 같으니까…"

김반장은 정화씨의 대답에 대해 의문점만 동의했을 뿐이고, 더 이상 얘기하지 않고 분교로 옮기는 데에 신경을 쏟았다. 하지만 내가 보기에도 김반장도 나름대로 정화씨의 대답에 대해 다른 생각이 있는 것 같았다.

김반장은 지서 안에 있던 사람들을 재촉해서 분교로의 이동을 지시했다. 밖에선 약간은 가늘어졌지만, 비가 계속해서 내리고 있었다.

　나는 몸이 불편한 정화씨를 부축했다.

　자그마한 몸집의 그녀는 뭐가 그렇게 겁나는지 연신 바르르 떨고 있었다. 나는 그런 정화씨에게 우산을 받쳐주고 묵묵히 분교로 향했다.

　가녀린 정화씨를 보니, 안쓰러운 생각이 들었다.

　실종된 남자친구를 찾으러 왔다가 온갖 끔찍한 일들을 목격하고 경험한 것이다. 그때 갑자기 재원이 생각이 났다. 한동안 살인사건에 쫓기다 보니, 우리가 여기에 온 일차 목적인 재원이의 행방을 찾는 일을 까맣게 잊고 있었던 것이다.

　정말 재원이는 어디에서 무엇을 하고 있을까?

　혹시 미친 채로 비를 맞으며, 이 무시무시한 마을을 배회하고 있는 것은 아닌지… 이따 마을 사람들이 모두 모이면, 재원이에 대해 물어봐야겠다는 생각이 들었다.

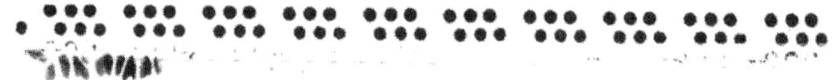

분교

저와 중달이는 총을 들고 숲으로 들어갔습니다.
마을 사람들을 지키고 있으라고 했습니다.
숲으로 뛰어 들어갔지만, 빗물에 흘러가는 핏자국만 보일 뿐이지
정식이나 그 놈은 보이지도 않았습니다. 한참을 정식이를 찾았지만,
결국 찾아낸 것은 이 다리 한쪽뿐이었습니다.

    분교에는 먼저 온 사람들이 교실의 책걸상을 치우는 등 준비를 하고 있었다. 이장님도 사람들에게 지시하고 있었지만, 실질적인 지도자는 김반장으로 보였다. 전시에는 행정가보다 군인이 강한 권한을 갖게 되듯이, 이런 위급 상황에서 사람들은 이장보다는 김반장을 더욱 신뢰하는 것처럼 보였다. 그래서인지 마을 사람들은 김반장의 지시를 한마디 불평 없이 잘 따랐다.
    분교는 분교라는 이름에 걸맞듯 아주 작았다. 작은 방만한 교실 두 개에 양호실과 창고도 겸하고 있는 듯한 자그마한 교무실 하나가 전부였다.

김반장은 몇몇 마을 사람들을 지도해서, 먹을 것이나 식수 등을 분교로 옮겼다. 책상과 걸상들을 복도로 몰아내었는데도 여전히 교실은 여전히 비좁아 보였다.

정화씨는 여전히 몸이 불편해 보였다. 김반장은 일을 도우려는 나보고는 정화씨나 보살피고 있으라고 하며, 바쁘게 움직였다.

마을 사람들은 이런 수해에 익숙한지, 그리 당황하지 않고 분교를 자신들의 보금자리 겸 대피처로 만들어 나갔다. 그런 사람들을 보고 있으려니 이런 시련을 잘 몰랐던 내가 얼마나 행운이었는가 하는 생각마저 들었다.

창백한 얼굴로 의자에 앉아있는 정화씨에게 담요를 덮어주면서 나는 조심스럽게 재원이 얘기를 꺼냈다.

"정화씨, 미안해요… 제가 괜히 이런 곳까지 끌고 와서… 재원이 그 자식은 어디서 무얼 하고 있는지. 비가 그치고 고립이 끝나면, 여기를 빨리 떠나죠… 재원이 찾는 것도 중요하지만, 정화씨도 집에 돌아가서 좀 쉬어야 할 것 같네요… 이왕 시작한 일이니, 재원이는 제가 끝까지 찾아볼게요… 방학이라 특별히 할 일도 없는데요…"

정화씨는 내 말에 아무 대답도 않고 가만히 있었다.

그러더니 갑자기 고개를 떨구더니 흐느끼기 시작했다. 나는 당황했지만, 정화씨가 당한 끔찍한 일들을 생각하자 이해가 되었다. 정화씨는 울먹이면서 말했다.

"흐흑… 너무 무섭고… 힘들어요. 이제… 재원씨를 포기할래요……. 내 힘으론 흐흑… 어떻게 할 수가 없을 거예요… 흐흑… 용서해요… 흐흑… 일한씨… 빨리 나를 여기서 내보내줘요… 이제 재원씨는 만나기도 싫어요…"

너무 힘들고 지쳐서 한 말 같지만, 재원이를 포기한다고, 만나기도 싫다고 하는 말이 좀 이상하게 들렸다. 그녀가 여기까지 와서 찾기를 포기한다고 생각하니 가슴이 아파 왔다. 그 동안 얼마나 맘고생이 심했으면, 오죽했으면 재원이를 만나지 않겠다고 할까 하는 생각이 들었다.

나는 정화씨를 안쓰럽게 바라보다가, 문득 이상한 생각이 들었다.

재원이를 만나기 싫으니, 여기서 빨리 내보내달라니?

혹시 정화씨는 이 마을에서 재원이의 흔적을 발견한 것은 아닐까? 혹시 우리에게 뭔가 숨기고 있는 것은 아닐까?

여러 가지 의문들이 꼬리에 꼬리를 물고 떠올랐다.

정화씨에게 뭔가를 물어보려는 순간, 밖에서 웅성거리는 소리가 들려왔다. 무슨 일이 난 것 같았다.

나는 정화씨에게 잠깐만 기다리라고 얘기하고 분교 밖으로 나왔다. 밖에는 이 순경이 마을 사람들을 데리고 분교 운동장을 가로질러 들어오고 있었다. 100여명 남짓한 마을 사람들이 보따리 하나씩을 들고 걸어오는 모습은, 6·25전쟁 다큐멘터리에 나오는 피난민의 모습 그대로였다. 그들의 지치고 공포에 질린 모습을 보니, 나도 모르게 몸이 부르르 떨렸다.

그런데 마을 사람들이 가까이 다가오자, 좀 이상한 느낌이 들었다.

그들의 표정은 뭔가 쫓기는 듯한 두려움으로 가득 차 있었다. 걸어오다가, 분교 운동장에 들어서자마자 누가 먼저랄 것 없이 뛰어오다시피 분교를 향하고 있는 것이었다. 모두들 엄청난 것을 목격한 사람들 같았다. 사람들이 서두르는 바람에 애들은 울고, 넘어지는 사람도 있고, 삽시간에 분교 운동장은 아수라장이 되었다.

"이제 다 왔으니까, 마지막까지 질서 지켜주십시오! 제발 부탁입니다! 이러다가 모두들 큰일 납니다!"

사람들을 인솔하고 있던 이 순경은 목청 터져라 외쳐댔지만, 겁에 질린 마을 사람들은 막무가내였다. 총을 들고 있던 마을 청년들은 최선을 다해 그들을 통제하려 했지만, 이미 그들의 두려움은 그들 자신이 통제할 수 없는 상황에까지 이른 것처럼 보였다.

분교에 있던 사람들까지 가세했지만, 해일처럼 밀려들어오는 마을 사람들에는 어쩔 수 없었다. 분교 문짝이 떨어져 나가고, 창문은 깨지고 한바탕 난리가 벌어졌다. 하지만 사람들은 아랑곳하지 않고 최대한 빨리 분교 안으로 들어오려고 몸부림쳤다. 분교 앞에 서있던 나와 김반장은 사람들에 의해 옆으로 밀려났다.

마을 사람들의 모습은 마치 굶주린 늑대에 쫓겨 우리로 들어오려고 난리치는 양떼들을 연상시켰다. 조금이라도 늦으면 그 늑대에게 갈기갈기 찢겨나갈까 봐 서둘러 걸음을 빨리하는 양떼들……

너무 이상했다.

도대체 무슨 일이 있었기에 사람들이 이렇게 두려움에 떨며 분교 안으로 들어오는지… 워낙 좁은 공간에 한꺼번에 많은 사람들이 들어오자 글자 그대로 생난리였다. 떠밀려나간 나는 마침 옆에 있던 김반장에게 무슨 일이냐고 물어보았다.

김반장 역시 아직 어떤 일이 있었는지 알지 못한다고 하며, 이 순경을 찾았다. 이 순경은 마을 사람들을 분교 안으로 다 들여보낸 후 지친 표정으로 우리에게 다가왔다. 이 순경과 같이 총을 들고 마을 사람들을 데리러 갔던 청년들도 두려운 표정을 한 채 우리에게 다가왔다.

어찌된 일인지 이 순경은 칼빈총을 하나 더 들고 있었다. 나머지 청년들은 지저분한 포대 하나를 들고 있다 우리 앞에 내려놓았다. 언뜻 보니 한 사람이 없는 것 같았다. 그 젊은이들은 지옥에 갔다 온 사람들처럼 무시무시한 표정이었다.

김반장은 이 순경을 보고 물어보았다.

"수고했네. 그런데, 도대체 마을 사람들 왜 이런 거야? 무슨 일 있었나? 그리고 정식이 그 친구 어디 갔나? 화장실 갔나보지? 그 친구 총을 왜 자네가 들고 있지?"

김반장의 질문에 이 순경은 목쉰 목소리로 대답했다.

겁에 질렸는지 아니면 분노했는지 떨리는 목소리였다. 나는 이 순경의 대답을 들으면서 청년들이 가져온 포대를 열어보았다. 처음에는 이 순경이 무슨 말을 하는지 이해하기 어려웠다.

"정식이 그 친구는 저 포대 안에 들어있습니다. 그 안에 든 것이 전부입니다."

나는 포대 안을 열어보고 온 몸이 얼어붙는 듯한 충격을 받았다. 포대 안에는 너덜너덜하게 찢겨나간 사람의 다리 한쪽이 들이있었다. 그 끔찍하게 잘려나간 다리를 보는 순간, 나는 구역질을 느끼며 포대를 덮어버렸다. 이 순경은 내가 놀라는 것에 개의치 않고 김반장에게 보고를 계속했다.

"정식이 그 친구는 그 놈에게 당했습니다. 순식간에 일어난 일이어서 우리 모두 눈을 빤히 뜨고 당했습니다. 그 놈을 끝까지 쫓아가서 죽여 버리고 싶었지만, 겁에 질린 마을 사람들을 이리로 데리고 오는 것이 더욱 중요할 것 같아 포기했습니다."

이 순경의 목소리는 분노에 떨고 있었다. 하지만 다른 청년들은 겁에 질린 모습이 역력했다.

김반장은 급박한 목소리로 계속 이 순경에게 보고를 재촉했다.

"반장님 말씀대로 우리는 마을을 돌면서, 마을 사람들을 차례로 합류시켰습니다. 대부분 소문을 들었던지 무서워하던 차에 잘 되었다는 듯이 자발적으로 분교로 향하는 행렬을 따라왔습니다. 사람들은 분교에서 먹고 잘 생각을 했는지 보따리를 하나씩 들고 나왔습니다. 마을 어귀까지 다 돌고, 모든 사람들을 데리고 분교로 돌아오게 되었을 때는 100여명의 사람들이 모였습니다. 비까지 와서 제각기 우산 쓰고 짐도 들고 해서 여간 통제하기가 힘든 게 아니었습니다. 김반장님 당부도 있고, 정말 언제 그 놈이 나타날지 몰라 앞뒤로 사람들을 배치했어요.

제가 앞장서고, 칼빈총을 든 정식이가 뒤에 섰어요. 나머지 친구들은 몽둥이와 총을 들고 마을 사람들 행렬 양 옆에 섰습니다. 마치 전쟁 때 포로를 후송하는 것처럼 마을 사람들을 호위하며 분교로 향했죠. 제기랄! 반장님 말씀을 들었어야 하는데… 정식이가 이렇게 된 것은 제 잘못입니다. 반장님이 그러셨죠. 무슨 일이 있어도, 그 과수원집은 피해서 오라고… 저도 처음에는 그러려고 했죠. 하지만 그 과수원을 지나지 않고 오려면 한 20분은 돌아서 오는 것이었습니다. 아무리 그 살인마가 그 근처에 있다고 하더라도, 이 많은 사람 앞에 나타날 것 같지는 않았습니다. 그래서 그 버려진 집을 지나는 지름길을 택했죠. 약간은 긴장되었습니다만, 우리는 총과 곤봉으로 무장도 했고 사람도 많아 아무 일 없을 것이라 생각했습니다.

그런데 그 과수원을 지나려니 겁이 났습니다. 비오고 어둑어둑해지는 가운데, 보이는 그 집은 정말 섬뜩했습니다. 무슨 지옥의 문처럼 보였고, 그 집에서 있었던 살인사건을 생각하니 솔직히 겁이 났습니다. 그래서 앞장서서 더욱 걸음을 재촉했습니다. 그것이 실수였습니다. 선두에서 빨리 가니, 당연히 뒤에 따라오던 사람들은 더욱 처지게 되었습니다. 더구나 노인분들은 더욱 쫓아오기가 힘들어졌고… 책임감이 강한 정식이는 맨 뒤에서 처져서 따라오게 되었습니다.

드디어 그 집을 앞을 다 지나게 되었습니다. 아무 일도 없는 것 같아 안도감까지 느꼈습니다. 그런데 그때, 뒤쪽에서 '아악!' 하는 처절한 비명소리가 들려왔습니다. 저는 그 소리를 듣는 순간 불길한 예감이 들었습니다. 마을 사람들은 그 소리에 놀라 우왕좌왕하기 시작했습니다. 전 마을 사람들을 제치고 있는 힘을 다해 뒤로 뛰었습니다. 맨 뒤가 얼마나 처져있었던지, 뒷사람들은 그제서야 과수원집을 지나가고 있었습니다. 모두들 달려왔습니다. 비명이 난 곳에는 석중이 할머니가 땅바닥에 주저앉은 채로 있었습니다. 석중이 할머니는 깜짝 놀랐던지 덜덜 떨고 있었습니다. 정식이는 보이지도 않았고, 총만 근처에 버려져 있었습니다. 석중이 할머니는 떨리는 목소리로 우리에게 자초지종을 얘기해 주었습니다.

'이 순… 순경… 정식… 이이… 느는… 어떤… 사람… 이…

숲… 속… 에에… 서… 나… 타… 나… 서 끝… 고고… 가갔어…'

석중이 할머니가 가리키는 쪽을 보니 숲으로 핏자국이 나 있었습니다. 저와 중달이는 총을 들고 숲으로 들어갔습니다. 나머지한테는 마을 사람들을 지키고 있으라고 했습니다. 숲으로 뛰어들어갔지만, 빗물에 흘러가는 핏자국만 보일 뿐이지 정식이나 그놈은 보이지도 않았습니다. 한참을 정식이를 찾았지만, 결국 찾아낸 것은 이 다리 한쪽뿐이었습니다.

그때 그 살인마를 지옥 끝까지라도 쫓아가고 싶었지만, 나머지 사람들이라도 안전하게 분교로 데려와야 했습니다. 간신히 마을 사람들을 진정시켜 여기 앞까지는 왔지만, 결국 겁에 질린 마을 사람들은 분교를 보더니 앞다투어 뛰어 들어온 것입니다. 반장님, 정식이가 이렇게 된 것은 제 잘못입니다. 하지만, 그 처벌은 제 손으로 그 놈을 잡아 죽일 때까지 미뤄주십시오. 부탁입니다!"

이 순경의 얘기를 듣고 우리 모두는 아무 말도 할 수가 없었다.

또 한사람의 희생자가 생긴 것이다. 김반장의 눈에는 이제 분노의 불이 타는 것 같았다. 그래도 김반장은 최대한 감정을 자제하면서 얘기를 했다.

"이 순경, 이미 엎질러진 물이야. 잘잘못은 나중에 따지고, 지금 당장은 이 끔찍한 살인마로부터 마을 사람들을 보호하는 일이 가장 중요한 것이야. 이장님께는 내가 말씀드리지… 애지중지하던 외아들이 그런 식으로 죽었다는 얘기를 들으면 얼마나 충격이 클까… 이 순경은 이 친구들을 데리고, 마을 사람들을 진정시키고 모두들 한 교실로 모이게 해. 그리고 휴대폰이나 외부로 연락할 만한 것 구해왔나?"

이 순경은 주머니에서 휴대폰 하나를 꺼냈다. 하지만 전기가 끊어진 지 벌써 하루가 지나서인지, 휴대폰 배터리는 거의 다 닳은 것 같았다. 그래도 그것이 이 고립된 마을과 외부를 연결할 수 있는 유일한 통신수단인 셈이다. 김반장은 그 자리에서 즉시 어디론가 전화를 걸었다.

몇 번을 시도한 후에야 간신히 통화가 된 것 같았다.

"여보세요! 여보세요! 나 김종수 반장이요! 잘 안 들리니까 크게 말해요! 지금 우리 내분리에 고립되어 있는데, 언제 구하러 올 거요! 뭐라고! 우리도 급하단 말야! 사람들이 막 죽어간단 말야! 헬기라도 보내 줘! 지금 당장! 여보세요! 여보세요! 제기랄! 배터리가 다 닳았잖아!"

김반장은 휴대폰을 집어던질 기세로 욕설을 퍼부었다.

읍내로부터의 구조는 한참을 기다려야 할 것 같았다. 이 지역 전부가 침수되었기 때문에 상대적으로 고지대인 이 마을에는 구조가 더욱 늦어지는 것 같았다. 통화 내용을 들은 사람들은 모두 절망적인 표정을 지었다. 미치광이 살인마가 날뛰는 여기서 고립된 채 며칠을 더 버텨야 된다니…

김반장은 잠시 생각을 정리한 후, 사람들이 모여 있는 교실로 들어갔다.

들어가기 전에 이장을 구석으로 데리고 가 정식의 죽음에 대해 말해주었다. 정식이는 이장의 외아들이었던 것 같았다. 아들의 끔찍한 죽음에 대해 들은 이장은 자리에서 무너지듯 쓰러졌.

김반장은 사람들을 불러 이장을 교무실로 데려가 보살펴달라고 했다. 가뜩이나 겁에 질린 마을 사람들 앞에서 이장마저 무너지는 모습을 보이면 큰일날 것 같았던지, 김반장은 이장을 다른 방으로 옮긴 것이었다. 이 순경은 김반장의 말대로 마을 사람들 전부를 한 교실로 모이게 했다. 밖은 어느새 어두워지기 시작했다. 비는 여전히 내리고 있었다. 전기가 안 들어오기 때문에, 분교 안에는 여기 저기 초를 켜 놓았다. 하지만 어둠을 쫓아내기에는 역부족이었다. 오히려 촛불에 비친 그림자들이 무시무시한 분위기를 자아냈다.

교실 안에는 충격을 받아 교무실로 자리를 옮긴 이장과 부인, 그리고 그 사람들과 같이 있어주는 친구 부부를 제외하고는 모두 모여 있었다. 이 순경과 젊은이 하나는 칼빈총을 들고 복도에 서서 경계하면서, 교실 안을 보고 있었다.

마을 사람들은 한결같이 겁에 질려 있었고, 무슨 일이 일어나고 있는지 궁금해 하고 있는 모습들이었다. 김반장은 얘기하기 전에 아이들은 옆 교실로 보내라고 했다. 갑작스런 부탁에 사람들은 웅성거렸지만, 김반장 말대로 따랐다. 김반장은 복도를 지키고 있던 이 순경에게 마을 사람들 인원을 파악해 보라고 했다. 그러고 나서야 호기심에 가득 찬 마을 사람들 앞에서 얘기를 시작했다. 나는 정화씨 옆에 서서 그 얘기를 들었.

"여러분들 중 대부분은 지금 우리 마을에 어떤 일이 벌어지고 있는지 아실 것입니다. 한마디로 끔찍한 일이 일어나고 있습니다. 지금부터 제가 하는 말을 잘 들어주시기 바랍니다. 방금 전 읍내 본청과 통화를 했는데, 이번 비로 워낙 많은 지역이 침수되는 바람에 우리 마을이 구조되려면 한참을 기다려야 한답니다. 결국 우리는 비로 인해 외부와 완전히 고립된 상황입니다. 하지만 이 일이 전부가 아닙니다. 이 마을에 고립된 것은 우리뿐만이 아닙니다. 무자비하고 잔인한 미치광이 살인마가 우리 마을을 배회하고 있습니다. 많은 사람들이 죽어갔습니다. 아직 그 놈이 누구이며, 왜 우리 마을 사람들을 차례로 죽이는지는 모릅니다. 확실한 것은 그 놈은 매우 위험한 놈이며, 아직도 우리를 노리고 있다는 것입니다. 살인을 멈추지 않고 더 할 놈입니다. 더구나 그 놈은 사람을 곱게 죽이지 않습니다. 온갖 잔인한 방법으로 사람을 죽입니다. 쉽게 말해 미친놈이라고 할 수 있습니다. 미치긴 했지만, 바보는 아닙니다. 이제까지 제대로 된 흔적조차 안 남기고 그 많은 사람을 죽일 때까지 잡히지 않은 것을 봐도 그렇고, 가장 중요한 것은 갑자기 나타나 희생자를 도살하고 감쪽같이 사라진다는 것입니다.

저와 저기 일한씨가 그래도 그 놈에 대해 수사해서 어느 정도 밝혀내고 있습니다만, 아직은 만족할 만한 수준이 아닙니다. 지금 우리가 여기에 모인 것은 그 놈의 정체와 동기에 대해 알아보자는 것도 있지만, 더욱 중요한 이유는 그 놈의 위협으로부터 피하자는 것입니다. 여러분들이 따로 지내시게 되면, 그 놈은 활개치고 다니며 살인을 계속해서 저지를 것입니다. 지금부터 우리가 해야 할 일은 외부와의 고립이 끝날 때까지 여기 모여 안전을 도모함과 동시에, 가능하면 그 놈의 정체를 밝혀내고 더 이상의 살인을 막는 것입니다…"

김반장의 말에 마을 사람들 사이에는 죽음 같은 침묵이 흘렀다. 모두들 겁에 질려 어찌할 바를 모르는 것 같았다. 김반장은 담담하게 얘기를 계속했다.

"그래서, 제가 그 놈을 잡기 위해 여러분에게 몇 가지 물어보겠습니다. 중요한 얘기니까, 솔직히 대답하여 주십시오. 우리 모두의 목숨이 달렸다고 할 수도 있으니까요… 지금까지 제가 알아낸 것에 의하면, 이번 살인은 일제 시대에 이 마을에 있었던 어떤 사건과 연관이 있는 것 같습니다. 그때 생긴 원한에 대한 복수일 가능성이 있습니다. 이유가 있어서, 그 사건에 대해서는 자세히 말씀드릴 수 없습니다. 여러분들 중에, 할아버지 때 이상부터 이 마을에서 쭉 살고 계신 분들은 손 들어주시겠습니까? 좀 자세하게 말씀드리면, 1910년대에 선대 분들이 이 마을에서 사셨던 분들은 손을 들어주십시오."

나는 김반장이 무엇을 알고 싶어 하는지를 알 수 있었다.

김반장은 그 노인이 들려준, 그 버려진 집주인에게 마을 사람들이 저지른 끔찍한 범죄와의 관련성을 알고 싶은 것이다. 하지만 아무것도 모르는 마을 사람들은 어리둥절한 표정을 지으며 잠시 웅성거리더니 한두 명씩 손을 들었다. 그 동안 많은 사람들이 이주하고, 이주해왔기 때문에 해당되는 사람은 생각보다 작았다. 열 명도 채 안 되는 것 같았다.

김반장은 한 명 한 명 살펴보았다.

김반장은 자신이 추리했던 것과 다른 결과가 나와서인지 불만족스런 얼굴로 더 이상 없냐고 계속해서 마을 사람들에게 물어보았다. 더 이상 손을 드는 사람이 없자, 김반장은 실망스런 표정을 지었다.

그때 복도 쪽에서 의외의 대답이 들려왔다.

"저도 고조할아버지 때부터 여기서 살고 있습니다."

모두들 소리 나는 쪽을 보았다.

이장님이었다. 아들의 죽음으로 정신을 추스르기가 어려웠을 텐데, 어느새 자기 자리로 돌아온 것이다. 큰 충격을 받아 자기 몸도 가누기 힘들었을 텐데, 이장이라는 책임 때문인지 회의에 참석한 것이다. 이장은 모든 것을 달관한 사람처럼 담담하게 말을 계속했다.

"반장님이 결과적으로 원하시는 답이 이것이라면 제가 알고 있습니다. 사과골 최씨네도 오래 전부터 여기서 살아온 일가고, 무당네도 그렇고, 저기 동구밖에 사시던 어르신네도 그렇습니다. 말했듯이 저의 집도 그렇습니다. 이 답이 맞습니까? 제가 말한 모든 사람들의 공통점은 또 있습니다. 모두들 이번에 살해당한 것입니다. 가족들과 함께…"

김반장도 그렇겠지만, 나도 큰 충격을 받았다.

설마 했는데, 우연치고는 너무 기묘했다. 그 옛날에 억울하게 죽음을 당한 사람이 그 후손들에게 피의 복수를 한다는 것인가. 믿을 수도, 믿지 않을 수도 없는 일이었다. 하지만 그렇다 하더라도 좀 이상한 점이 느껴졌다. 나머지 희생자들은 무슨 관계인가?

김반장도 나와 똑같은 생각을 했는지 그 질문을 했다.

"이장님께서 지적하신 점이 제가 생각했던 것과 비슷하군요. 그런데 나머지 희생자들, 그러니까 여관주인 최성일씨, 정미소 김씨, 박씨네 아이, 그리고 탈영병. 이 사람들도 여기서 오랫동안 살아온 사람들입니까?"

"아닙니다. 모두들 이 마을로 이주한 지 10년이 채 안 되는 사람들입니다. 다들 외부에서 이 마을로 와서 정착해 살고 있는 것이지요… 그리고 시체로 발견된 탈영병은 어디 사는지도 모릅니다.”

 이장의 그 대답에 나는 더욱 혼란스러웠다.
 도대체 살인범의 살해 동기는 무엇이란 말인가? 그래도 가장 타당성 있던 동기라고 생각되던, 버려진 집에 얽혔던 원한관계도 일부만 해당될 뿐이지 절대적인 진실 같지는 않아 보였다. 김반장도 혼란스러운 것 같았다. 마을 사람들은 이해할 수 없는 대화에 술렁이기 시작했다.
 그때였다. 마을 사람들의 인원을 파악하고 있던 이 순경이 갑자기 다급한 목소리로 외쳤다.
 “김반장님! 큰일 났습니다! 제 실수 같은데, 정채석씨 가족들을 여기로 대피시키지 못했습니다. 마을 사람들 명단을 가지고 한 명 한 명 체크해가며 데려왔는데, 실수로 빠뜨린 것 같습니다. 면목이 없습니다. 제가 지금 당장 가서 모셔오겠습니다.”
 이 순경의 충격적인 애기에 사람들은 모두 얼어붙은 듯이 조용해졌다. 대피하지 못하고 누락된 가족이 있다는 애기가 나오자, 모두들 술렁댔다. 살인마가 설치고 다니는 이 상황에 한 가족만이 저 어둠 속에 아무것도 모르고 있다니… 나도 모르게 몸이 부르르 떨렸다.

재원과의 대면

나는 천천히 빗물이 흐르는 쪽으로 불빛을 비추어 보았다.
불빛 끝에 보이는 것은 문이 활짝 열린 창고였고,
문틈 사이로 피투성이가 된 사람의 팔이 보였다.
온 몸에 소름이 쫙 끼쳤다.

김반장 역시 긴장된 목소리로 얘기했다.
"이 순경 확실한가? 도대체 어떻게 된 일이야! 그리고 이장님, 정씨네는…"
이장은 김반장이 얘기를 끝마치지도 않았는데, 무엇을 물어보는지 눈치를 챘는지 대답했다.
"예, 맞습니다. 정씨네도 여기에 조상 대대로 살고 있어요…"
그 말은 어쩌면 정씨라는 사람의 가족도 그 살인마의 희생자가 될 가능성이 높다는 것이다. 더욱 서둘러 구하러 가야할 상황이었다. 하지만 저 어둠 어디선가 살인마가 희생자의 피에 굶주린 채 도사리고 있는 상황에서 이 순경 혼자 가는 것은 말이 안 돼 보였다.

나뿐만 아니라 이 자리에 있는 모든 사람도 그것을 알고 있었다.

"이 순경 자네 혼자 보낼 수는 없네. 여러분, 이 순경과 같이 가서 정씨네를 여기로 모셔올 분 계십니까? 한 두 분 정도 자발적으로 나오셨으면 하는데… 물론 총과 손전등은 드립니다. 아무도 안 계십니까?"

김반장이 애타게 마을 사람들에게 외쳤지만, 아무도 대답이 없었다.

모두들 고개를 숙이고, 행여 눈이라도 마주칠까봐 전전긍긍하는 모습이 역력했다. 죽음과 같은 침묵이 흘렀다.

김반장은 다시 한 번 재촉했다.

"이런 때 정씨네 가는 것이 꺼려지는 것은 이해가 갑니다. 하지만, 같은 마을 사람끼리 이럴 때 모른 척할 순 없지 않습니까?"

하지만 마을 사람들은 꿈쩍도 안하고, 오히려 고개만 더욱 숙일 뿐이었다. 아무리 살인마가 무섭다고 하지만, 마을 사람들의 이런 반응은 너무 이상했다. 이 마을 인심이 이 정도였나. 자신의 목숨을 위해, 같은 마을 사람이 죽음의 위기에 놓여도 모른 척하다니…….

어색하고 지리한 침묵이 계속되었다.

옆에서 보기에도 민망한 분위기였다. 나는 속에서 뭔가 울컥하는 것이 느껴졌다. 마을 사람들의 이런 행동이 경멸스럽고, 한편 불쌍해보였다. 화도 치밀었다.

갑자기 나는 나도 모르게 손을 들어 자원했다.

"제가 이 순경을 도와서 갔다 오겠습니다."

순간 모두의 시선이 내게 쏠렸다.

그들의 눈에는 자원한 나를 향한 안도의 표정이 보였다. 자기들 짐을 덜어주어서 그런 것 같았다. 그런데 이상한 점은 그 눈빛에는 동정과 비웃음도 섞여 있는 것이었다. 정화씨는 나의 소매를 잡아당겼다. 애절한 눈빛으로 가지 말라고 말하는 것 같았다. 김반장도 복잡한 표정을 띠고, 나를 보았다.

그러고는 내게 충격적인 말을 해주었다.

"우선 일한씨, 자원해 주어서 고마워요… 그런데 일한씨는 모르고 자원한 것 같으니, 내가 해줘야 할 말이 있어요. 우리가 왜 정씨네 가는 것을 그렇게 꺼려하는 줄 알아요? 정씨네가 고깃간을 하고 있거든요… 이렇게들 무서워하는 것이 고깃간과 무슨 관계냐고요? 다른 게 아니에요… 이번에 그 살인마에 의해 죽어나간 시체들이 전부 정씨네 냉동고에 보관되어 있다는 것이죠…"

김반장의 그 말을 듣고, 나는 소름이 쫙 끼치며 가슴이 덜컹 내려앉았다.

그렇게 처참하게 살해된 시체들을 보관하는 곳으로 가야한다니… 자신도 없으면서, 객기를 부린 내 자신이 부끄러워졌다. 놀란 표정으로 멈칫하고 있는 나를 봤는지, 김반장은 부드러운 목소리로 덧붙였다.

"말만이라도 고마워요. 이런 것은 경찰이 할 일이니까, 나와 이순경이 갔다 오도록 하지요. 여러분들은 이장님의 지시를 따라주십시오."

김반장이 다녀오겠다는 말에 마을 사람들은 더욱 동요했다.

이런 상황에 가장 믿음직한 사람이 자리를 비운다는 말에 겁들이 난 것 같았다. 마을 사람들의 웅성거림은 점점 커지고, 이윽고 사람들이 말하기 시작했다.

"김반장님은 여기 계시는 것이 나을 것 같은데요…"

"김반장님은 가지 마시고, 이 순경만 가도록 하지요…"

마을 사람들의 그런 반응은 이해할 수도 있었지만, 한편으로는 싫었다.

이장도 나서서 김반장을 만류했다. 자연히 시선은 다시 내게로 돌아왔다. 솔직히 겁나고 무서웠지만, 여기서 발을 뺄 수는 없었다.

"저는 괜찮습니다. 제가 김반장님 대신 가기로 하죠. 반장님, 제가 그래도 그 놈에 대해 약간은 알고 있으니, 이 순경 혼자 가는 것보다는 도움이 될지도 모르겠네요."

내 말에 마을 사람들의 시선은 다시 떨구어졌다. 스스로도 부끄러움을 느끼는 것 같아 보였다. 정화씨는 나의 소매를 붙잡고 나지막이 그러나 단호하게 말했다.

"일한씨, 거기 왜 가는 거예요? 그 일은 이 마을 사람들 일이잖아요? 이 사람들 일인데 왜 일한씨가 나서는 거지요? 일한씨도 지금 밖에 어떤 것이 도사리고 있다는 것을 알잖아요. 이 일은 장난이 아닌 것 같아요. 혹시 처참하게 죽음을 당하게 되면 어떡하려고요. 그건 정말 쓸모없는 죽음이에요. 그런 잔혹한 살인마는 피해야 해요."

그녀가 나를 걱정해주는 것은 고마웠지만, 이왕 뱉은 말을 여기서 주워 담을 수는 없었다. 약간 후회는 되었지만 어쩔 수 없었다.

김반장은 내가 가겠다는 말에 너무 미안해했다. 자기 마을 일인데 아무 관계없는 외지인이 위험한 일에 나서는 것이 부끄럽고 고마운 모양이었다. 그래서인지 마을 사람들을 재촉해 한 명만 더 나오라고 했다. 결국 아까 이 순경을 따라 마을을 돌았던 젊은이 중에 한 명이 나섰다. 그렇게 해서 이 순경, 박경규라는 젊은이, 그리고 내가 고깃간 정씨네 가족을 데려 오기로 했다. 정씨네 가족이 아직 살아있다는 가정 하에서……

김반장의 주도로 우리는 가져갈 물건을 준비했다.

마을 사람들은 우리가 빨리 여기를 떠나기를 바라는 듯 적극적으로 도와주었다. 물품은 우비와 손전등, 그리고 총들이었다. 세 자루 있는 칼빈총을 다 들고 갈 수는 없어 한 자루는 남기고 두 자루만 들고 가기로 했다. 한 자루는 당연히 이 순경이, 나머지 한 자루는 내가 박경규씨에게 양보했다. 대신 나는 학교 안에 있던 나무로 된 야구방망이를 들었다. 총에 대한 혐오증이 있는 나는 오히려 야구방망이가 좋았다.

야구방망이를 집어 드니, 몇 년 전 준수와 함께 겪었던 사이비 광신자들과의 사투가 생각났다. 그때도 야구방망이가 내 생명을 구해주었다. 신속하게 준비한 우리들은 한 손에 손전등, 다른 한 손에 무기를 들고 분교를 나가게 되었다.

김반장은 우리 셋에게 마지막으로 당부했다.

"모두들 조심하세요. 여러분들이 가는 것은 그 놈을 처치하거나 잡으러 가는 것이 아니라는 것을 명심하세요. 정씨네 가족을 안전하게 여기로 데려오는 것이 여러분들의 임무입니다. 이 순경, 자네 너무 흥분하지 말고 침착하게 행동하게… 실수에 대해 너무 자책하거나, 그것을 만회하기 위한 무모한 행동 같은 것은 삼가고… 지금 비가 오고 어두운 것을 감안하더라도 1시간이면

충분히 다녀올 수 있을 거요… 그리고 만약에 여러분들에게 무슨 일이 생긴… 아닙니다. 부디 조심히 잘 다녀오세요."

나는 김반장이 마지막에 하려던 말이 무엇인지 대충 눈치 챘다.

지금 상황에서 우리에게 무슨 일이 생겨 돌아오지 못한다 해도, 다른 사람을 보내 우리를 찾아 나설 수는 없을 것이며, 찾아 나설 사람도 없을 것이다. 적어도 동이 트기 전까지는……. 김반장은 그 얘기를 해주려다가 말을 돌린 것 같았다. 정화씨는 문까지 쫓아 나와 이상할 정도로 나를 만류했다.

"일한씨, 가지 마세요! 제 옆에서 저를 보호해 주셔야죠. 무슨 일로 남의 일에 자기 목숨을 거는 거예요… 제발 부탁이에요…"

"정화씨, 아무 걱정 마세요. 금방 다녀올 테니까… 정화씨는 여기 김반장이 잘 돌봐주실 거예요. 아무 일 없이 돌아와, 속 썩이는 재원이를 찾아내야지… 김반장님, 가능하면 돌아와서 라면이라도 하나 먹게 준비 좀 해주시겠어요. 한 시간 후면 배고파질 것 같네요…"

나는 가볍게 정화씨를 달래고, 우비를 뒤집어쓰고 이 순경의 뒤를 따라 나섰다. 김반장은 정화씨는 걱정마라며 여전히 미안해하는 표정으로 우리를 배웅했다. 등 뒤로 그녀가 말했다.

"일한씨, 조심하세요. 설사 그 살인마와 마주치더라도 다른 생각하지 마시고 도망치세요. 아무리 놀라더라도 다른 생각 마시고 도망치기만 하세요. 부탁이에요, 제발 부탁이에요…"

정화씨는 듣기 힘들 정도로 나를 걱정해주었다.

너무 도망가라는 것을 강조해서 좀 이상한 느낌이 들었지만, 그때는 정화씨가 왜 그런 말을 했는지 알아차릴 수 없었다. 여하튼 난 정화씨의 애절한 부탁에 가슴이 좀 아련해졌다.

밖에는 많이 누그러진 기세이긴 하지만 아직 추적추적 비가 내리고 있었다.

우리는 아무 말 없이 분교 운동장을 가로질러 나갔다. 분교 운동장을 나와서 뒤를 돌아보니, 아직도 문 앞에 정화씨와 김반장이 서 있었다.

나는 손을 흔들어주고 길을 나섰다.

분교 운동장을 벗어나자마자, 우리 모두는 칠흑 같은 어둠에 몸을 부르르 떨었다. 시골이라 밤이면 가뜩이나 어두울 텐데, 마을 전체가 정전이어서 빛이라곤 분교에서 새어나오는 촛불밖에 없었고, 별빛이나 달빛은 구름에 가려 보이지도 않고, 글자 그대로 한 치 앞을 볼 수 없는 어둠이었다. 우리가 볼 수 있는 공간은 단지 세 명의 손전등이 비추는 범위가 전부였다. 한 치 앞이 안 보인다는 것이 얼마나 불안하고 무서운 일인지 깨닫게 되었다. 손전등을 비춰볼 때마다 가슴이 덜컹 내려앉는 것 같았다. 어둠 속에서 불빛 안으로 뭔가 무시무시한 것이 갑자기 나타날 것 같아서였다.

앞장서 가던 이 순경도 두려움을 느꼈던지 발걸음을 천천히 하며, 내게 말을 걸었다.

"일한씨라고 했죠… 학생이시라며, 웬일로 여기에 오셨어요? 참 재수가 없으신 것 같아요… 하필 이럴 때 이 마을에 오시다니…"

"제 친구를 찾으러 왔어요. 이 마을에 왔다가 사라진 것 같아서요. 그러다가 이런 일에 휘말리게 된 거죠…"

"아, 그래요. 그래서 김반장님이 도와주셨군요… 근데 일한씨는 아실 것 같아서 물어보는 것인데, 반장님이 말씀하시던 그 버려진 집에 얽힌 얘기가 도대체 뭐예요? 일가족 살인사건 말고 다른 사건 얘기 같던데, 이번 살인마 놈과 어떤 관계라는 것인지, 도무지 말씀을 해주셔야 알죠…"

이 순경이 그 사건에 대해 묻는 것이 좀 이상했다. 그러나 생각해보니 그 사건에 대해 들은 사람은 김반장, 정화씨, 그리고 나, 이 세 사람뿐이었다. 그러니 이 순경이 모르는 것은 당연했다. 그래도 김반장이 마을 사람들에게 밝히지 않은 이유가 있을 것 같아 이 순경에게 얘기해 주는 것에 대해 좀 망설였다. 하지만 다 같이 위험에 직면하게 될지도 모르는 상황에서 아무것도 말해주지 않을 수는 없었다.

나는 대충 그 집에서 있었던 사건을 얘기해 주었다. 한 독립투사의 가족이 마을 사람들의 이방인에 대한 맹목적인 증오와 배척으로 끔찍하게 생을 마감한 사건을… 그리고 그때 가담했던 사람들의 후손들이 희생되고 있다는 얘기도 해 주었다.

심각하게 듣고 있던 이 순경과 경규씨는 그 얘기를 듣고 당황하는 것 같았다. 서로 눈을 마주치고 잠시 멈칫했다. 그러더니 이 순경이 한숨을 내쉬며 한마디 했다.

"일한씨가 말해준 얘기대로라면… 저와 경규 이 친구도 그 살인마의 살생부에 올라 있겠군요. 저도 그렇고 경규도 그렇고 이 마을에서 대대로 살고 있으니까요… 아마 그 살육에 가담했다면, 우리 증조할아버지쯤 되었겠죠… 그런데 어떻게 그때 원한을 이제 와서 복수하는 것일까… 좀 이해가 안 되네요…"

이 순경의 질문에는 나도 대답해 줄 수가 없었다.

이런 얘기를 하는 사이에 꽤 많이 걸은 것 같았다. 수그러지던 빗발은 다시 거세졌다. 비가 많이 내리니 시야는 더욱 짧아지고 앞이 제대로 보이지 않았다. 빗소리로 인해 주변의 아무 소리도 들리지 않게 되자 더욱 무서워졌다. 정말 바로 옆에서 그 놈이 튀어나와 낫을 휘둘러도 맥없이 당할 판이었다. 그런 생각을 하니 뭔가가 우리를 저 어둠 너머에서 보고 있는 것 같은 느낌마저 들었다. 그런 느낌은 나만 느끼는 것이 아니었는지 이 순경과 경규씨도 자주 옆을 보거나 뒤를 돌아다보고 손전등을 비춰댔다.

이 순경은 칼빈총이 비에 젖는 것이 신경 쓰이는지, 가능한 총을 우비 속에 집어넣고 걸으려 했다. 나는 야구 방망이의 묵직한 촉감에 위안을 하며 이 순경과 경규씨의 뒤를 따랐다.

빗발은 더욱 굵어졌다.

가뜩이나 질퍽거리는 길은 완전히 작은 개울이 되어서 걷기가 힘들 지경이었다. 나는 빗물이 안경을 가려, 자꾸 렌즈를 비벼야 했다. 우리는 가다가 진흙에 미끄러져 넘어지기도 했다. 그런 식으로 비를 맞으면서 걷다 보니, 우린 모두 금방 지쳤다.

그렇게 걷다가 숨이 차오를 때였다.

"저 언덕 위로 올라가면, 바로 옆이 정씨네입니다. 이제 좀 긴장해야 할 것 같네요."

이 순경이 나지막하지만 긴장된 목소리로 얘기하며, 우비 안에서 칼빈총을 꺼내 두 손에 들었다. 마치 군인이 수색 정찰하는 자세로 총을 들고 손전등은 허리에 찼다. 그러고는 경규씨에게 불빛을 비추면서 앞장서라고 했다. 이 순경이 이제부터 긴장해야 할 것이라고 한 말은 솔직히 필요 없는 말이었다. 밖으로 얘기는 안 했지만, 우리 모두는 분교를 나서면서 계속 긴장하고 있었던 것이다.

누가 말하지도 않았는데도, 우리는 천천히 사방을 경계하는 듯이 앞으로 나아갔다. 50미터도 안 되는 언덕이었지만, 한참을 걸어 올라간 것 같았다. 이윽고 언덕 위에 올라서는 순간, 사방이 순간적으로 밝아졌다. 번개가 친 것이다.

그 짧은 순간 정씨네 집이 보였다.

중앙에 고깃간 겸 집이 있었고, 별채로 냉동고로 생각되는 작은 건물이 있었다. 몇십 분의 일초의 짧은 순간이었지만, 내가 받은 정씨네 집의 인상은 강렬하게 남아있었다. 그런데 그 강렬한 인상 가운데 뭔가 이상한 것이 느껴졌다.

냉동고로 쓰이는 창고 문이 활짝 열려져 있던 것이다.

우르르 쾅쾅하고 천둥소리가 들렸다. 그 소리는 떨리는 가슴속까지 울렸다. 우리는 정씨네 집으로 다가가며 소리 높여 정씨를 불렀다. 하지만 천둥소리와 빗소리에 묻혀 제대로 들리지 않는 것 같았다. 온 신경이 팽팽하게 긴장되기 시작했다.

이 집 역시 정전이 된 상태니 당연히 불은 켜져 있지 않았다. 손전등 불빛이 비춰질 정도로 다가간 우리는 정씨네 집을 향해 불을 비추어 보았다. 불빛을 비추다 나는 발밑으로 흐르는 빗물을 보고 깜짝 놀랐다. 빗물 색깔이 붉게 보인 것이었다.

섬뜩했다.

나는 천천히 빗물이 흐르는 쪽으로 불빛을 비추어 보았다. 불빛 끝에 보이는 것은 문이 활짝 열린 창고였고, 문틈 사이로 피투성이가 된 사람의 팔이 보였다.

온 몸에 소름이 쫙 끼쳤다.

이 순경도 그것을 보았지만, 애써 무시하고 정씨네 집으로 향했다. 이 순경 생각은 우선 정씨네 가족의 생사부터 알아내고 구하든지 해야 한다는 것 같았다. 나는 자꾸 사람의 팔이 걸쳐 놓여진 창고가 마음에 걸렸지만, 이 순경 뒤를 따라갔다.

우리는 신발을 신은 채로 거의 뛰다시피 하면서 정씨네 마루에 올라섰다.

이 순경이 안방같이 보이는 방을 향해 정씨네 가족을 계속 불러 댔지만 아무 소리도 들리지 않았다. 나는 온 몸의 신경이 곤두서는 듯한 긴장감을 느꼈다.

이 순경은 한숨을 들이마시더니, 문 옆에 바짝 붙어 천천히 방문을 열었다. 나도 모르게 방망이를 쥔 손에 힘이 들어갔다.

우리는 천천히 손전등의 불빛을 방 안으로 비추었다.

불빛에 비친 모습은 처음에는 무엇인지 알아보기가 힘들었다. 그러나 몇 초 후에 그 모습이 무언지 깨닫는 순간, 나는 충격으로 숨을 쉬기가 어려웠다. 경규씨와 이 순경도 '아악' 하는 짧은 비명 소리를 내었다.

그것은 피범벅이 되고 형체를 알 수 없게 찢겨나간 시체-아니 고깃덩이라고 하는 편이 더 적당한 묘사일 것이다-들의 모습이었다. 방 안은 온통 피칠이 돼 있고, 정씨 일가로 생각되는 사람들이 새빨간 핏덩이로 변해있었다. 더욱 끔찍한 것은 정씨로 보이는 사람이 두 팔을 쫙 벌린 채로 천장에 매달려 있는데, 상체만 매달려 있는 것이었다. 하체는 방 한 구석에 던져져 있고… 손전등 불빛에 비친 정씨의 얼굴은 공포로 심하게 일그러진 채였다. 정씨네 방 안 모습은 한마디로 지옥이었다.

나는 너무 끔찍한 모습에 충격을 받아 덜덜 떨었다.

그래도 우리 중에 가장 먼저 충격에서 벗어난 것은 이 순경이었다. 역시 경찰은 다른지, 여전히 떨리는 목소리였지만 나와 경규씨를 정신차리게 했다.

"…지독한 놈이군. 놈은 인간이 아니라 악마일거야… 경규야, 일한씨, 충격 받은 것은 알겠지만, 그래도 생존자가 있나 방에 들어가 살펴봐야지요… 자… 빨리…"

그러면서 얼이 빠져 있는 우리를 재촉해 방으로 들어갔다.

나는 방에 들어가는 것조차 무서웠다. 하지만 이 순경과 경규씨가 들어가 어쩔 수 없이 따라 들어갔다.

방 안엔 피비린내가 가득 차 있었다. 말로 형언할 수 없을 정도로 끔찍한 모습이었다. 이 순경은 그 상황에서도 총으로 시체인지 고깃덩어리인지 분간이 안갈 정도로 흩어진 신체 부위들을 치워가며 생존자를 찾았다. 문 옆에는 경규씨가 더 이상 들어오지 못하고 서 있었다.

나는 구역질을 억지로 참으며 방 안을 살펴보았다.

최대한 객관적인 눈으로 그 지옥을 보려고 애썼다. 사람의 상체와 하체를 자를 정도라면 과연 범인이 보통 사람일까라는 생각이 들었다. 뭔가 단서가 될 만한 것을 찾아보려고 방 안을 둘러보았지만, 피 때문에 보이는 것은 하나도 없었다.

그때 갑자기 손전등 불빛에 뭔가가 보였다.

저쪽 구석 벽에 피로 뭔가가 써있는 것 같았다. 언뜻 보기에는 피가 튀긴 것 같이 보였지만, 자세히 보니 글씨 같은 것이었다. 피로 씌어진 글씨를 읽는 순간, 나는 또 한 번 충격을 받았다.

'…나를… 죽여줘… 제발… 끝이… 없어…'

누군가 피로 쓴 것이었다.

그 놈이 쓴 것인지, 고통에 못이긴 정씨가 쓴 것인지 분간할 수 없었다. 이 순경도 그 글씨를 보았지만, 그 의미를 알아차리지 못했다. 시체를 조사하던 이 순경은 무릎을 구부려 피를 만져보더니 얘기했다.

"정씨네 가족 모두가 당했어요. 제기랄! 피가 아직 따뜻한 걸 보니 살인은 방금 전에 자행된 것 같아요. 조심해야겠어요. 어쩌면 범인은 바로 이 근처에 있을 수도 있으니까…"

이 순경이 그 말을 끝마치는 동시에, 나는 뒤에서 이상한 느낌이 들었다. 뒤를 돌아보는 순간, 밖에는 번개가 쳤는지 번쩍했다. 그 짧은 순간 방 밖에 시커먼 그림자가 보였다. 나는 그것을 보고 견딜 수 없는 공포를 느꼈다.

그 시커먼 그림자는 한 손에 낫을 들고 있었다. 그 낫으로 방 옆에 힘겹게 기대어 있는 경규씨의 목을 겨누고 있었다.

나는 힘을 다해 소리쳤다.

"경규씨! 위험해요!"

하지만 늦었다.

경규씨가 내 말을 듣고 돌아보는 순간, 순식간에 내려쳐진 낫은 경규씨의 머리와 몸통을 분리했다. 그의 머리는 피를 튀기며 떨어져 나갔다. 통통거리며 떨어진 그의 머리가 내 발 밑으로 굴러 왔다.

나는 너무 큰 충격을 받아 움직일 수 없었다.

손이 떨리는 바람에 손전등을 바닥에 떨어뜨렸다. 이 순경도 많이 놀랐는지 손전등으로 그 시커먼 것을 비추려 했지만, 손이 떨리는지 불빛도 마구 떨렸다. 그 놈의 얼굴은 제대로 볼 수 없었지만, 방 안으로 들어오는 것으로 보였다. 난 나도 모르게 뒷걸음질쳤다.

이 순경은 칼빈총을 들어 그 놈을 겨누려고 했지만, 한 손에 든 손전등 때문인지, 당황해서 그런지 총을 제대로 겨누지 못하고 있었다. 이 순경이 필사적으로 총을 장전하려고 해서 그런지, 다른 한 손에 들린 손전등이 심하게 흔들렸다. 그래서 온 방 안은 흔들리는 불빛으로 가득 차고 어지러웠다. 방 안은 지옥 같은 아수라장이었다.

언뜻언뜻 비치는 것은 피범벅이 된 시체들이고, 파리하게 질린 이 순경의 얼굴, 그리고 천천히 우리에게 다가오는 검은 그림자였다. 이 순경은 총을 제대로 잡으려고 있는 힘을 다했다. 다음 순간 이 순경도 결국 손전등을 떨어뜨렸는지, 방 안은 갑자기 두 줄기 손전등 불빛만이 밝히고 있게 되었다.

나는 벽에 등을 붙이고 문 쪽을 뚫어지게 보았다.

하지만, 그 그림자는 보이지 않았다. 옆에서 이 순경이 거친 숨소리를 내면서 노리쇠를 잡아당기며 총으로 앞을 겨누었지만, 역시 그 그림자가 보이지 않았다.

그 놈은 확실히 방 안으로 들어왔지만, 손전등이 비치는 범위 안에는 보이지 않는 것이었다. 방 안은 팽팽한 긴장감이 흘렀다. 귀를 기울였지만, 밖에서 떨어지는 빗소리에 가려 아무 인기척도 느낄 수 없었다.

나는 1미터 전방 앞에 뒹굴고 있는 손전등을 보고 집으려 했다. 야구 방망이를 꽉 쥐고 아무것도 보이지 않는 앞을 쳐다보며 천천히 무릎을 꿇었다. 그리고는 최대한 빨리 손전등을 잡았다.

다행히 내게는 아무 일도 일어나지 않았다.

손전등을 잡아채자마자 주위를 재빠르게 비추어봤지만, 움직이는 것은 아무것도 보이지 않았다. 혹시나 하고 옆에 있던 이 순경 쪽을 비춰보았다.

무시무시한 것이 보였다.

이 순경 앞에는 그 놈이 낫을 들고 이 순경을 겨누고 있었다. 아무것도 볼 수 없었던 이 순경도 내가 빛을 비추는 바람에 알아차린 것 같았다. 너무 창졸간에 일어난 일이라 이 순경은 들고 있는 총의 방아쇠도 당기지 못하고 있었다.

나는 생각할 겨를도 없이 들고 있는 야구 방망이로 낫을 들고 있는 그 놈의 손을 쳤다. 한 손으로 휘둘렀기 때문에 힘이 충분히 실리지 않았지만, 그 놈이 들고 있던 낫을 정통으로 맞추었다.

낫이 그 놈 손에서 떨어져나갔다.

나는 몸을 제대로 일으키고 방망이를 제대로 쥐고 그 놈을 향해 휘두르려고 했다. 하지만 그 순간 그 놈이 한 손으로 나를 쳤다. 무시무시한 충격이 느껴지며, 내 몸은 붕 하고 공중으로 떴다. 다음 순간 난 다시 한 번 등에 큰 충격을 느끼며 벽에 부딪치고 떨어졌다.

아찔하니 정신을 차릴 수가 없었다.

어질어질한 내 눈에 비친 것은 이 순경이 총을 쏘려고 하다가 그 놈에게 들려 저쪽으로 던져지는 모습이었다. 나는 필사적으로 몸을 일으키려고 했지만, 던져진 충격이 남았는지 몸이 말을 안 들었다.

나는 양손을 휘저으며 떨어진 손전등을 들어 비추어보았다.

그 놈은 저쪽에 쓰러져있는 이 순경에게 휘적거리며 다가갔다. 이 순경도 던져진 충격에 아직 회복되지 않았는지 앉은 채로 비틀거리고 있었다. 나는 있는 힘을 다해 이 순경에게 소리쳤지만, 소용없었다. 이 순경은 처절할 정도로 정신을 추스르려고 했지만, 그 놈이 더 빨랐다. 그 놈은 아무런 망설임 없이 이 순경의 발목을 잡아서 들어올렸다. 순식간에 이 순경은 뒷다리를 잡힌 개구리처럼 거꾸로 들어 올려졌다. 그 놈은 엄청난 힘을 가지고 있는 듯 했다. 그러고는 몸부림치는 이 순경을 끌고 방 밖으로 나갔다. 내가 겨우 몸을 일으켰을 때는, 이미 그 놈이 이 순경을 끌고 방 밖으로 나갔을 때였다.

모든 일이 너무 순식간에 일어났다.

나는 그 놈의 얼굴은커녕 입고 있던 옷도 제대로 보지 못했다. 정신을 차린 나는 손전등을 들고 이 순경이 떨어뜨린 총을 집어 들었다. 최대한 빨리 방 밖으로 나가야했다.

다행히 그 놈은 멀리 못 가지 못했다.

이 순경은 방 밖으로 끌려 나가다 경규씨가 떨어뜨린 총을 집어 들었는지 한 손에 총을 들고 있었다. 진흙투성이 마당에 질질 끌려가면서도, 이 순경은 총으로 그 놈의 등을 쏘려고 했다. 나는 생각할 새도 없이 들고 있던 이 순경 총으로 그 놈을 겨누었다. 손이 덜덜 떨려 제대로 겨눌 수가 없었다.

하지만 방아쇠를 당겼다. '탕' 하는 소리와 함께 강한 반동이 느껴졌다. 이 순경을 끌고 가던 그 놈이 멈칫거린 것을 봐서는 명중한 것 같았으나, 이내 아무렇지도 않게 이 순경을 끌고 갔다.

재원과의 대면

나는 비를 맞으며 그 놈의 뒤를 따라갔다.

이 순경은 겁에 질렸지만, 온갖 욕설을 그 놈에게 퍼부으면서 필사적으로 버둥거렸다. 그 놈은 무슨 이유인지 이 순경은 끌고 시체들을 보관해 놓은 창고로 들어갔다. 나는 그 놈의 뒤를 따라 그 창고까지 따라갔으나, 문 앞에 설 수밖에 없었다. 그 어두운 곳에 따라 들어갈 수가 없었다.

솔직히 무서웠다.

창고 안에서는 이 순경의 처절한 소리가 들려왔다.

"개새끼, 죽어라! 죽어! 이 개새끼, 죽여 버릴 거야! 죽어! 죽어! 죽어!"

욕과 비명 소리와 함께 몇 발의 총소리가 들려왔다.

나는 시체들의 창고 앞에서 망설이고 있었다. 마지막으로 총소리가 한 번 들리더니, 이윽고 창고 안에서는 아무 소리도 들려오지 않았다. 나는 긴장된 채로 총을 창고 안으로 겨누며, 그 안을 뚫어지게 쳐다보고 있었다. 칠흑 같은 어둠 속에서는 아무런 움직임이나 소리가 느껴지지 않았다. 냉동고여서 그런지 서늘한 기운이 안으로부터 느껴졌다.

발밑에는 아까 본 시체의 팔이 어둠 속에서 기분 나쁘게 삐죽 나와 있었다.

뭔가가 갑자기 튀어나올 것 같아 계속 총을 겨누고 한참을 긴장한 채로 경계했지만, 어둠 속에는 아무런 기척이 나지 않았다. 나는 한숨을 내쉬고 안으로 들어가기로 결심했다. 저 어둠 속으로 들어간다고 생각하니 끔찍했다.

그냥 여기서 분교로 도망가고 싶은 생각이 치밀었다.

공포로 인한 강렬한 유혹이었다. 하지만 차가운 빗물이 얼굴에 떨어지는 것이 느껴지자 부끄러운 생각이 들었다. 이 순경을 저 안에 버려 둔 채로 여기서 도망갈 수는 없었다.

심호흡을 하고 암흑 속으로 발을 들여놓았다.

방아쇠에 손을 건 채로 뭔가 움직이기만 하면 쏠 생각이었다. 창고 안에 들어서자마자, 퀴퀴한 냄새와 싸늘한 기운이 느껴졌다. 뼈 속까지 싸늘함이 스며드는 듯했다.

손전등으로 창고 안을 비추어보았다.

문턱에 놓여있는 팔의 주인을 보기 위해서였다. 자세히 보니 그 팔은 잘려진 채로 거기에 떨어져 있는 것이었다. 나는 얼른 눈을 들어 창고 안을 살펴보았다.

한구석에는 냉동고를 유지하기 위한 것으로 보이는 커다란 얼음 덩어리들이 반쯤 녹은 채로 놓여있었다. 그리고 사방에는 소고기와 돼지고기로 보이는 커다란 고깃덩어리가 주렁주렁 매달려 있었다. 걸려있는 고기들 때문에 작은 창고인데도 불구하고 사방을 살펴보기가 힘들었다.

왼쪽 구석에는 쌀 포대로 싸여진 덩어리가 몇 개 쌓여 있었다.

시체들을 거기다 쌓아 놓은 것 같았다. 잔인하게 살해되었던 시체들을 생각하니 등골이 오싹해졌다. 하지만 이 순경의 시체는 아직 보이지 않았다. 갈고리에 매달려 있는 고깃덩어리를 하나씩 밀치며 창고 안으로 계속 들어가 보았다. 자꾸 어디선가 무엇인가가 나를 쳐다보는 것 같기도 하고, 덮칠 것 같기도 했다.

바닥엔 핏물이 여기저기에서 흐르고 있었다.

온 몸이 긴장감으로 팽팽해졌다. 총을 쥔 손이 나도 모르게 덜덜 떨려왔다. 갑자기 뭔가가 걸렸다. 손전등으로 비춰보고는 또 놀랐다. 또 하나의 팔이 잘려나간 채로 떨어져있는 것 같았다. 누구의 팔인지 알 수는 없었다. 그 팔 근처에 칼빈총이 피 묻은 채로 떨어져 있는 것이 보였다. 이 순경이 들고 들어간 그 총 같았다.

불길한 예감이 들었다.

고깃덩어리를 하나씩 밀쳐나가다가 나는 움찔할 수밖에 없었다. 이 순경이 피투성이가 되어, 고기 매다는 갈고리에 대롱대롱 매달려 있는 것이었다. 역시 팔은 한쪽이 떨어져나가 있었다. 퀭하게 떠있는 눈은 겁에 질려 있었고, 명치 부근에는 등에 박힌 갈고리의 끝이 삐져나와 있었다.

나는 순간 두려움으로 온몸이 얼어붙는 것 같았다.

이 순경이 여기 이렇게 죽어있다면, 그 미치광이 살인마는 아직도 이 창고 안에 있다는 것이었다. 온 몸이 부들부들 떨렸다.

그때였다.

뭔가가 갑자기 옆에서 튀어나와 나를 덮쳤다. 나는 본능적으로 손전등을 든 손으로 그것을 막았다. 하지만, 나는 큰 충격을 받으며 뒤로 나가떨어지고, 손전등은 땅에 떨어지면서 불빛이 꺼졌다.

사방은 순식간에 암흑천지가 되었다.

나는 자세도 바로잡지 않고, 아무것도 보이지 않는 어둠을 향해 무턱대고 방아쇠를 당겼다. 귀가 떨어져나갈 것 같은 총소리와 함께, 총구에서 불이 번뜩였다. 총구에서 불이 번쩍일 때마다, 짧은 순간이나마 창고 안이 보였다.

낫을 든 그림자가 나를 향해 달려들다가 총을 맞는 것이 순간순간 보였다. 하지만 총을 맞은 그것은 쓰러지기는커녕, 오히려 나를 향해 더욱 가까이 오는 것이었다. 겁에 질린 나는 사정없이 방아쇠를 당겼다. 순간순간 번쩍이는 빛에 보이는 그 놈은 총이 맞았는지 안 맞았는지 잘 알 수가 없었다.

  순식간에 총알은 다 떨어지고, 방아쇠를 당겨도 총은 찰칵거리는 소리만 냈다. 그 놈은 계속해서 내게로 다가오는 것 같았다. 나는 본능적으로 총을 뒤집어 들었다. 달구어진 총열을 집어서 손바닥이 타는 것 같았지만 개의치 않았다. 앞에 그 놈이 있는지는 알 수 없었지만, 있는 힘을 다하여 개머리판을 휘둘렀다. 그러던 중, '퍽' 하는 소리와 함께 무엇인가가 정확히 가격되었다.

  나는 다시 한 번 있는 힘을 다해 그 것을 향해 총을 휘둘렀다.

  이번에는 뭔가가 으스러지는 느낌이 들었다. 나는 이유 모를 쾌감과 승리감을 느꼈다. 다시 한 번 총을 머리위로 들어올려 도끼를 찍듯이 내려쳤다. 하지만 이번에는 총이 허공을 갈랐다. 개머리판은 시멘트 바닥을 내려쳤다. 손에 통증이 느껴졌다.

  나는 다시 한 번 총을 들고 사방을 경계했다.

  주위는 완전한 암흑이었고, 내 가쁜 숨소리를 제외하고는 어떤 소리도 들리지 않았다. 사방 어디서 그 놈이 덮칠지 몰라, 계속해서 총을 사방으로 휘둘러댔다. 몇 번은 허공을 갈랐고, 몇 번은 뭔가를 후려쳤다. 아무것도 보이지 않는 상황에서 수십 번을 휘두르고 나니 금세 힘이 빠졌다. 더 이상 휘두를 수 없을 정도가 되어 나는 헉헉거리며 뒷걸음질쳐 벽에 기대었다. 힘이 빠져 벽에 기대어 서있기도 힘들었다.

  그때였다.

  끼이익 하는 소리가 들리더니, 쿵하는 소리가 문 쪽에서 들려왔다.

그리고는 문고리를 거는 것 같은 날카로운 금속음이 마지막으로 들려왔다. 처음에는 어떤 일이 나는지 알 수 없었지만, 누군가가 문을 잠그는 것 같았다. 거기까지 생각이 미치자 나는 필사적으로 문으로 뛰어갔다. 아무것도 보이지 않았기 때문에, 매달려 있는 고깃덩어리에 계속해서 부딪혔다. 더듬더듬 간신히 문에 도착했는데, 아니나 다를까 내가 들어올 때 활짝 열려있던 문이 잠겨 있는 것이었다. 누군가가 창고 문을 걸어 잠근 것이다. 누가 그랬는지 알 수가 없었다. 분명히 정씨 식구들과 경규씨는 죽어있었는데…….

아무리 열려고 했지만, 문고리 자체가 밖에 있는 문이어서 안에는 손잡이밖에 없어 열 수가 없었다. 몇 번을 문을 차고 소리쳤지만 문은 열릴 생각을 안 했다. 문을 두드리고 있으려니, 뒤에서 그 놈이 나와 나를 덮칠 것 같았다. 이런 끔찍한 창고 안에 그 살인광과 같이 갇혀 있다는 생각이 들자, 너무나 무서워졌다. 아무리 어둠에 눈이 익었다고 하지만, 사방이 밀폐되고 한 점의 빛도 없는 창고 안은 암흑 그 자체였다.

나는 가만히 벽을 더듬으면서 자리를 이동했다.

가만히 있다간 어디서 그 놈이 나를 난도질할지 몰랐기 때문이었다. 그 놈 역시 이런 어둠에서는 나처럼 아무것도 보이지 않기를 바랬다. 그 놈이 사람이라면 나처럼 안 보일 것이지만, 만약 아니라면… 생각마저 무서웠다.

최대한 아무 소리도 안 내고 벽을 타고 천천히 움직였다. 그 놈도 온갖 신경을 곤두세운 채로 나를 노리고 있다는 생각이 들자,

죽고 싶을 정도로 두려웠다. 더구나 이 창고 안에는 끔찍하게 살해된 시체들이 보관되어 있다는 것마저 생각나자 움직이기가 힘들었다.

하지만, 이런 곳에서 잠시나마 가만히 있다가는 공포에 미쳐버릴 것만 같았다. 이런 암흑 지옥에서 제일 먼저 필요한 것은 아까 떨어뜨리면서 꺼진 손전등이었다. 천천히 벽을 더듬어 아까 내가 있던 장소로 가보려고 했다. 하지만 너무 어두워서 어디가 어디인지 찾을 수 없었다.

어쩔 수 없이 바닥에 엎드려 조심스럽게 바닥을 더듬어 갔다.

피인지 물인지 알 수 없는 액체들이 바닥에서 만져졌다. 피라고 생각하니 구역질까지 났다. 하지만 참아야했다. 몇 번을 더듬다 보니, 뭔가 차가운 것이 느껴졌다. 처음에는 몰랐지만, 그것이 무엇인가 깨달았을 때는 소름이 쫙 끼쳤다. 바로 아까 본 이 순경의 떨어져나간 팔이었다.

무서움으로 정신을 잃을 것 같았다.

하지만 손전등이 이 근처에 떨어져 있을 것 같아 앞으로 나갔다. 잠시 후 손전등 같은 것이 손에 잡혔다. 나는 목마른 사람이 물을 찾듯이 허겁지겁 손전등을 집어 들었다. 그리고 몸을 일으키면서 손전등을 켰다. 한 손에는 무겁고 총알도 떨어졌지만 칼빈총을, 다른 한 손에는 방금 찾은 손전등을 들었다.

갑작스럽게 빛이 비치자, 눈이 부시면서 처음에는 잘 보이지 않았지만 잠시 후 창고 안이 보였다. 나는 긴장과 두려움을 가지고 창고 안을 두루두루 비춰보았다. 하지만 이상하게도 나를 덮친 그 놈이 보이지 않는 것이었다. 혹시 어디서 튀어나올지 몰라, 총을 든 손에 힘이 들어갔다.

온 신경이 팽팽하게 긴장되었다.

매달린 고깃덩어리들을 헤치며 그 놈을 찾아보았지만 보이지 않았다. 사실 그 놈을 찾아봤자 내가 가진 무기는 빈 칼빈총밖에 없어서 대적을 할 수 없었지만, 그래도 가만히 있을 수는 없었.

손전등으로 여기저기 비추어 보았지만, 그 놈은 보이지 않았다.

한편으로는 안심이, 한편으로는 불안감이 느껴졌다. 그 놈이 보이지 않자, 구석에 쌓여있는 시체들의 포대에 눈이 갔다. 핏물이 흘러나와 시뻘겋게 물들어 있는 포대들을 보니, 다시 한 번 두려움이 느껴졌다. 잔인하게 살해된 시체들과 함께 갇히다니 괜히 무서워졌다. 머리 속이 두려움과 혼란함으로 가득 찼다.

아직도 창고 구석 어디선가 그 살인마가 나를 노리고 있을 것 같았다.

냉동고의 서늘함 때문인지, 뼛속까지 싸늘한 죽음의 기운이 느껴졌다. 순간, 뭔가가 천장에서 나를 보고 있는 듯한 기분이 들었다. 떨리는 마음으로 천장으로 손전등을 비추어보았다.

숨을 쉴 수가 없었다.

포대 속에 들어있어야 할 시체들이, 마치 박쥐처럼 천장에 거꾸로 매달려 나를 보고 있는 것이었다. 재원이가 편지에 썼던, 버려진 집에서 봤다던 그 장면과 똑같았다. 그 시체들은 퀭한 눈으로 나를 노려보고 있었다. 언제든지 밑으로 내려올 것 같았다. 그 시체들은 살아있는 것 같았다. 정수리에 낫이 박혀 죽은 무당하며, 목에 상처가 있는 시체, 팔이 잘려나간 소년의 시체 등등… 여기에 놓아두었을 시체들이 다 보였다.

소름이 쫙 끼쳤다.

그런데 내가 더 큰 충격을 받은 것은 그 매달려 있는 시체 가운데 재원이의 모습이 보인 것이다. 떨면서 그쪽을 비춰보았는데, 분명히 재원이였다. 그는 기괴한 눈빛을 하고 나를 노려보고 있었다. 피투성이가 된 재원이의 눈을 보니, 온 몸이 공포로 마비되는 것 같았다.

나도 모르게 뒷걸음질쳤다.

그 시체들의 눈길은 계속해서 나를 쫓아오는 것 같았다. 뒷걸음치다가 무엇인가에 걸려 넘어져 손전등을 놓쳤다. 나는 필사적으로 손전등을 잡은 다음, 일어나려고 했다. 그 순간 손전등에 내가 걸려 넘어진 것이 비춰졌다. 비춰진 것을 본 순간, 나는 머리 속이 강한 충격으로 멍해졌다.

그것은 반쯤 썩어있는 재원이의 시체였다.

내가 본 것을 믿을 수 없었다. 하지만 불빛에 비친 것은 분명히 재원이의 반쯤 썩어있는 시체였다. 흉측하게 상해 있어 알아보기는 힘들었지만, 틀림없는 재원이의 얼굴이었다. 나는 신음소리를 내며 앉은 채로 뒤로 물러났다. 친구가 죽어있다는 것에 슬픔이 느껴지기는커녕, 공포와 구역질이 느껴졌다. 그 썩은 재원이의 시체가 갑자기 벌떡 일어나서 나를 덮칠 것만 같았다. 필사적으로 뒤로 물러가며 손전등으로 천장을 비추어 봤다.

그런데 아까 그렇게 무시무시하게 보이던 거꾸로 매달린 시체들이 온데간데없었다. 눈을 깜빡거리며 내가 잘못 봤나하고 다시 한 번 뚫어지게 보았지만, 그 시체들은 감쪽같이 사라져있었다. 미친 듯이 창고 안을 손전등으로 비춰보았지만, 그 시체들은 보이지 않았다. 시체를 쌓아둔 포대더미도 아까 그 모양 그대로였다.

나는 심호흡을 하며, 재원의 시체로 다시 눈을 돌렸다.

재원의 시체는 그 자리에 그대로 놓여있었다. 나는 가쁜 숨을 몰아쉬며, 어둠 속에서 그 놈이 튀어나올 것을 경계하며 천천히 재원이의 시체 쪽으로 다가갔다.

불빛에 비친 재원의 얼굴은 흉측하게 부패되어 있었다.

의학지식이 없는 나로서도, 재원이 죽은 지는 적어도 며칠 된 것처럼 보였다. 가슴 부위에 길게 상처가 나 있는 것을 보니, 그 놈이 낫을 이용해 가슴을 내리친 것 같았다. 그 시체를 보니 이제까지 품어왔던 재원에 대한 의심은 사라질 수밖에 없었다. 말도 안 되는 얘기여서 입 밖에 내지는 않았지만, 사실 내 마음 깊은 곳에서는 재원이가 이번 사건의 범인일지도 모른다는 생각이 들었었다. 하지만 재원이가 알지도 못하는 마을 사람들을 그렇게 잔인하게 죽일 리는 없다는 생각이 들기도 했다.

그러나 이제까지 알게 된 사실들을 종합해보면-분명히 이성적으로는 생각되지 않는 추리지만-재원이가 미쳐서 이런 살인을 저지르던가, 아니면 원한을 가진 뭔가에 의해 조종을 당해 이런 일들을 저질렀다는 생각이 강하게 들었었다. 얘기는 안 했지만, 김반장도 그렇게 생각하고 있는 것 같았다.

그렇지만, 결국엔 재원도 희생자중 하나가 되어 발견된 것이었다.

머리 속이 온통 복잡해졌다. 무엇을 어떻게 해야 하는지 생각할 수 없었다. 심호흡을 여러 번 한 다음에 최대한 생각에 집중하려고 했다. 하지만 눈앞에 널브러져 있는 끔찍한 재원이의 시체와,

어디서 튀어나올지 모르는 그 놈에 대한 공포, 저쪽 구석에 놓여 있는 시체 더미와 천장에 보였던 귀신들이 머릿속을 떠나지 않고 있었다.

두려움으로 미칠 것 같았다.

자꾸 괴물의 울부짖는 소리가 귀에 들리는 것 같았다.

사람이 극도의 공포심으로 미칠 수 있다는 것이 남의 얘기 같지가 않게 되었다. 나는 용기를 내어 벽에 기대어 앉아 눈을 감아버렸다. 눈을 뜨고 있던 감고 있던 그 놈이 나를 죽이려고 하면, 당할 수밖에 없을 것 같았다.

어디서 무언가가 튀어나올 것 같아 극도로 긴장되고 불안해졌다. 하지만 필사적으로 마음을 진정시키려 했다. 그렇지 않으면 나도 미쳐버릴 것 같았다. 심호흡을 여러 번 하면서 마음속에서 난리를 치고 있는 공포를 없애려 했다. 마음을 비우려고 했다.

차츰 시간이 지나자 마음이 약간은 진정되는 것 같았다.

우선 여기서 빠져나갈 생각을 했다. 문은 밖에서 잠겨 있고, 냉동고라 그런지 창문은 아예 없는 것 같았다. 결국 출구는 굳게 닫힌 문밖에 없었다. 그 문을 열어야만 난 나갈 수 있었다. 하지만 이 창고 안에는, 도구라곤 얼음 집게와 고기 매다는 갈고리뿐인 것 같았다. 그것을 이용해서 문을 내려쳐 봤자, 철문은 꿈쩍도 안 할 것 같았다.

그때였다.

재원의 썩은 시체가 갑자기 빨개지는 것이었다.

손전등 불빛 때문에 잘못 본 것 아닌가했지만, 분명히 재원이의 시체가 붉게 달아오르는 것이었다. 다음 순간 재원의 몸이 확 하면서 타올랐다.

내 눈을 믿을 수가 없었다.

재원의 시체가 아무런 이유 없이 자연발화를 한 것이었다. 도저히 믿을 수 없는 일이 내 눈앞에서 벌어진 것이다. 그 불은 마치 살아있는 불처럼 순식간에 창고 안으로 옮겨 붙고 있었다. 잘 탈 것 같지도 않은 고깃덩어리에도 불이 붙었다. 불붙는 소리였는지 모르지만, 문 밖에서 기분 나쁜 괴성이 들려오는 것 같았다.

불이 난 지 몇 초도 안 지난 것 같은데, 불길은 순식간에 창고 안으로 번졌다. 불길은 살아있는 생물처럼 포효하며 내 쪽을 향해 맹렬히 타올랐다. 열기에 머리가 그을리고, 살이 타는 것 같았다. 사람 고기인지 동물 고기인지 고기 타는 냄새가 창고 안을 가득 메웠다. 독한 연기로 눈이 따갑고 숨쉬기가 어려워졌다. 불길은 점점 거세져서 발 디딜 틈 없이 창고 안을 태우고 있었다.

더 이상 생각할 겨를이 없었다.

여기서 잠시 지체하다간 꼼짝없이 타 죽을 것 같았다. 온 몸이 불에 데었는지 화끈거리기 시작했다. 너무 뜨겁고 독한 연기 때문에 얼굴을 들 수도 없었다. 그 순간 저기 불길사이로 피 묻은 칼빈총이 보였다. 그 총은 경규씨가 가지고 있던 총으로 이 순경이 이 창고로 끌려올 때 들고 왔던 총이었다. 이 순경이 몇 발을 쐈겠지만, 어쩌면 그 총에 몇 발의 총알이 남아 있을지도 몰랐다. 지푸라기라도 잡을 생각으로 불길 속으로 뛰어들어 그 총을 잡았다. 달구어질 대로 달구어진 총을 잡으니, 손바닥이 지지직하고 타버렸다. 고통스러웠지만, 살기 위해선 참아야 했다.

불길은 내 옷가지에 옮겨 붙으려 하고 있었다. 나는 그 뜨거운 총을 들고 미친 듯이 문 쪽으로 달렸다. 바지에 불이 붙은 것은 개의치 않았다. 굳게 잠겨 있는 문 앞에 서서, 문고리가 있을 만한 곳을 향해 방아쇠를 당겼다.

"철컥! 철컥!"

총알이 없는지 빈 방아쇠만 당겨졌다.

죽음과 같은 절망감이 느껴졌다. 바지에 붙은 불은 더욱 거세졌다. 온 몸이 타는 듯한 고통이 느껴졌다. 이제는 죽는구나라는 생각이 들었다. 그런데 갑자기 무서울 정도로 맹렬한 불길 너머로 뭔가가 보였다. 나는 바지가 타는 것도 모른 채 그 무언가를 무엇에 홀린 것처럼 바라보았다. 불길 너머에는 아까 천장에서 본 시체들이 나란히 서 있었다. 그들은 문 밖으로 나가려고 발버둥치는 나를 비웃는 듯한 미소를 띠고 있었다.

소름이 쫙 끼쳤다.

불도 불이지만, 정말 여기서 나가고 싶었다. 나는 다시 한 번 문을 향해 방아쇠를 당겼다.

"타앙!!"

경쾌한 소리와 함께 총알이 발사되었다. 나는 연속으로 문고리를 향해 총을 쐈다. 몇 발이 나간 후 온몸을 문으로 던졌다. 어깨에 큰 충격이 느껴지며, 나는 문과 함께 밖으로 넘어졌다. 처음 느낀 기분은 시원함이었다. 억수같이 퍼붓던 비로 몸에 붙었던 불은 삽시간에 꺼졌다. 갑자기 산소가 폐로 몰려 들어와서 그런지 기침이 계속 나왔다. 땅바닥에 나동그라지는 바람에 온 몸이 진흙투성이가 되었지만, 개의치 않았다. 단지 빗물의 차가움과 숨을 마음껏 내쉴 수 있다는데 무한한 쾌감이 느껴졌다. 생명이라는 것이 이렇게 값진 것인 줄은…

창고의 불은 활활 타오르며 나를 집어삼킬 기세로 문 밖으로 번지려 했지만, 퍼붓는 비 때문인지 창고 안만 태우고 있었다. 난 한동안 엎드려서 가쁜 숨을 내쉬었다.

잠시 후 정신을 추스를 수 있었다.

창고 안은 여전히 시체와 고기들을 태우고 있었고, 그 불에 비춰져 보이는 마당 바닥에는 정씨네 집에서 흘러 내려오는 핏물이 보였다. 그것을 보자 내가 처해진 현실이 생각났다. 한시바삐 분교로 돌아가야 했다. 그 살인마가 언제 어디서 튀어나올지도 모르고, 무엇이 나를 덮칠지 모르기 때문이었다.

몸을 일으키려고 하니 온몸에 통증이 느껴졌다.

몸을 살펴보니 만신창이가 되어 있었다. 바지는 무릎까지 타 버렸고, 손바닥을 비롯해 온 몸에 크고 작은 화상을 입었다. 차가운 빗물이 닿자 상처들은 더욱 쓰라렸다. 하지만 그 쓰라린 고통이 머리를 더욱 맑게 해주는 것 같았다. 간신히 몸을 일으킨 나는 우선 정씨 가족이 몰살되어 있는 방으로 향했다. 그 방에 들어가는 것은 죽기보다 싫었지만, 쓸 만한 손전등은 그 방에서 이 순경과 경규씨가 떨어뜨린 것 밖에 없었다.

움직일 때마다 고통으로 나도 모르게 입 밖으로 신음소리가 났다.

간신히 그 방에 도달한 나는 아직도 주인을 잃은 채 켜져 있는 손전등을 하나 집어 들었다. 방 안에는 이 순경이 떨어뜨린 것으로 보이는 손전등이 벽을 비추고 있었다. 그 벽에는 아까 본 글씨가 써 있었다.

'…나를… 죽여줘… 제발… 끝이… 없어…'

그런데 아까 발견하지 못한 이상한 점이 벽의 글씨에서 보였다. 자세히 손전등으로 비춰보니 글씨체가 달랐던 것이다.

'나를 죽여줘'와 '제발'의 필체는 같아 보였고, '끝이 없어'의 필체는 달라 보였다. 피로 쓴 것이라 확신할 수는 없었지만, 두 사람이 쓴 것 같이 보였다. 나는 더욱 자세히 보기 위해, 심호흡을 하고 다시 한 번 살육의 장소로 들어갔다. 이 순경이 떨어뜨린 손전등마저 주워들고 두 개를 비추어 가며 글씨 주변을 살펴보았다. 아니나 다를까, 피가 흘러내려 지워진 글씨가 몇 개가 보였다. 피가 벽을 타고 흘러내리는 바람에 글씨처럼 보이지 않았던 것이다.

알아보기 힘들었지만, 한참을 뚫어지게 보니 대충 무슨 글자인지 알 수 있었다.

'…안… 돼…'

'원… 한…'

이 두 단어였다. 그런데 이 두 단어의 필체는 같아 보였다. 혹시나 하고 먼저 발견된 문장의 필체와 비교를 해보니, 일치하는 것이 보였다. 바로 '나를 죽여줘'와 '제발'은 같은 사람이 쓴 것이고, '안 돼', '원한', '끝이 없어'는 다른 한 사람이 쓴 것처럼 보였다. 처음에는 이 다른 필체가 무엇을 의미하는지 알 수 없었다.

잠시 생각하다 그 문장의 의미를 알아차렸을 때 나는 충격을 느낄 수밖에 없었다.

필체가 다른 문장들을 사이사이 배열해 보았다. 마치 두 사람이 대화를 나누는 것처럼… 그랬더니 이런 말이 되었다.

'나를 죽여줘…'

'안 돼…'

'제발…'

'원한… 끝이 없어…'

필체뿐만 아니라 내용도 완전히 두 인격체의 대화 같았다. 하지만 그 대화 속에 담긴 의미는 알 수 없었다. 한참을 보고 있다보니 무엇인가가 뒤에서 나를 노려보는 것 같았다.

뒤를 돌아보았지만 아무것도 보이지 않았다.

갑자기 잊고 있던 두려움이 느껴졌다. 나는 얼른 그 피바다의 방에서 나왔다. 그리고는 한 손에 총을, 다른 한 손에는 손전등을 들고 분교로 뛰기 시작했다. 온몸이 만신창이가 되었지만, 불길한 예감이 들어서 가만히 있을 수 없었다. 이 집을 피범벅으로 만들어 놓고, 이 순경과 경규씨를 난도질한 그 놈이 갈 곳은 한 곳밖에 없을 것 같았다.

바로 모두가 모여 있는 분교였다. 분교에는 김반장과 많은 사람들이 있어 안전할 수도 있지만, 아까 창고에서 불이 난 것처럼 말도 안 되는 일이 벌어진다면 큰일이었다. 비가 오는 밤길에 양손에 뭔가를 들고 뛴다는 것은 쉬운 일이 아니었다. 더구나 엉망이 된 몸을 가지고는 더욱 힘들었다.

뛰어가면서 이번 사건에 대해 생각해 보았다.

우선 이성과 과학이라는 선입견을 배제하고, 인과관계 하나만 가지고 생각해 보면 오히려 간단해 보일 수도 있었다.

일제 시대 때 마을사람들에 의해 잔인하게 몰살당한 가족이 있었다.

그 원한을 가진 채로 죽은 사람이 원귀가 되어, 사람 속으로 들어와 살인을 저질렀다. 그 살인의 매개체가 된 것이 바로 재원이였고… 아주 간단한 가정이었다. 말도 안 되는 것이지만… 하지만 악귀가 사람에 빙의된다는 말도 안 되는 가정은 차제로 한다고 하더라도, 원한에 의한 살인이라면 틀린 점이 발견되었다.

희생자들만 보더라도 이상했다. 자기를 죽인 사람들의 후손을 응징한다고 한다면, 그 사건과 전혀 관계없이 살해당한 사람은 누가 죽인 것일까? 거기에는 중학생도 끼어 있었다. 심지어는 겨우 몇 년 전에 이 마을로 이사 온 사람들도 희생자에 끼어있었던 것이었다. 그 희생자들의 공통점은 단지 이 마을에 현재 고립되어 있다는 것밖에 없었다. 결국 그 살인마는 그 버려진 집과 아무런 관련 없이 닥치는 대로 죽인다는 것인가?

하지만 그것은 아닌 것 같았다.

무당도 그렇고, 우리에게 버려진 집에 얽힌 얘기를 해준 그 어르신도 그렇고 뭔가 알고 있는 사람들은 살해당했다. 그런데 심증적 용의자였던 재원이는 시체로 발견되었다 타 버리고… 그러면 정화씨가 본 그 놈은 도대체 누구였고…….

의문에 의문이 꼬리를 물고 머리 속을 어지럽게 했다.

그런 생각을 하고 밤길을 달리다 보니, 여러 번 미끄러져 흙탕물에 처박혔다. 점점 숨이 가빠오기 시작했다. 아까 올 때는 그 놈이 어둠 속에서 우리를 덮칠까봐 겁이 났지만, 지금은 그 놈에 대한 두려움보다 호기심이 더욱 강하게 느껴져서 별로 두려움이 느껴지지 않았다. 또한 웬일인지 그 놈은 이미 그 분교로 향했고, 나는 그 놈을 쫓고 있다는 생각마저 들었다.

올 때는 그렇게 길게 느껴지던 길이, 혼자서 뭔가에 홀린 듯이 뛰어오니 분교까지 금방 도착할 수 있었다. 저 멀리 분교의 희미한 빛이 보이자 갑자기 긴장이 풀리며 온 몸에 피로감이 느껴졌다. 허파가 터질 듯해서 더 이상 뛸 수도 없었다.

거세게 내리던 비는 어느새 좀 약해졌다.

나는 가쁜 숨을 몰아쉬며 천천히 걷기 시작했다.

희미하지만 분교의 불빛을 보자, 이유 모를 안도감마저 느껴졌다. 이제는 살았다는 생각과 함께, 바로 얼마 전에 있었던 정씨 집에서의 지옥은 먼 옛날 얘기처럼 느껴졌다. 하지만 정씨네 집의 일을 생각해보니, 갈 때는 세 명이었는데, 혼자 살아온 것에 대한 부끄러움과 죄책감이 느껴졌다. 긴장이 풀어지자 온 몸에 난 상처들이 따끔거리기 시작했다. 나는 무거운 다리를 이끌고 천천히 분교 운동장으로 들어섰다.

그때였다. 분교에서, 여자의 찢어질 듯이 날카롭고 처절한 비명소리가 울려 퍼졌다. 그와 동시에 총소리가 메아리쳤다. 불길한 예감이 들었다. 나는 있는 힘을 다해 뛰기 시작했다. 그 비명소리 때문인지 분교 안에서 마을 사람들이 웅성거리며 나오기 시작했다. 사람들은 나오자마자 분교 뒤쪽으로 뛰어가기 시작했다.

분교 뒤쪽에서 난 비명 같았다.

자살

결국 이 모든 살인을 저지른 것은 재원이었단 것인가…
내가 본 재원의 시체는 무엇이고… 머리 속은 뒤죽박죽이 되었다.
솔직히 생각하기도 싫어졌다. 가슴속에서 뜨거운 것이 올라왔다.

나는 죽을힘을 다해 뛰어 갔다.

천천히 걷다가 뛰니 더욱 힘이 들었다. 간신히 분교에 도착해서, 건물 뒤로 헉헉거리며 뛰어갔다. 분교 뒤뜰에는 스무 명이 넘는 마을 사람들이 모여 있었다. 나는 불길한 예감을 억제할 수 없어 모여 있는 사람들을 거칠게 밀치고, 중앙으로 향했다. 마을 사람들은 모두 무슨 이유인지 겁에 질려 있었다. 거기다 나의 처참한 모습을 본 마을 사람들의 얼굴은 더욱 참담해졌다.

중앙에 가니, 김반장이 보였다.

나는 김반장을 보고 무슨 일인가 물어보려고 했다. 그러나 김반장은 나를 보자, 재빠르게 나의 앞을 가로막고 더 이상 접근하지 못하게 했다. 내가 그를 안 이래로 그렇게 냉정하던 김반장이 그 렇게 처참한 표정을 한 것은 처음이었다.

그것을 보니 무슨 일인지 더욱 궁금해졌다.

"반장님, 도대체 무슨 일이죠? 왜 제 앞을 가로막으시죠?"

"일한씨, 우선 내 얘기부터 들어봐! 좀 진정하고 얘기하세… 그건 그렇고, 이 몰골은 어떻게 된 것이고, 다른 사람들은? 정씨네 가족들은?"

나는 그 질문을 받으니 정신이 퍼뜩 났다.

마을 사람들의 시선이 일제히 내게로 집중되는 것이 느껴졌다. 나는 최대한 감정을 자제하고 정씨네에서 있었던 일들을 간략하게 말해주었다. 같이 갔던 이 순경과 경규씨, 그리고 정씨네 가족들은 그 놈 손에 처참하게 죽어갔다는 것과 그 집 고깃간에서 내 친구 재원의 시체를 발견했으나, 모두 타 없어졌다는 것까지 얘기했다.

이야기를 들은 마을 사람들의 표정엔 모두 깊디깊은 절망이 떠 있었다. 자기들도 곧 살해될 거라는 생각을 하는 듯…….

그런데 내 얘기를 듣고 김반장의 얼굴이 일그러지는 것이 보였다. 그는 고개를 절레절레 흔들며 내게 다시 한 번 물어보았다.

"일한씨, 그 창고에서 발견된 그 시체가 분명히 친구 재원씨가 확실한가요? 어둡거나 무서워서 잘못 본 것은 아닐까요?"

"아뇨… 확실합니다. 아무리 무서워도 제가 본 것은 바로 재원이 그 친구의 반쯤 썩은 시체 맞습니다… 왜 그걸 자꾸 물어보시죠?"

내 질문에 마을 사람들은 모두들 나를 외면했다.

김반장마저 고개를 푹 숙였다. 아무리 바보라도 이 상황이면, 분명히 무슨 일이 있었다는 것을 알 수 있을 것이었다. 나는 불안함을 느끼며 김반장을 다그쳤다.

"반장님! 분명히 무슨 일이 있는 거죠? 얘기해주세요… 무슨 일이예요?"

김반장은 나의 질문에 어렵게 입을 땠다. 평소의 침착한 김반장답지 않게 더듬거리며 말이다. 얘기를 다 듣고 난 나는 충격으로 무너지듯 바닥에 쓰러졌다.

"저… 일한씨… 모든 것이 제 잘못이에요. 죄송합니다… 좀더 빨리 알아차렸더라면 이렇게 되지는 않았을 텐데… 조금 전에 여기서 정화씨가 살해당했습니다. 그 놈에게요… 내가 여기 왔을 때는 이미 그 놈의 낫이 정화씨를 난도질하고 있었어요. 제기랄! 그 놈은 저를 보고, 정화씨를 팽개치고 순식간에 저 어둠 속으로 사라졌어요. 총을 쐈지만, 그 놈은 다시 한 번 유유히 사라졌어요… 미안해요… 정화씨가 이렇게 된 것은… 그런데 정화씨가 죽기 전에 그 놈보고 하던 외침을 제가 들었어요… 간절한 애원이었죠… 정화씨는 자기를 낫으로 내려치려는 그 놈을 보고 이렇게 소리쳤어요. '재원씨! 제발! 이제 제발 그만해요! 재원씨!' 내 두 귀로 똑똑히 들었습니다. 재원씨라고 처절하게 외치던 정화씨의 목소리를…….''

나는 너무 큰 충격을 받아, 땅바닥에 주저앉은 채로 아무 생각도 할 수 없었다.

정화씨가 죽다니… 재원이를 걱정해서, 고생고생하면서 여기까지 왔는데… 이렇게 죽다니…

나는 간신히 몸을 일으켜, 만류하는 김반장을 뿌리치고 비틀거리며 그녀의 시체를 보러 갔다. 피투성이가 된 그녀의 얼굴을 보니, 더 이상 쳐다 볼 수 없었다. 모두 내 책임 같았다.

이제까지는 이 마을 사람들이 희생자였다. 엄격히 따지면 나와 아무런 관계도 없던 사람들이 죽어나간 것이었다. 하지만 이번에는 다른 경우였다. 바로 내 옆에 있던 사람이 죽은 것이다. 그것도 친구의 여자친구가……

복잡한 감정이 느껴졌다.

분노, 슬픔, 절망, 공포, 증오… 이 모든 것이 한꺼번에 밀려왔다.

뭘 어떻게 해야 하는 걸까…

나는 간신히 정신을 추스르고, 김반장에게 도대체 어떤 일이 있었냐고 힘겹게 물어보았다.

"휴… 다 내 잘못이야… 내 잘못… 일한씨 일행이 출발하고 나서, 우리는 분교 안에다가 남자 다섯 명씩 한 조가 되어 1시간씩 불침번을 서기로 했어요. 혹시 미친 살인마가 여기를 덮칠지도 몰랐으니까… 그렇게 대비를 해놓고, 나머지 사람들과 아녀자들을 안심시켜 놓고 잠을 자라고 했어요. 그런데 그때 정화씨의 행동이 좀 이상했어요. 그때 눈치 챘어야 했는데… 바보같이… 정화씨는 이상하게 잠을 잘 생각을 하지 않고, 안절부절못하는 것이었어요… 뭔가를 기다리는 사람 같았어요… 저는 일한씨를 걱정해주고 있는 줄 알았어요. 아무 일 없을 거라며 위로했지만, 정화씨는 건성으로 대답하면서, 창 밖만 뚫어지게 바라보고 있었어요… 일한씨를 기다리는 줄 알았는데… 그런데 정화씨가 나를 올려다보며 이상한 질문을 했어요…

'반장님, 만약 살인범을 잡으면 어떡하실 거죠? 혹시 그 자리에서 죽이시진 않겠죠?' 그 질문이 좀 이상했지만, 나는 솔직히 대답해줬어요. '나는 경찰의 입장으로서, 그 놈을 잡아 법의 심판을 받게 하는 것이 의무죠… 하지만, 이렇게 고립된 상태에서 그 놈을 잡게 되면, 희생자의 가족들이 가만히 있을지 모르겠습니다. 경찰은 나와 이 순경 둘밖에 없으니 분노한 마을 사람들을 막을 수 있을지… 자신 없네요… 하지만, 경찰로서 저는 그 살인범을 잡을 수 있으면 잡아서 법대로 처리할 것입니다. 보나마나 이 정도면 사형이 뻔하지만… 잡을 수 없다면, 죽이기라도 해야죠… 그 위험한 놈은…' 그렇게 말하며 정화씨를 유심히 봤어요."

나는 충격을 억누른 채 가만히 듣기만 했다.

"내 대답에 정화씨는 알았다는 듯이 고개를 가만히 끄덕였어요. 뭔가 굳은 결심을 한 사람처럼 아랫입술을 꽉 깨무는 것을 보았지만, 나는 대수롭지 않게 생각했죠. 그리곤 정화씨 곁을 떠나 불침번 서는 마을 사람들을 살피려 교실을 나갔어요. 교실을 나갈 때 정화씨를 돌아보니 그때까지도 무엇에 홀린 듯이 창문을 뚫어지게 보는 것이었어요…

좀 이상한 예감이 들었지만 무시했어요… 그리고는 정화씨의 이상한 행동에 대해서는 잊고, 불침번 서는 마을 청년들을 점검하며 담배를 피우며 얘기를 나누고 있었죠. 10분 정도 되었나… 나는 화장실에서 소변을 보고 교실 쪽으로 돌아왔어요. 교실에서는 마을 사람들이 바닥에 누워 뒤척이며 잠을 청하고 있었어요. 그런데 창가에 있던 정화씨가 보이지 않는 것이었어요… 나는 문 앞을 지키던 청년에게 정화씨에 대해 물어보았어요. 화장실 갔다는 거예요… 한 5분쯤 전에… 내가 바로 화장실에서 나왔는데… 불길한 예감이 들었어요. 다급하게 분교 밖으로 뛰어 나왔어요. 그런데 뒤뜰에서 비명소리가 났고, 그 쪽으로 뛰어갔지만 아까 말한 것처럼 너무 늦었던 거예요……."

김반장의 말을 듣고 보니, 정화씨의 행동에는 이해하기에 석연치 않은 구석이 너무 많았다. 이런저런 정황들을 종합해보면 분명히 정화씨는 자발적으로 그 살인마를 만나러 갔다가 살해당한 것이다. 그런데… 김반장의 말로는 정화씨가 죽어가며 말한 이름은 재원이었다는 것이다. 하지만 아까 내가 본 시체도 분명히 재원이었다.

알 수 없었다.

내가 전해준 소식을 듣고 경규씨의 가족들이 통곡을 하기 시작했다. 마을 사람들에게는 무거운 분위기와 함께 두려움이 전염병처럼 번져갔다. 몇몇 마을 사람들이 정화씨 시체를 포대로 싸서 치워버렸다. 그 모습을 보니, 두려움과 슬픔보다는 그 살인마에 대한 증오심이 불타오르기 시작했다. 김반장도 정화씨와 자기 아랫사람인 이 순경을 잃은 것을 용납하기가 쉽지 않은 것 같았다. 그렇게 침착하던 사람이 비를 맞으면서도 담배를 물고 연신 성냥불을 붙이려 하고 있었다.

다행히 이장님이 나서서 마을 사람들을 모두 안으로 들어가게 했다.

어느새 뒤뜰에는 나와 김반장만이 비를 맞고 서 있게 되었다. 우리 둘은 아무 말 없이 떨어지는 비만 바라보고 있었다. 그런데,

안에서 정화씨를 간호해 주었던 아주머니가 나오더니 내게 쪽지 하나를 건네주었다.

"아까 그 불쌍한 처녀가 학생 돌아오면 주라고 남긴 것 같아요. 잠이 들어 몰랐는데, 내 머리맡에 남겨 두었더라고요…"

그 얘기에 나도, 김반장도 최면에 깨어난 사람들처럼 눈이 빛났다.

접힌 종이에는 내 이름이 써 있었다. 정화씨의 유서인 셈이었다. 나는 그 쪽지를 들고 분교 안으로 들어왔다. 그리곤 촛불 밑에서 정화씨가 남긴 글을 읽기 시작했다.

일한씨에게…

일한씨가 만약 이 글을 읽게 된다면, 저는 이 세상 사람이 아닐 것 같네요…

혹시 일한씨도 이 글을 못 읽게 된다면, 김반장님이 이 쪽지를 읽고 있겠죠… 제발 일한씨가 무사히 돌아와 이 글을 읽기를 바랍니다.

일한씨…

그동안 정말 고마웠어요. 철없이 따라온 저에게 신경 쓰느라고 힘드셨죠… 제게는 이 모든 일이 견디기 힘들 정도로 무섭고 괴로운 일들의 연속이었어요… 처음에는 재원씨를 찾으러 왔을 뿐인데…

우선 일한씨와 김반장님께 사죄의 말씀을 드리겠습니다.

거짓말하게 된 것에 대해서요… 사실 오늘 저는 그 집에서 살인범을 봤습니다. 살인범은 피 묻은 낫을 든 재원씨였어요… 처음 봤을 때, 그 광기 어린 눈빛과 무시무시한 표정 때문에 재원씨가 아닌 줄 알았어요. 하지만 재원씨가 맞았어요. 재원씨는 정신 이상이 있는지, 처음에는 나를 알아보지 못하고 낫으로 내려치려고 했어요. 그런데 내가 비명을 지르자, 가만히 나를 보더니 치켜든 낫을 내려놓았어요. 나는 계속해서 정신차리라고 절규했죠…

재원씨는 혼란스러운 듯 머리를 잡고 괴로워했어요.

그러더니 땅바닥에 무릎을 꿇고 괴로워하면서, 간신히 한마디 던졌어요. 목소리가 너무 음산해 딴 사람이 말하는 것 같았어요.

'오늘… 밤에… 보자……. 어디까지라도… 찾아간… 다…….'

그러더니 괴성을 질러대는 것이었어요. 나는 무릎을 꿇고 있는 재원씨를 흔들면서 제발 정신 좀 차리라고 애원했어요. 그러나 재원씨는 나를 무시무시한 힘으로 확 던져 버렸어요… 그리고는 기절한 것 같아요.

정신차린 다음에 일한씨와 반장님이 내가 본 것에 대해 물어보았지만, 재원씨를 봤다고 솔직히 대답할 수 없었어요. 솔직히 말하면 재원씨를 살려둘 것 같지 않았어요… 그리고 내가 아는 재원씨는 그런 살인을 저지르고 다닐 사람이 절대 아니에요… 분명히 무슨 피치 못할 이유가 있을 거예요…

제가 재원씨를 만난다면, 설득해 볼 생각이에요.

예전에도 재원씨는 내 말은 잘 들어줬거든요.

무서워요…

하지만, 이 일은 제가 해야 할 일 같아요… 저기 재원씨가 온 것 같네요… 모든 일이 잘 되어 이 메모가 필요 없어지길 바랍니다.
　일한씨, 마지막으로 부탁드립니다.
　제게 무슨 일이 나더라도, 재원씨를 끝까지 믿어주세요…
　그럼…

　결국 이 모든 살인을 저지른 것은 재원이었단 것인가…
　내가 본 재원의 시체는 무엇이고… 머리 속은 뒤죽박죽이 되었다. 솔직히 생각하기도 싫어졌다.
　가슴속에서 뜨거운 것이 올라왔다.
　그 놈이 재원이라면, 반드시 내가 만나야 할 것 같았다. 진실이 얼마나 두려운 것인지 모르지만 나는 그 진실을 받아 들여야 했다.
　나는 떨리는 손으로 김반장에게 그 쪽지를 건넸다.
　김반장은 그것을 읽어보더니, 한숨을 내쉬며 한마디 했다.
　"결국 재원이라는 친구가 범인이군요… 그런데 왜 이 마을과 관계도 없는 사람이 살인을 저지르고 다니는 것일까… 휴… 이제 선택하는 것밖에 안 남았군……."
　"선택이라뇨? 무슨 선택을 말씀하시는 것입니까?"
　김반장은 나를 똑바로 쳐다보고 담담한 어조로 그 선택에 대해 말해주었다.

최후의 대결

그는 역시 피투성이가 되어 나를 내려치려고 했다.
나는 상체만 일으킨 채로 버둥거리며 뒷걸음질쳤다.
현관까지는 1미터도 안 남은 거리였다.
그 놈은 천천히 낫을 치켜들었다.
이제는 죽는구나라는 생각이 들었다.

"우리는 두 가지 선택을 할 수 있죠. 하나는 이 분교에서 구조가 올 때까지 가만히 기다리는 것입니다. 빗줄기도 약해진 걸 보니, 내일 날이 밝으면 본격적인 구조 활동이 시작될 것 같네요… 헬기라도 올 것 같으니… 그러니 이 사건에 대해서는 일단 접고 있다가, 홍수가 끝난 다음에 대대적인 수사를 벌이는 것이죠. 그때까지 그 살인마가 여기를 습격하지 않길 바라고, 또한 이 마을에서 사라지지 않길 바라는 것뿐이죠…

다른 하나의 선택은… 그 놈을 찾아서 잡든지, 죽이는 것입니다. 불가능해 보이고, 위험해 보이고, 아마 아무도 지원자가 없을 것 같네요… 그렇지만 앉아서 기다리는 것보다는 좀더 적극적인 방법이지요… 그리고 좋은 점은 사건을 우리 손으로 마무리 지을 수 있다는 것이죠… 필요 없는 것은 덮을 수 있고…"

나는 김반장의 얘기를 이해할 수 있었다.

지금 상황에서 가장 유력한 범인은 내 친구인 재원이였다. 그런데 이 상황에서 고립이 풀리고 연쇄살인사건에 대한 대대적인 수사가 펼쳐지면, 마을에 얽힌 얘기는 모두 밝혀지고, 이 마을은 글자 그대로 유령마을이 될 판이었다. 누가 이렇게 끔찍한 살인이 일어난 곳에서 살 것이며 이사 올 것인가… 그 이후에 벌어질 엄청난 일들은 상상만 해도 끔찍했다. 김반장은 자기 마을이 그런 식으로 몰락하는 것을 막고 싶은 것이었다. 또한 살인마에 대한 김반장의 증오는 이제 한계에 다다른 것 같았다. 경찰의 의무라기보다는 살인범에 대한 심판을 내리고 싶은 것 같아 보였다.

하지만 그때 나의 생각은 달랐다.

이 마을의 장래는 눈에도 들어오지 않았다. 또한 살인범에 대한 심판도 재원이라는 것을 내 눈으로 확인한 다음에야 할 수 있는 일이었다. 오직 살인마로 돌변해 자기 여자친구마저 죽여 버린 재원이를 꼭 만나야겠다는 생각밖에 들지 않았다. 그 놈이 진짜 재원인지… 재원이라면 왜 그 지경까지 갔는지… 끝마무리는 내가 하고 싶었다.

결심을 굳힌 나는 김반장에게 내 결심을 말했다.

"저라면 두 번째 선택을 택하겠습니다. 저 혼자라도 그 놈을 쫓아 지옥 끝까지 가서라도 그 놈의 얼굴을 내 눈으로 똑똑히 봐야겠습니다."

김반장은 흥분한 나를 의미심장하게 바라보고 한마디 했다.

"목적은 다르지만, 나도 일한씨와 같은 선택을 하겠소… 나는 이제까지 그 놈을 범인으로 생각했소… 그러나 이제부터는 악마로 규정할 생각이오. 세상에서 없애버려야 하는…"

나는 김반장의 그런 반응이 의외였다.

단지 마을의 장래를 생각하는 줄 알았는데… 나중에 알게 된 일이지만, 김반장은 자기 부하를 자식보다 더 아꼈다는 것이다. 그래서 자기 명령을 받아 수행한 이 순경이 그렇게 끔찍하게 살해당한 것에 대한 비이성적인 복수심이 발동한 것이다.

김반장은 냉정하게 나보고 간단하게라도 상처를 치료하라고 했다. 거절했으나, 김반장은 단호한 목소리로 자기도 준비할 것이 있으니 그동안 치료를 하고 있으라고 했다. 어쩔 수 없이 치료를 받았다. 치료를 해주던 보건의는 내 상처들을 보더니 좀 심한 편인지 한숨을 내쉬었다.

치료가 끝나갈 쯤에, 김반장이 들어왔다.

"일한씨, 치료가 끝나면 그 놈을 잡으러 출발하죠… 대충 필요한 것은 다 준비되었으니까."

김반장이 이장을 설득해, 이장이 이 분교에 있는 마을 사람들을 책임지기로 했다. 김반장은 분교 주변의 불침번을 여덟 명으로 늘리고, 무슨 일이 있어도 오늘 밤만은 아무도 분교 밖으로 나갈 수 없다고 공언했다.

마을 사람들은 김반장이 밖으로 나간다고 해서 불안해했지만, 김반장 대신 그 놈을 잡으러 나가기보다는 분교 안에 남아 있는 것이 훨씬 좋다고 생각했는지 더 이상 말이 없었다.

김반장은 준비한 묵직한 배낭 두 개 중 하나를 내게 내밀었다.

나는 안에 뭐가 들었냐고 물었다. 김반장은 짧게 대답했다.

"기름."

기름이 무엇에 필요한지 알 수 없었다. 하긴 그 놈을 잡으러 간다고 했지만 어디로 가야하는지도 아직 결정하지 못한 상태였다. 우리가 가진 무기는 김반장의 권총, 내가 가져온 망가질 대로 망가진 칼빈총 한 자루와 분교를 지키고 있던 칼빈총 한 자루, 이게 다였다.

김반장은 한참 고민하더니, 결국 권총 한 자루만 가져가기로 했다. 남아 있는 사람들의 안전이 우리 둘보다는 훨씬 중요해 보였다. 솔직히 총 없이 간다는 것이 불안했지만, 그 두려움을 극복해야 했다.

그럭저럭 준비가 다 되었다.

나는 아무 말 없이 김반장이 건네준 배낭을 메고, 한 손에는 손전등을, 다른 한 손에는 분교 창고에서 찾아낸 야구 방망이를 마지막으로 들었다. 기름이 가득 찼는지 배낭은 꽤 무거웠다. 김반장도 권총과 손전등을 들고 배낭을 멨다.

김반장은 이장님에게 신신 당부했다.

"이장님, 절대로 경계를 늦추지 마세요… 작은 빈틈만 보여도 그 놈은 여지없이 살인을 해대니까요… 내일쯤이면 구조대가 올 것입니다. 그때까지만 버티시면 됩니다."

우리는 분교를 나섰다.

한동안 흩뿌리던 비는 다시 거세지고 있었다. 우리는 묵묵히 분교 운동장을 가로질렀다. 김반장은 분교에서 벗어나자 말문을 열었다.

"일한씨는 내가 지금 어디로 가고 있는지 알고 따라오는 건가요? 짐작은 했을 거요… 그래요, 그 버려진 집으로 가고 있는 거예요… 아마 우리는 그 놈을 거기서 만날 수 있을 거요…"

"그렇습니까… 대충 짐작은 했습니다만은… 그런데 그 과수원 집에 그 놈이 온다는 확신은 어떻게?"

김반장은 씁쓸한 미소를 짓고, 손가락으로 자신을 가리키며 내 질문에 대답을 해주었다.

"내가 가니까요… 어르신이 해주신 말 기억나요? 그렇게 말씀하셨죠… 제 할아버지가 그 비극의 주모자 중에 한 사람이었다고요… 우연이라고 보기에는 너무 많은 사람들이 그 사건에 관련되어 죽었죠… 그리고 또 하나의 증거가 있어요… 무당집에서도 발견되었고, 사과골 최씨네 집에서도 발견된 흔적이 있어요… 바로 검은 흙이죠… 이 지역에서는 쉽게 찾아 볼 수 없는 토질이에요… 이 마을은 거의 전부 황토흙으로 되어있어요… 바로 한 군데만 빼고… 맞아요… 그 검은 흙은 과수원 집 근처에서만 볼 수 있어요… 아까 이장님에게 물어봐서 확인했어요… 그 놈은 그 집을 거점으로 움직이는 것 같아요. 또한 기묘할 정도로 희생자들을 잘 찾아내니까, 나를 찾을 수 있을 거예요… 내가 그 놈을 유인할 미끼가 되는 것이죠… 그 놈의 보금자리로 들어가서……."

김반장의 얘기를 들으니 몸이 부르르 떨렸다.

그의 추리가 틀리고 맞고를 떠나서 자기 목숨을 걸고 살인마를 유인하다니…….

걸어가면서 김반장에게 물었다.

"그런 논리라면… 가족과 함께 살해된 그 이름 모를 독립운동가의 원혼이 살아나 재원이의 몸을 이용해, 자기를 죽인 사람들의 후손들을 죽이고 있다는 얘기잖아요. 그것이 가장 논리적인 추리 같긴 하지만… 이럴 가능성도 있잖아요? 재원이가 완전히 돌아버려 닥치는 대로 마을 사람들을 죽이고 다닌다는 거죠… 그리고 제일 큰 의문점은… 아까 분교 안에서 알아차린 것인데, 희생자들 중에 그 집의 사건과 전혀 무관한 사람들도 많았잖아요… 그건 어떻게 된 일이죠?"

"글쎄요… 그게 문제예요… 살인의 동기를 찾아낼 수가 없어요… 분명히 무슨 이유가 있을 거예요. 그 놈은 무작위로 희생자를 고르는 타입은 아닌 것 같아요… 주형사가 남긴 메모에서 뭔가를 발견할 수도 있을 것 같지만… 아직은 특별한 답을 못 찾아냈어요… 하지만 뭔가 이유가 있을 거예요. 분명히……."

사실 김반장의 추측은 비이성적인 면도 많았다. 하지만 내 자신도 이번 일로 그런 비이성적인 현상을 숱하게 보아왔기 때문에, 김반장의 그런 말을 믿을 수도 있었다. 이유도 없이 그 놈은 그 버려진 집에 꼭 나타날 것 같았다. 그런데 기름을 가져가는 것에 생각이 미쳤다.

"반장님, 그럼 이 기름을 가지고 그 집을 태울 생각이신가요?"

"집을 태운다… 정확한 내 의도는 집을 태운다기보다는 그 놈을 태운다는 것입니다. 그 악마 같은 집과 함께……."

김반장이 그렇게 말하니까 섬뜩했다.

김반장은 이미 재원이일지도 모르는 살인범을 살려둘 생각을 하지 않고 있는 것 같았다. 또한 모든 살인과 관련 있는 그 과수원 집을 태울 생각인 것 같았다. 만약 범인이 진짜 재원이라면 나는 어떡해야 하는지 막막했다.

어느새 우리는 버려진 과수원 근처에 도착했다.

여기를 올 때마다 느끼는 것이지만, 주변의 황폐한 모습만 봐도 그 버려진 집에는 뭔가 사악한 기운이 흐르는 것 같았다. 여름이고 장마인데도 불구하고 과수원 주변의 나무들은 말라비틀어져 있고, 길 주변에 난 풀들도 모두 시들어 있었다. 낮에 봐도 으스스한 집인데, 밤에 와보니 낮과는 비교가 안 되었다.

이윽고 김반장과 나는 버려진 집 앞에 섰다.

김반장은 손전등으로 그 집을 비추어봤다. 이 집은 이제까지 수많은 사람의 생명을 먹어치웠다. 그 살생은 아직도 계속되고……. 그런 생각을 하다보니 그 집의 정문이 지옥으로 가는 문 같았다. 긴장되기 시작했다.

뭔가가 버려진 집 안에서 우리를 바라보고 있는 것처럼 느껴졌.

혹시 그 살인마가 그 집 안에서 우리를 기다리고 아닌가라는 생각이 들었다. 김반장도 긴장이 되었는지, 권총을 잡고 장전을 했다.

그리고 나를 돌아다보고 한마디 했다.

"가죠… 이 악몽에 종지부를 찍으러…"

우리는 천천히 그 집 안으로 들어갔다.

김반장이 총을 겨누며 천천히 문을 열었다. 귀에 거슬리는 소리를 내며 문은 천천히 열렸다. 나는 김반장 뒤에서 손전등 불빛으로 집안을 비췄다. 하지만 그 집은 빛을 빨아들이기라도 하듯이, 여전히 깜깜했다.

우리는 심호흡을 하고 그 집안에 발을 디뎠다.

이번이 내게는 두 번째 방문이었지만, 이런 집에 들어간다는 것은 정말 소름끼치는 일이었다. 더구나 지난번에 왔을 때, 내 눈에는 이 집에서 죽어나간 사람들의 유령이 보였다. 등골이 오싹해졌다. 어디선가 퀴퀴한 냄새까지 났다.

나와 김반장은 신중하게 불빛을 비춰가며 집안을 살폈다. 그때도 그랬지만, 사방에 검은 핏자국이 보였다. 그 핏자국이 튀겨나갈 때의 정경을 생각해 보니 등골이 오싹해졌다. 어디서 튀어나올지 모르기 때문에 우리는 최대한 소리를 죽여 집안을 살펴보았다.

온 몸의 신경이 팽팽해지는 것이 느껴졌다.

김반장과 나는 천천히 부엌까지 살펴보았지만, 살인의 흔적만 보일 뿐 살인범의 흔적은 발견할 수 없었다. 김반장은 배낭을 내려놓으면서 나를 보고 나지막한 목소리로 얘기했다.

"일한씨, 이제 준비하죠… 그 놈을 환영해줄…"

그러면서 김반장은 배낭 안에서 기름통을 꺼내 집안 구석구석에 뿌리기 시작했다. 나도 김반장을 따라 기름통을 꺼내 집 안에 뿌렸다.

집안은 휘발유 냄새로 가득 찼다. 휘발유가 뿌려지자 나도 모르게 어서 이곳을 불질러버리고 싶은 충동이 느껴졌다. 이렇게 끔찍하고 무시무시한 곳을 불태워버리고 싶어졌다.

김반장은 현관문과 우리가 있을 곳까지의 길만 확보한 채 나머지 공간에는 기름을 뿌렸다. 성냥개비 하나면, 이 버려진 집은 순식간에 불타는 집으로 변하게 될 것이다. 기름을 다 뿌리고 나자, 김반장은 현관이 마주보이는 곳에 등을 기대고 손전등을 껐다. 나도 김반장 옆에 걸터앉아 손전등을 끄고 방망이를 꽉 쥐었다.

그때부터 나는 죽음과 같은 기다림의 시간을 보내야 했다.

김반장은 권총을 꽉 쥐고, 라이터를 꺼내놓고 현관에 그 놈이 나타나기만 기다렸다. 김반장이 잡은 자리는 적절한 선택이었다. 부엌을 제외한 집안 전체가 한눈에 보이고, 아무리 깜깜하다 하더라도 벽에 등을 대고 있으니 적어도 뒤로부터의 공격은 안심해도 될 것 같았다.

나는 이제부터 무엇을 해야 하는지 궁금해졌다.

"반장님, 그 놈이 나타나면 어떡하실 작정이시죠?"

"글쎄요… 우선 그 놈이 기름 뿌린 곳을 밟고 서 있게 만들어 꼼짝 못하게 해야죠… 그 다음에 한 번 얘기해 보죠… 그 놈이 도대체 어떤 놈이고 왜 이런 짓을 했는지… 그리고는…"

김반장은 거기서 얘기를 멈추었지만, 나는 직감적으로 그는 범인인 것을 확인한 다음에 성냥에 불을 붙여 범인을 태워 죽일 것이라는 것을 알아차렸다. 나도 그 범인이 재원이만 아니라면 그 즉시 태워 죽이고 싶었을 것이었다. 하지만 나는 정화씨를 죽인 것이 재원인지, 그리고 재원이라면 왜 그런 짓을 했는지 알아야 했다. 만약 재원이라면, 김반장의 생각대로는 따라갈 수는 없을 것 같았다.

밖에는 여전히 비가 내리고 있었고, 빗줄기는 좀처럼 가늘어질 생각을 하지 않고 있었다. 그 순가 번개가 쳤는지 갑자기 주위가 순간적으로 환해졌다. 그 짧은 순간에 문 너머로 보이는 마당에 뭔가가 보였다.

낫을 들고 있는 건은 그림자였다.

김반장도 그 모습을 봤는지, 움찔하는 것이 느껴졌다. 그 다음 순간 다시 주위는 깜깜해지고, 천둥소리만 들려왔다. 방망이를 쥔 손에 힘이 들어갔다. 김반장도 천천히 총을 들어 현관 쪽을 겨냥했다.

긴장감으로 머리가 터질 것 같았다.

아무것도 보이지 않는 상태가 되니, 귀에 모든 신경이 쏠렸다. 그 놈이 집에 들어오는 것에 온 신경이 집중되었다. 쥐 죽은 듯한 적막을 빗소리가 깨고 있었다. 하지만 그 놈의 인기척은 전혀 들리지 않고 빗소리만 들릴 뿐이었다.

과연 그 놈이 언제 나타날 것인가 불안에 떨면서, 암흑 속에서 문 쪽을 뚫어지게 보았지만 아무것도 보이지 않았다. 긴장된 상태라서 그런지 시간 감각이 전혀 없었다. 우리가 그 놈을 보고 집으로 들어오기를 기다린 지 1분이 지났는지 10분이 지났는지 전혀 감을 잡을 수 없었다.

확실한 것은 한참동안 그 놈이 집안에 들어오기를 기다렸다는 것이었다. 마음 같아서는 옆에 있는 손전등을 켜서 비춰보고 싶은 마음이 간절했다. 난 점점 불안감이 고조되어 참을성의 한계까지 다다랐다.

어쩌면 우리가 여기서 기다리고 있다는 것을 눈치 챘는지도 몰랐다. 그렇지 않고서는 오는데 30초 정도도 안 되는 거리를 이렇게 오래 걸릴 리가 없었다. 하지만 밖에서 이렇게 어두운 집 안을 볼 수는 없을 것이다. 물론 휘발유 냄새를 맡을 수 있을지도 몰랐지만, 비오는 날 집 안에 들어오기 전에는 그 냄새를 알기가 힘들었을 것이다.

그 놈이 안 들어오니, 김반장도 나도 당황하기 시작했다.

김반장이 도저히 참을 수 없다는 듯이 손전등을 집어 들더니 켰다. 그런데 불빛에 비친 모습을 보는 순간 우리 모두는 충격을 받았다. 그 놈은 흔적 없이 사라진 것이었다. 불빛에 비친 것은 텅 빈 현관문과 비가 내리는 마당이 전부였다. 분명히 집 쪽으로 들어오던 그 놈은 흔적도 없이 사라진 것이다. 나도 손전등을 켜고 둘러보았지만, 아무것도 보이지 않았다.

김반장도 허탈한 표정을 지으며 나에게 얘기했다.

"일한씨, 우리가 뭔가 잘못 봤나봐요… 바보같이 너무 긴장해서 헛것을 봤나…"

그때였다.

김반장이 말을 제대로 맺지도 못했는데, 갑자기 벽이 부서지는 소리가 들리더니, 손이 벽에서 튀어나와 김반장의 목을 잡아끄는 것이다. 김반장이 등을 대고 있던 벽을 뚫고 두 손이 튀어나온 것이었다. 갑작스런 공격으로 김반장은 두 손에 들고 있던 권총과 손전등을 모두 떨어뜨렸다.

"어억! 어억!"

김반장은 발버둥치며 필사적으로 저항했지만, 그 두 손은 강철 갈고리처럼 김반장의 목을 무지막지하게 조르고 있었다. 나는 생각할 겨를 없이 있는 힘을 다하여, 벽에서 튀어나온 팔뚝을 방망이로 내려쳤다. 웬만한 사람이라면 뼈가 부러졌을 만한 충격이었을 텐데도 그 손은 아무 충격도 안 받았는지 계속해서 김반장의 목을 졸랐다. 발버둥과 저항이 점점 줄어드는 것이, 조금만 지체하면 김반장의 생명이 위태로울 것 같았다. 하지만 내가 가진 방망이로는 아무것도 할 수 없었다.

그때 마침 김반장이 흘린 권총이 눈에 들어왔다.

본능적으로 그 권총을 집어 들어 그 무지막지한 팔을 향해 쐈다. 제대로 맞았는지 사방으로 피가 튀었다. 하지만 그 팔은 김반장의 목에서 손을 떼지 않고 있었다. 총구를 아예 그 팔에다 대고 방아쇠를 당겼다. 피가 사방으로 튀어 김반장과 나는 피범벅이 되었다. 그제서야 그 팔은 김반장의 목을 놓고 벽 너머로 사라졌다.

 쿵하고 떨어진 김반장은 헉헉거리며 몸을 제대로 추스르지 못했다. 그 팔이 사라지자 나는 더욱 공포를 느꼈다. 언제 어디서 그 놈이 덮칠지 몰랐기 때문이다. 김반장은 몸을 가누기도 힘든지 주저앉아 계속해서 헉헉댔다. 나는 김반장 옆에 서서 권총을 든 채로 손전등으로 사방을 비춰가며 그 놈을 찾았다. 여기저기서 그 놈이 왔다갔다하는지 나무로 된 마룻바닥을 밟는 듯한 삐걱거리는 소리가 들려왔다.

 권총을 든 손이 나도 모르게 덜덜 떨려왔다.

 어디서 그 놈이 나타날지 감조차 잡을 수 없었다. 삐그덕거리는 소리는 마치 사냥을 앞둔 인디언들이 사냥감이 겁에 질리게 하기 위해 지르는 위협적인 소리처럼 들렸다. 원래는 우리가 그 놈을 잡으러 왔는데, 이제는 상황이 거꾸로 된 것이다. 발자국 소리가 어디서 나는지 알 수 없었다.

 나도 모르게 자꾸 뒷걸음질쳤다. 김반장은 그제서야 기침을 하면서 간신히 몸을 일으켰다.

 "반장님! 괜찮으세요?"

 "콜록! 콜록!… 나는 괜찮아요… 그런데 그 놈은?"

 나도 그 질문에 대답할 수 없었다.

 이 집안에 그 놈이 있는 것은 확실하지만, 어디서 우리를 노리고 있는지는 알 수가 없었다.

 나는 김반장에게 권총을 건네주었다.

아무리 손전등을 사방으로 휘둘러 봐도, 움직이는 것은 아무것도 보이지 않고 벽에 얼룩진 핏자국만이 보일 뿐이었다.

김반장은 천천히 뒷걸음질치면서 내게 나지막이 얘기했다.

"빨리 여기에서 나가 불을 질러요…"

나도 그 생각을 하고 있었다.

이런 상황에 여기에 있다간 언제 그놈에게 당할지 몰랐다. 우리는 사방을 경계하며 뒷걸음질로 현관으로 향했다.

갑자기 그 삐그덕거리는 발소리가 멈추었다.

집 안에는 우리 둘의 발자국만이 울렸다. 그 놈이 움직이는 소리가 멈추자 더욱 두려움이 느껴졌다. 그 놈이 저 어둠 속 어디선가 우리를 주시하고 있는 것 같았다. 빈틈만 보이면 어디선가 나타나 우리를 덮칠 것 같았다.

그런 생각을 하자 다리마저 후들후들 떨렸다.

마음만 같아서는 뒤돌아서 후다닥 뛰어나가고 싶었다. 뛰어가면 5초도 안 걸려서 이 집에서 벗어날 수 있다. 하지만 뭔가가 뒷덜미를 낚아챌 것 같아, 돌아서 뛰어나갈 수도 없었다.

사방을 경계하며 한발씩 천천히 뒷걸음질 쳤다.

불빛에 비춰지는 곳에는 움직이는 것이 하나도 보이지 않았다. 문까지 3미터 남짓 남았을 때였다. 이제 다 왔다고 약간 안도감이 느껴질 때, 어둠 속에서 뭔가가 나를 향해 확 덮쳐오는 것이 느껴졌다.

나는 본능적으로 몸을 뒤로 제꼈다. 하지만 왼쪽 어깨가 끊어지는 듯한 고통이 느껴졌다. 피가 튀겼고 들고 있던 손전등을 놓쳤다. 몸을 피하면서, 들고 있던 야구 방망이로 나를 공격한 것을 휘둘러쳤다. 하지만 한 손으로 친데다가, 자세도 흐트러져서 강한 충격을 주지 못한 것 같았다. 하지만, 나를 공격한 그 놈은 나의 반격에 움찔하더니 옆에 있는 김반장 쪽으로 고개를 돌렸다.

나는 우선 옆으로 몸을 피하고, 상처가 난 왼쪽 어깨를 만져봤다.

길게 찢어져서 피가 줄줄 흐르고 있었다. 떨어진 손전등을 급하게 주워 그 놈 쪽으로 손전등을 비춰보았다. 그 놈은 나를 공격한 후, 쉬지 않고 김반장을 공격했다. 하지만 김반장이 날쌔게 옆으로 피하고 그놈을 권총으로 한 방 쐈다. 맞았는지 안 맞았는지 모르겠지만, 그 놈은 현관 앞에서 우리의 길을 막아섰다. 한 손에는 피가 뚝뚝 떨어지는 낫을 들고 있는 것 같았다. 내 어깨의 상처도 그 낫으로 찍은 것 같았다.

우리는 다시 벽 쪽으로 뒷걸음질쳤다.

김반장은 그 놈의 머리를 향해 권총을 겨누며 날카로운 목소리로 외쳤다.

"손끝 하나라도 움직이면 머리통을 날려 버릴 거야! 빨리 낫을 내려놔!"

그 놈은 김반장의 말대로 할지 어떨지 망설이는 듯 그냥 우리의 퇴로만 막고 가만히 서 있었다. 현관 앞에 버티고 서서 우리들을 내보내지 않겠다는 듯이 서 있을 뿐이었다. 드디어 미치광이 살인마가 우리 앞에 나타난 것이다. 수많은 사람을 잔인하게 난도질한 미친놈이 이제 우리를 죽이기 위해 나타난 것이다. 나와 김반장 역시 이제는 살기 위해서 그 놈과 사투를 벌어야만 되는 상황으로 몰렸다.

도대체 어떤 놈인가 궁금해졌다.

정화씨가 본 것처럼 이 놈이 바로 재원인지, 아니면 내가 본 것이 진짜 재원이 시체고 이 놈은 재원이마저 죽여 버린 다른 놈인지…

나는 떨리는 손으로 천천히 손전등을 그 놈의 얼굴로 비췄다.

그 놈의 얼굴을 보는 순간, 나는 큰 충격으로 머리 속이 멍해지는 것 같았다. 일그러질 대로 일그러지고 미치광이의 얼굴이었지만, 그 놈은 확실히 재원이었다. 무시무시한 빛이 나는 광기 어린 눈빛과 살기를 풍기는 표정을 하고 있었지만, 재원이가 맞았다.

그럼 아까 내가 본 썩어 가는 시체는 어떻게 된 일인가…….

설마설마 했는데, 살인마는 재원이었던 것이었다.

나는 더듬더듬 말을 했다.

"재원아… 네가… 네가… 왜… 여기… 여기 있는 거야? 왜… 이런… 이런… 짓을 하고…"

재원이는 나의 질문에 아무런 반응을 보이지 않고 가만히 서서 우리를 노려볼 뿐이었다. 그런데 김반장은 내 손을 움켜쥐며 이해하기 힘든 말을 했다.

"일한씨… 재원이라뇨… 어디 재원씨가 보여요? 자세히 봐요, 저 놈은 재원씨가 아니에요…"

김반장이 무슨 말을 하는지 알 수가 없었다.

아무리 봐도 재원이가 맞았다. 하지만 김반장도 재원이의 사진을 봤기 때문에 재원이를 알아볼 텐데 아니라는 것이었다. 어쨌든 김반장은 권총을 재원이에게 계속해서 겨누며, 낫을 버리라고 명령했다. 하지만 재원이는 아무런 반응을 보이지 않고 우리를 노려보기만 했다. 재원이의 무반응은 오히려 우리를 겁나게 했다.

김반장은 두려운지 아니면 불안한지 목소리를 더욱 높였다.

"당장 낫을 내려놓지 않으면 머리통에 구멍을 내 주겠어!"

재원이는 그 말을 따르기는커녕 아무 말 없이 한 발을 우리 쪽으로 내딛었다. 재원이가 우리 쪽으로 움직이자, 우리는 무시무시한 위압감과 공포를 느꼈다. 특히 재원이가 아무런 소리도 내지 않고, 아무런 반응을 보이지 않자 그 공포심은 극도에 다다른 것이었다.

나는 다시 한 번 재원이를 설득해보려 했다.

"재원아! 정신차려! 제발! 이 새끼야! 뭐 하는 짓이야!"

재원이는 아무 반응이 없고, 오히려 반응을 보인 것은 옆에 있던 김반장이었다.

"일한씨! 저 놈은 재원인가 뭔가 하는 친구가 아니라니까요! 재원인가 그 친구가 서른 살이 넘고 흰 한복을 입고 다니냔 말이에요!"

김반장의 신경질적이고 다급한 목소리를 들으니 나는 혼란에 빠질 수밖에 없었다. 내가 보고 있는 재원이는 청바지에 티셔츠를 입고 있었다. 그런데 흰 한복이라니… 나와 김반장 둘 중 하나는 엉뚱한 것을 보고 있다는 얘기였다. 하지만 그 놈이 낫을 천천히 치켜들면서 우리에게 다가오는 지금, 그런 걸 따질 새가 없었다. 다가오면 다가올수록 우리는 이성을 잃을 정도로 공포를 느꼈다. 김반장은 도저히 못 견디겠는지, 두 손으로 권총을 잡아 그 놈의 다리를 겨누고 방아쇠를 당겼다.

탕하는 소리와 함께 그 놈의 왼쪽 무릎에서 피가 터졌다.

그 놈은 앞으로 넘어져 한쪽 무릎을 꿇었다. 김반장은 조심스럽게 총을 겨누며 한 번 더 경고했다.

"이번엔 진짜 머리야! 그러니 낫을 빨리 버려!"

무릎을 꿇고 고개를 숙이고 있던 재원이는 김반장의 경고에도 꼼짝을 않다가 고개를 들었다. 그 얼굴을 보다가 나는 소스라치게 놀랐다.

재원이의 얼굴이 아니었다.

이럴 수가! 극도의 공포에 의한 환상인가······.

옆에 있던 김반장도 신음소리와 함께 떨리는 목소리로 말했다.

"당··· 신··· 은··· 이 집 주인··· 이었던··· 한병··· 식··· 이럴 수가!"

김반장의 말에 나는 더욱 놀랄 수밖에 없었다.

불과 몇 초 전에 내 눈에 재원이로 보이던 놈이 한순간에 다른 사람으로 바뀌어 있다니··· 그것도 과수원 살인사건 때 머리가 발견되지 않은 시체였던 한병식씨의 모습으로 나타나다니···

모든 논리와 이성이 한꺼번에 무너지는 기분이었다.

어깨에 난 상처의 통증도 까맣게 잊게 되었다. 그렇게 큰 충격을 받으니, 오히려 생각은 단순하게 한군데로 모였다. 이 지옥에서 살아나가야 한다는 것으로······.

한병식의 얼굴을 한 그 놈은 무릎에 맞은 총은 아무렇지도 않다는 듯이 몸을 일으켰다. 그러고는 낫을 쳐들고 우리에게 다가왔다. 김반장은 이번에는 총을 놈의 머리로 겨누고 방아쇠를 당겼다. 가까운 거리에서 쏴서 그런지 김반장의 총알은 정확히 그 놈의 머리를 관통했다. 피가 사방으로 터지며 그 놈은 뒤로 나가떨어졌다. 엄격히 말하면 지금 김반장은 살인을 저지른 셈이었다. 김반장은 정당방위를 한 것이 아니라 두려움 때문에 그 놈을 쏜 것이기 때문이다. 그렇지만 그 놈이 그렇게 떨어져나가는 것을 보니, 이유 모를 승리감까지 느껴졌다.

우리는 손전등을 비추면서 천천히 쓰러진 그 놈에게로 다가갔다.

김반장이 한병식이라고 한 그 놈은 뒤로 쓰러진 채로, 시체처럼 뻗어 있었다. 나는 몽둥이를 들고, 김반장은 권총을 겨눈 채로 발로 그 놈을 툭툭 찼다. 하지만 그 놈은 진짜로 죽었는지 아무런 반응이 없었다.

나는 손전등으로 그 놈 얼굴을 비췄다.

아까는 분명히 재원이였는데, 피투성이가 되어 잘 알아볼 수 없지만, 지금은 난생 처음 보는 중년의 사내 얼굴이었다. 너무 이상했다. 김반장도 이 살인마의 생사가 궁금한지 권총을 겨눈 채, 무릎을 꿇고 그 놈의 맥박을 잡기 위해 목에 손을 대었다.

나는 옆에서 손전등으로 그 놈을 비추고 있었다.

피 때문에 미끄러워서인지 김반장은 한 번에 맥박을 못 잡고 여러 번 잡아보았다. 결국 김반장은 나를 돌아보며, 모든 것이 끝났다는 표정으로 말했다.

"휴… 이제 다 끝났군요… 이 놈 여기서 죽었네요… 모든 비밀을 간직한 채……."

그 순간 나는 무슨 일이 발생했는지 잘 알 수 없었다.

단지 보였던 것은 피투성이가 되어 죽은 듯이 쓰러져 있던 그 놈이 눈을 갑자기 뜬 것이다. 믿을 수가 없는 일이었다. 김반장은 뒤돌아 나를 보고 있어, 그 놈이 눈을 뜬 것을 알아차리지 못했다. 소리를 질러 김반장에게 경고하고 싶었지만, 너무 놀라서 그런지 목소리가 나오지 않았다.

그 놈은 누운 채로 오른손에 쥔 낫을 들어 김반장을 향해 휘둘렀다. 내 심상치 않은 표정을 보고, 그제서야 그 놈 쪽을 돌아보던 김반장은 자기를 향해 휘둘러지는 낫을 보고 총을 든 손으로 막았다. 김반장의 오른손은 총을 쥔 채로 떨어져 나갔다. 사방에 피가 튀기고, 김반장은 고통스런 비명을 지르며 뒤로 넘어졌다. 그 놈은 상체를 일으켜 쓰러진 김반장을 향해 다시 한 번 낫을 쳐들었다. 나는 타자가 야구공을 때리듯이 상체를 일으킨 그 놈의 머리를 힘껏 내려쳤다.

'퍽!' 하는 소리와 함께 그 놈은 다시 한 번 뒤로 자빠졌다.

이 모든 것이 순식간에 일어난 일이었다.

나는 고통스러워하는 김반장을 부축해서 부엌 쪽으로 달려갔다. 예전에 여기 왔을 때 부엌에서 과수원으로 나가는 뒷문이 있었던 것이 생각이 난 것이다. 김반장을 어깨에 메고, 손전등을 들어야 했기 때문에 야구방망이는 들고 갈 수가 없었다. 어쩔 수 없이 방망이를 버리고 부엌 쪽으로 향했다.

김반장은 심한 출혈과 고통으로, 정신을 제대로 차릴 수 없는 것 같았다. 나 역시 어깨에서 피가 계속 흘러나왔지만, 신경 쓸 수가 없었다. 언뜻 뒤를 돌아다보니, 그 놈이 천천히 몸을 일으키고 있는 것이 보였다.

다급해졌다.

나는 김반장을 부축해서 부엌 쪽으로 갔다. 필사적으로 이동했다. 부엌으로 들어간 나는, 과수원 쪽으로 난 뒷문을 찾았다. 그런데 이게 웬일인가… 분명히 내가 뜯어낸 그 뒷문이 없어진 것이다.

손전등을 사방으로 비춰봤지만, 나갈 곳이라곤 한 군데도 안 보였다. 하다못해 창문도 없어졌다. 지난번에는 분명히 있었는데…

당황하고 겁이 났다.

이 집은 마치 우리가 나가길 원하지 않는 듯이 모든 출구를 없앤 것 같았다. 살아있는 생물처럼… 나는 김반장을 부축한 채로 헉헉거리며 출구를 찾았다. 하지만 보이는 것은 피로 얼룩진 벽 뿐이었다. 마루 쪽에서 부엌으로 걸어오는 발자국 소리는 점점 가까워졌다.

너무 무서워져서 어떻게 해야 할지 몰랐다. 지옥에서 들려오는 것 같은 삐그덕거리는 소리는 점점 다가왔다. 나가는 문을 찾는 것을 포기하고, 나는 무기가 될 만한 것을 찾아보았다. 쓸만한 것은 하나도 보이지 않았다. 우선 김반장을 벽에 기대어 놓고 무기로 쓸 만한 것을 찾았다.

지금 있는 곳이 부엌이라는 것이 생각이 나자, 나는 찬장을 뒤졌다.

녹슨 식칼이 하나 나왔다. 급한 김에 그 식칼을 들어 마루 쪽을 노려봤다. 식칼을 든 손이 덜덜 떨려왔다. 이윽고, 삐그덕 소리가 바로 눈앞에서 들려왔다. 나는 손전등으로 소리가 멈춘 쪽을 비춰보았다. 이번에도 이해할 수 없는 일이 눈앞에 펼쳐졌다.

내 앞에 서있는 사람은 재원이도, 이 집 주인도 아니었다.

중학생 정도의 아이가 피투성이가 된 채로 낫을 들고 있는 것이었다. 아이의 광기 어린 눈빛을 보니 등골이 오싹해졌다. 언제 정신을 차렸는지, 벽에 기대고 있던 김반장이 힘겹게 말을 했다.

"너… 는… 지, 철… 이… 잖아……. 너… 는… 죽었는… 데…"

나는 김반장의 말에 다시 한 번 충격을 받았다.

지철이라면, 이 집에서 살해당한 과수원집 아들이었다. 그런데 그 애가 내 눈앞에 낫을 들고 나타난 것이다. 그 애는 스르르 미끄러지듯 우리에게 다가왔다. 겁에 질린 나는 본능적으로 들고 있던 식칼을 있는 힘껏 지철을 향해 던졌다. 운이 좋았는지 그 식칼은 정확히, 그 놈이 들고 있던 낫을 정확히 맞추었다.

'쨍그렁!' 하는 소리와 함께 그 놈은 들고 있던 낫을 떨어뜨렸다. 나는 이 틈을 놓치지 않고 몸으로 그 놈을 들이받은 뒤, 어깨에 심한 충격을 느끼고 나가떨어졌다. 재빨리 몸을 일으켜 보니 그 놈도 저쪽 구석에 넘어져서 버둥거리고 있었다. 벽에 기대어 있는 김반장을 부축해 다시 마루 쪽으로 도망쳤다. 이때를 틈타 현관으로 이 집을 벗어나면 될 것 같았다.

김반장도 조금 정신을 차렸는지, 내 부축을 받아 자기 힘으로 움직이기 시작했다. 부엌에서 현관까지는 길어봤자 10미터도 안 되는 거리였지만, 엄청나게 멀게 느껴졌다. 내 손에 든 것은 건전지가 다해 희미해지는 손전등밖에 없었다.

문 앞에 다 왔다는 생각이 들었을 때, 갑자기 뒤에서 무시무시한 힘이 느껴지며, 우리 둘은 뒤로 벌러덩 자빠졌다. 우리는 온몸이 우리가 뿌려놓은 기름에 범벅이 되었다. 미끄러운 상태에서도 최선을 다해 몸을 가누어 우리를 잡아당긴 것이 무엇인가 봐야했다. 손전등은 저기 떨어져 있고, 김반장도 옆에서 기름투성이가 되어 버둥거리고 있었다.

나는 손전등을 들어 사방을 비추어 보았다.

내 눈을 믿을 수 없었다. 이번에는 흰 소복을 입은 처녀가 피 묻은 낫을 들고 서 있는 것이었다. 김반장의 얘기가 없어도 나는 직감적으로 그 여자가 재원이도 본 적이 있는 지희라는 여자라는 것을 알았다.

김반장 역시 지희라고 중얼거렸다.

피투성이가 된 채로 낫을 들고 우리를 바라보는 그 여자를 보니 소름이 끼쳤다. 아무런 생각할 수 없었다. 이 지옥 같은 공포에서 벗어나지 않으면 나도 곧 미쳐버릴 것만 같았다.

뒷걸음질치다가 뭔가 발에 걸리는 것이 있었다.

무언지 보다, 구역질이 날 뻔했다. 권총을 쥔 채 잘려나간 김반장의 손이었다. 끔찍한 광경이었으나, 지금 내게는 권총이라도 필요했다. 이를 악물고, 손을 뻗쳐 김반장의 잘려진 손에서 권총을 빼려고 했다. 워낙 세게 쥐고 있었는지 총이 잘 안 빠졌다. 총구를 잡고 몇 번을 흔들다보니, 김반장의 손이 휙 하고 저쪽으로 날아가 버렸다.

나는 피 묻은 권총을 떨리는 손으로 잡고, 아무 말 없이 우리에게 다가오는 그 여자를 향해 겨누었다. 그 여자를 향해 방아쇠를 당기려 하는데, 김반장의 힘겨운 목소리가 들렸다.

"일한씨, 총 쏘지 마세요! 이제 한 발밖에 안 남았어요… 그 총알은 이 집에 불을 붙일 때 써요… 내가 저 놈을 잡고 있을 테니…"

총알이 한 발 남았다는 말에 절망감마저 느껴졌다.

지금 같은 상황이라면 총알이 백 발이 있어도 모자랄 상황인데…

김반장은 이제 웬만큼 움직일 수 있는지, 자기 웃옷을 벗어 잘려나간 팔목을 둘둘 감았다. 그리고는 비장한 얼굴로 내게 말했다.

"여기서 우리 둘 다 살아나가기는 힘들겠소… 내가 저 놈을 잡고 있을 테니, 일한씨는 이 집에서 나가 총으로 마루를 쏴요! 그러면 이 저주받은 집은 저 악귀와 함께 불타 없어져버릴 테니, 어차피 우리 마을 일이고… 나는 너무 많은 피를 흘려 살기도 힘들 것 같으니… 살게 되면, 우리 가족에게 안부나 전해 주쇼… 특히 내 딸 현지에게…"

김반장은 유언 같은 말을 끝마친 뒤, 내 말은 듣지도 않고 무시무시한 기세로 그 여자에게 달려갔다. 그 여자는 싸늘한 얼굴로 표정 하나 안 바꾸고 달려오는 김반장의 왼쪽 어깨를 낫으로 찍었다. 피가 튀기고 김반장의 처절한 비명소리가 들렸다.

나는 어찌할 바를 모르고 있었다. 김반장은 어깨에서 피가 철철 흘러나오는데도 불구하고 그 여자를 붙잡고 있었다.

"일한씨! 빨리! 빨리! 제발! 나가 줘! 제발!"

김반장의 쥐어짜는 듯한 목소리가 내 귀청을 때렸다.

그 짧은 시간에 많은 갈등이 생겼다.

나는 어떻게 해야 하는 것일까…

김반장은 그 여자에 의해 낫으로 난도질당하고 있었다. 그러나 김반장은 끈질기게 그 여자를 잡고 있는 것이었다. 김반장의 처절한 비명소리가 계속되었다. 빨리 결단을 내려야 할 시간이었다. 이를 악물고 한 손에 총을 든 채로, 현관으로 뛰며 돌아보았다. 형체도 알아보기 힘들 정도로 난도질당한 김반장은 결국 목숨이 다했는지 고개를 떨구었다. 그 여자는 김반장이 잡고 있는 손을 뿌리치다가 안 되니까 낫으로 김반장의 손을 잘랐다.

그러고는 뛰어나가는 나를 향해왔다.

다음은 내 차례라는 생각이 드니 다리에 힘이 빠지고 잘 달릴 수가 없었다. 그러다가 기름에 미끄러져 바닥에 나동그라졌다. 필사적으로 몸을 일으키려는데, 내 눈앞에는 낫이 보였다. 어느새 그 놈이 쫓아온 것이었다. 저만치 떨어져 있는 손전등에 비춰진 그 놈의 모습은 더 이상 지희라는 여자가 아니었다.

장교 계급장의 군복 차림의 사내 모습이었다.

그는 역시 피투성이가 되어 나를 내려치려고 했다. 나는 상체만 일으킨 채로 버둥거리며 뒷걸음질쳤다.

현관까지는 1미터도 안 남은 거리였다.

그 놈은 천천히 낫을 치켜들었다.

이제는 죽는구나라는 생각이 들었다.

나도 모르게 눈을 꼭 감고 다음 순간 닥쳐올 무시무시한 고통에 대비했다. 곧이어 '퍽' 하는 소리가 들렸지만, 낫이 내리쳐지지 않았다. 눈을 떠보니 죽은 줄만 알았던 김반장이 몸을 날려 그 놈을 덮친 것이었다. 그 놈은 갑작스런 충격에 기우뚱했다. 하지만, 기분 나쁜 미소를 지으며 이제 정말로 죽어가는 김반장에게 다가갔다. 그러더니 낫으로 김반장의 머리를 내려쳤다.

나는 끔찍해서 더 이상 볼 수가 없었다.

내 머리 속은 텅 비어 있었다.

나는 몸을 날려 현관 밖으로 뛰쳐나왔다. 지옥과 같은 집 안에서는 아직도 그 놈이 불과 1분 전만 해도 사람이었던 김반장을 난도질해 고깃덩이로 만들고 있었다.

나는 분노와 공포로 눈에 불이 나는 듯했다.

아무런 망설임 없이 쥐고 있던 총으로 집안 마루를 대고 쏘았다. 다음 순간 불이 확 붙었다. 불은 삽시간에 집안 전체에 붙었다. 낫을 들고 있던 그 놈도 순식간에 불이 붙었다. 거세지는 불꽃으로 더 이상 집의 형체가 보이지 않았다. 비가 내리고는 있었지만, 기름에 붙은 불은 그 저주받은 집을 활활 태우고 있었다.

나는 기어서 마당으로 나와, 그 집이 불타는 광경을 바라보았다.

환청일지도 모르고, 아니면 집이 타는 소리였는지도 모르겠지만, 어디선가 사람의 비명소리 같은 것이 들리는 것 같았다. 하지만 나는 개의치 않았다. 그런 소리에 신경 쓸 정신적, 육체적 힘 모두 남아있지 않았기 때문이다. 난 한참을 아무 생각 없이 그 불타는 집을 바라보고 있었다.

정말 머리 속이 텅 빈 것 같은 느낌이었다.

내가 겪은 모든 일은 지독한 악몽같이 느껴졌다. 이해할 수 있는 일은 아무것도 없었다. 불은 더 거세게 붙어, 그 집은 비명소리를 내며 무너지기 시작했다. 통쾌함과 승리감이 느껴졌다. 그 집이 무너지는 것을 보니, 내 몸에 난 상처가 아파 오는 것이 느껴졌다. 그 상처들을 보니, 내가 겪은 것이 꿈이 아닌 것은 확실한 것 같았다.

그때였다.

불에 타고, 무너져서 거의 폐허가 된 그 과수원집에서 뭔가 이상한 소리가 들렸다. 처음에는 내가 잘못 들었으니 했으나, 한 번 더 들리는 것이었다. 자세히 보니 불꽃 속에서 뭔가가 움직이는 것 같았다. 그것을 보니 온 몸에 힘이 빠지고, 절망감과 두려움이 느껴졌다. 무너진 집 사이로 불꽃 속에서 사람 형태를 한 것이 움직이고 있는 것이었다. 설마… 그 놈이 아직도 살아있는 것이었다.

니에게는 더 이상 도망칠 힘도 의욕도 남아있지 않았다.

멍하니 딴 사람 일을 쳐다보듯이 그 놈이 불길 속에서 밖으로 나오는 것을 보고 있었다. 두려움이 극도에 다다르면 오히려 담담해지는 것 같았다.

나는 주저앉은 채로 가만히 그 놈의 움직임을 주시했다.

그 놈은 온 몸에 불이 붙은 채로 불길 속에서 나왔다. 비 때문인지 불길 속에서 나오자마자, 그 놈 몸에 붙었던 불은 모두 꺼졌다. 그 놈은 내게 다가왔다.

나는 저항할 생각도 하지 못했다.

불길에 비친 그 놈의 얼굴을 보는 순간, 심장이 멈추는 것 같았다. 화상으로 끔찍할 정도로 일그러지고 상한 얼굴이었지만, 확실히 재원이었다. 다시 재원이의 모습이 보인 것이다.

재원이는 여전히 한 손에는 낫을 들고 있었다.

그 놈은 천천히 내 앞에 서서 낫을 하늘 높이 쳐들었다. 마지막이라는 생각으로 나는 그때까지 답을 알 수 없었던 질문을 던졌다.

"도대체 너는 누구냐?"

재원이, 아니 그 놈은 낫을 치켜든 채로 내 질문을 듣고, 동작을 멈추었다. 그리고 사람의 목소리라고는 생각되지 않는 소리로 대답했다.

"…나는… 우리고… 우리는… 나다…"

그 말을 듣는 순간 난 흡사 둔부로 머리를 맞은 듯한 큰 충격을 받았다.

그 놈이 마지막으로 던진 대답… 과연 무슨 의미일까? 뭔가 수수께끼가 풀리는 것 같았다.

그 순간 그 놈의 낫은 내 머리를 향해 내리쳐졌다. 마지막으로 그 놈의 끔찍한 얼굴에서 기분 나쁜 미소가 보였다.

그리고 암흑이었다…….

에필로그

…사방이 모두 흰색이었다.

흰색… 분명히 검은 암흑이었는데…

여긴 어디지…….

나는 어떻게 된 것이지…….

아무런 기억이 안 났다.

눈앞에 보이는 것은 모두 하얗고 흐릿했다.

내가 눈을 뜨고 있는 것인가?

눈을 뜨고 초점을 맞춰보려고 애썼다. 사방에 보이던 흰색이 점점 형태를 갖추어 갔다.

낯익은 얼굴들이 보였다.

부모님, 동생, 지영이… 그리고 흰옷을 입은 의사와 간호사들…

여기는 병원이었다.

내가 눈을 뜨자, 모두들 놀라며 웅성거렸다. 어머니와 지영이는 눈물을 글썽거렸고, 의사와 간호원은 바삐 움직였다.

　내가 왜 병원에 있게 되었는지 생각을 해 보았다.

　갑자기 몸이 부르르 떨려왔다.

　그 버려진 집에서 있었던 일이 생각났다. 분명히 그때 그 놈이 나를 낫으로 내리쳤는데… 나는 간신히 힘을 내어 부모님에게 자초지종을 물어보았다. 그러나 대답은 내가 생각했던 것과는 완전히 다른 얘기였다.

　그 마을에는 홍수로 인해 많은 사람이 물에 떠내려가 죽었고 또 어떤 사람들은 창고에 난 불을 끄다가 죽었다는 것이었다. 그 과정에서 정신이 이상하게 되어 그 마을로 돌아간 재원이와, 재원이를 찾아간 정화씨, 그리고 파견 나온 두 명의 경찰과 김반장도 희생자에 껴있다는 것이었다. 나는 마을 사람들을 도와 창고에 난 불을 끄다가 머리를 다쳐 사흘 동안 혼수상태였다는 것이었다. 그런 나를 이장님이 구해 준 것이고…

　말도 안 되는 얘기였다.

　살인이라든지, 버려진 집이라든지 내가 경험했던 모든 일들은 깡그리 사라졌다. 난 흥분한 채로 내가 경험했던 것을 다 얘기하려고 했지만 아무도 믿어주지 않았다. 사람들은 단지 머리를 다친 충격으로 내가 좀 이상해진 것으로 보았다. 내가 강하게 주장하면 주장할수록 주변 사람들의 나를 보는 시선은 더욱 이상해졌다. 부모님은 재원이의 죽음이 나에게 충격을 준 것으로 믿고 있었다. 지영이만은 나를 믿을 것 같았지만, 그렇게 잔인하고 끔찍했던 일들을 지영이에게까지 말하고 싶지는 않았다.

　결국 아무도 믿어주지 않는 상황이 닥치자, 내 자신도 나를 믿을 수 없어졌다. 내가 경험한 일들이 진짜였는지, 아니면 혼수상태 때 꾼 악몽인지 혼동이 갈 정도였다. 하지만 누가 뭐라고 해도, 나는 그 모든 일을 생생하게 경험했다.

그렇지만 그 마을로 돌아가기 전에는, 내 얘기가 진실이라고 증언해줄 사람은 아무도 없었다. 그렇다고 몸도 성하지 않은 상태에서 그곳으로 가겠다면 부모님이 병원에서 나를 내보내줄 리 없었다.

답답하다 못해, 내 정신상태가 진짜로 붕괴되기 시작하는 것 같았다. 점점 그 일들을 진짜로 내가 경험한 것인가에 대한 자신감도 사라지기 시작했다. 내가 경험한 일들이 송두리째 사라지고, 새로운 일들이 내 경험인 척하고 들어온 것이다. 아무도 내 말을 안 믿게 되니, 점점 성격이 광폭해지고 쉽게 흥분되었다. 그리고 밤마다 제대로 잠을 이룰 수 없었다. 끔찍했던 시체들, 지옥 같은 과수원집, 재원이가 낫을 들고 있던 모습, 김반장의 최후… 온갖 끔찍했던 기억들이 꿈속에서 나타나 나를 괴롭혔다. 나도 모르게 점점 신경도 날카로워졌다.

보다 못한 부모님께서 날 정신과에서 상담을 받게 했다.

필요 없다고 거부했지만, 반 강제로 정신과 진단을 받게 되었다. 나는 매우 신경질적인 상태에서 정신과 담당 최 선생님을 만나게 되었다. 최 선생님은 적대적인 환자인 나를 처음부터 이해하려고 노력했다. 그래서 결국엔, 나로 하여금 내가 경험한 모든 일을 차근차근 얘기하게 만들었다.

처음에는 아무 얘기도 안 하려고 했지만, 최 선생님은 내 얘기를 정말 믿는 사람 같아서 나도 모르게 모든 일을 얘기하게 되었다. 최 선생님은 내 얘기를 다 믿는 것 같았다. 아니, 믿기지 않아도 믿으려고 노력하는 것 같았다.

그런 식으로 한 사람이라도 내 얘기를 믿어주는 사람이 있는 것을 보니, 내 스스로가 정상으로 돌아오는 것이 느껴졌다. 그리고 다른 사람이 내 얘기를 믿어주지 않는 것도 이해되기 시작했다.

일 주일 동안 최 선생님의 상담을 받고 나니, 어느새 정상으로 돌아온 나 자신을 발견할 수 있었다. 몸에 난 화상과 어깨 상처도 거의 다 치료되었다. 최 선생님의 완치라는 사인과 함께 병원에서 퇴원할 수 있게 되었다. 퇴원하자마자, 나는 우선 알아봐야 할 일을 생각했다.

바로 그 마을에서 있었던 일에 대한 진상이었다.

마음 같아서는 내가 직접 가고 싶었지만, 상황이 허락하지 않았다. 그러던 중 생각난 곳이 있었다. 바로 대한 심령학회였다. 그곳은 친구인 윤석이가 활동하던 곳이었다. 나도 준석이 형의 고귀한 죽음에 얽힌 수수께끼라든지 은희의 기괴한 경험 때문이라든지 해서 몇 번 찾아가 본 적이 있는 곳이었다.

별로 신뢰하는 편은 아니지만, 그곳을 운영하고 계시는 박 변호사는 왠지 모르게 믿음이 가는 분이었다. 그 분은 자기 가족을 불가사의한 일로 여읜 다음에 사재를 털어 이 학회를 만들어, 인간이 이해할 수 없는 존재에 대해 연구하고 있다. 윤석이도 자기 형의 죽음에 의문을 가지고 있다가 고시 공부도 포기하고 이 학회에 들어간 것이다. 그런데 일본으로 식인사건을 해결하러 간 윤석이가 몇 개월째 실종된 상태여서, 윤석이 소식이라도 물어볼 생각으로 그곳을 찾아갔다.

마침 사무실에 계시던 박 변호사는 반갑게 나를 맞아 주었다.

윤석이에 대한 특별한 소식은 없었다. 박 변호사도 걱정하는 눈치였다. 나는 심호흡을 한 후, 그 마을에서 내가 경험했던 모든 일들을 모두 얘기했다. 듣는 사람이 지루할 정도로 자세하게 얘기했다. 하지만 박 변호사는 내 얘기를 끝까지 진지한 표정으로 다 들어주었다.

그러더니 오히려 더 자세한 사실을 알기 위해 자기가 직접 그 마을에 갔다 오겠다는 것이었다. 당황한 나는 그 정도까지는 할 필요 없다고 만류했지만, 박 변호사는 자기가 연구하는 일과 관련이 있을 것 같다며 그 마을을 갔다 오겠다고 했다. 우리는 사흘 뒤에 다시 만나기로 했다.

나는 안절부절못하며 사흘 후를 기다렸다.

이윽고 약속시간이 되어 대한 심령학회로 찾아가니, 박 변호사는 나를 기다리고 있었다. 그는 내가 그토록 찾아 헤매던 것에 대한 해답 아닌 해답을 들려주었다.

"마을 사람들은 진실을 숨기고 있더군요… 일한씨가 경험했던 일들을 없었던 일로 만들었고, 피해자의 가족들은 전부 다른 곳으로 이주할 준비를 하고 있고……."

"도대체 왜 그 모든 일을 숨기고 있는 것이죠? 이해가 안 돼요… 그렇게 커다란 사건을 어떻게 숨기는 거죠?"

"그러니까 인간이 무서운 것이죠… 작년쯤엔기 그 마을에 온천이 발견되었대요… 대기업이 투자해 대단위 위락시설을 조성할까 검토 중이었고… 그런 소문만으로 땅값이 열 배는 넘게 뛰었대요… 잦은 홍수 때문인지 투자하기로 한 대기업이 미지근한 반응을 보여 다시 땅값은 떨어졌대요… 그런데 정부에서 홍수방지 댐을 짓기로 해서 다시 한 번 개발 붐이 불고 땅값이 치솟았대요… 그리고 대기업이 결정을 내리고 발표하는 것이 이번 달 말로 예정되었다고 해요. 이런 상황에서 그곳이 수십 명이 끔찍하게 죽어나간 살인사건의 장소로 알려져 봐요. 대기업의 투자는 없던 일로 되고, 그 마을은 글자 그대로 유령마을이 되겠지요… 그래서 마을 사람들 스스로 그 무서운 진실을 숨기기로 했대요… 나도 지나가는 얘기만 들어서 확실한 것은 모르겠지만, 그 마을 이장이 주도를 했대요… 자기 자신도 희생자의 아버지인데도 그 일에 앞장섰다는군요… 정말 무서운 사람들이죠…"

나는 어안이 벙벙해졌다.

박 변호사 말이 사실이라면 너무 황당한 일이었다. 그런 식으로 진상을 은폐하다니… 나는 떨리는 목소리로 박 변호사에게 물었다.

"그럼… 그 마을에서는… 진짜로 어떤 일이 일어난 거죠? 제가 경험했던 일들은 도대체 어떤 일들이었고…"

"Multiple Personality라는 말을 들어보셨나요?"

"예? Multiple Personality라… 잘은 모르지만, 다중 인격자라는 얘기 아닙니까?"

"예, 맞습니다. 심리학적 용어로 한 사람 안에 여러 종류의 인격이 내재되어 있는 경우를 말합니다. 주로 연쇄살인범들에게 자주 나타나는 증상이죠… 평상시에는 온순하던 사람이 특정한 자극만 받으면 흉폭한 살인자가 되는 경우인 셈이죠… 아마 『지킬 박사와 하이드』가 다중 인격에 대한 가장 보편적인 묘사를 한 소설책이라 할 수 있을 것입니다."

"아, 그렇습니까? 그런데, 이것이 제가 그 마을에서 경험한 것과 무슨 관련이 있죠?"

"지금부터 제가 드리는 말씀이 진실이라고는 고집하지는 않습니다. 하지만 최대한 논리적으로 조사해보았습니다. 단도직입적으로 말하면, 저는 일한씨가 경험한 모든 일을 믿습니다. 그런 증거도 있고요… 우선 우리는 일한씨가 이야기해준 것들을 시간 순으로 쫓아갔습니다. 제일 먼저 있었던 비극, 즉 그 독립운동가 가족의 비극적인 죽음부터 조사해 봤습니다. 여기저기 뒤져 그 독립운동가의 이름은 천기홍이며 실제로 일제의 감시를 받으며 경기도 작은 마을에서 연금 생활을 했다는 기록을 찾아냈습니다. 그 사람에 대한 기록은 그 이후에는 없습니다. 그 이후에는 아무도 그 사람과 그 사람 가족의 생사에 대해서 모른다고 하는군요. 결론적으로 그 독립운동가는 실존인물이었습니다. 이제부터 상식과 과학의 벽을 허물고 논리라는 단 하나의 잣대를 가지고 제 추리를 전개해 보겠습니다. 때로는 상식과 과학이 이런 사건을 이해하는데 걸림돌이 되곤 하니까요…"

난 박 변호사의 눈을 쳐다보며 어떤 말들이 나올지 기다렸다.

"1910년대 어느 날, 독립운동가의 일가족이 몰살당했습니다. 마을 사람들의 타인에 대한 무조건적인 적대감과 증오에서 일어난 비극이었습니다. 아마 씨족사회의 전통이 강한 마을이었나 봅니다. 모든 일은 거기서 시작되었습니다. 자기 일생을 바쳐 민족과 독립을 위해 투쟁했는데, 그 민족의 무지와 편견에 의해 살해된 천기홍이라는 독립운동가는 깊은 원한을 품게 돼 영적인 존재로 그 과수원집에 남게 되었습니다. 복수의 악귀가 되어… 너무 깊은 원한으로 기회만 되면 복수를 실행했죠. 그 집 앞을 지나거나 그 집에서 기거하는 사람을 대상으로… 많은 사람이 그 집에서 죽어나갔죠… 그 때문인지 80여 년 동안이나 그 집은 버려져 있었습니다.

90년대 초에 성일여관 주인이 그 집으로 자기 친구인 한병식씨에게 사기극을 준비합니다. 훌륭한 과수원이라고 속여서 임자 없는 집과 과수원을 한병식씨에게 팔았습니다. 한병식씨 가족은 그 집이 그렇게 무시무시한 내력을 가진 것도 모르고 행복한 생활을 꿈꾸었습니다. 하지만 악귀는 한병식씨 가족을 가만두지 않았죠… 한병식씨의 부인이 이유도 알 수 없는 병으로 죽게 됩니다. 그 악귀의 저주일 수도 있겠죠… 더욱 불행한 것은 한병식의 끔찍했던 부인 사랑이었습니다. 맏딸 지희마저 시집가게 되자, 큰 상실감과 허전함을 느낀 한병식씨는 어떤 대가도 치를 각오로 마을 무당에게 부탁해 죽은 사람을 되살리는 의식을 준비합니다. 그런데 그 의식은 죽은 부인을 살려내지 못하고, 바로 복수를 노리는 독립운동가의 악귀를 살려내죠… 그 살아난 악귀가 첫 번째 살인을 저지르죠… 한병식씨 가족은 그 희생자가 되었습니다."

상상도 하지 못했던 끔찍한 이야기들이 그의 입에서 나오고 있었다.

"악귀는 우선 자기 복수를 행해줄 매개체를 찾은 것입니다. 자기가 들어가서 복수를 할 수 있는 살아있는 사람의 몸 말입니다… 그 악귀는 처음에 한병식씨의 몸에 들어가 아들인 지철과 사윗감인 안 중위를 죽입니다. 그러나 한병식씨는 끝까지 악귀에게 조종되지 않고 자살을 기도합니다. 그래서 악귀는 딸인 지희에게 들어가고, 악귀의 힘으로 지희는 자기 아버지 한병식씨의 머리를 자릅니다. 하지만 지희는 여자였고 연약했기 때문에 강력한 원한과 증오심을 가진 악귀가 더 이상 머물 수 없었습니다. 악귀의 뜻대로 움직이기에는 너무 연약한 여자였습니다.

그 여파로 지희는 미치게 되었죠… 그 악귀는 다시 버려진 집에 머물면서 자기가 들어갈 수 있는 희생자를 노립니다. 운이 나쁘게 그 희생자가 바로 일한씨 친구였던 재원씨가 됩니다. 악귀는 재원씨의 몸을 지배하게 됩니다. 그런데 여기서 다른 문제가 발생합니다. 재원씨 몸에 들어간 것은 그 독립운동가의 악귀뿐만이 아니었습니다. 악귀에게 죽음을 당한 한병식씨, 지희, 지철, 그리고 안 중위까지… 그 악귀와 함께 재원이의 몸으로 빙의하죠… 악귀의 영향을 받아서인지, 나머지 희생자들도 원한이라는 극단적인 감정만 가진 채 재원씨의 몸에 들어가죠… 거기서부터 살인이 다시 시작됩니다.

첫 번째 희생자는 여관주인, 바로 한병식씨를 속인 사람입니다. 또한 정신이 나간 지희를 겁탈하고 농락한 사람입니다. 지희의 시체를 부검한 의사를 만나 얘기를 들어봤는데, 임신 중이었다고 합니다. 그 여관주인의 만행이었죠… 이 사람은 한병식씨와 지희의 복수로 살해당합니다. 독립운동가의 악귀가 저지른 일이 아닙니다. 단지 원한을 증폭시키는 매개체 역할을 했을 뿐이고, 한병식씨와 지희의 원혼이 저지른 살인이었습니다. 다음 희생자는 정미소 김씨였습니다. 김씨는 생전에 한병식씨와 사이가 나빴다고 합니다. 이번에는 한병식씨의 복수였습니다.

다음 희생자는 탈영병, 우연으로 보이기 쉬운 살인이었습니다만 나름대로 이유가 다 있었습니다. 그 탈영병의 부대를 조사해 본 결과 공교롭게도 안 중위와 같은 부대였습니다. 안 중위의 주변을 조사해보니, 중위로 복무할 당시 그 탈영병은 안 중위와 아주 나쁜 관계였다고 했습니다.

지나친 비약일 줄 모르지만, 이번에는 안 중위의 살인이었습니다. 그때까지는 재원씨가 꼭두각시였을 것입니다. 그 즈음 재원씨 역시 살해되었을 것입니다. 왜냐고요? 더 이상 쓸모가 없어졌으니까요… 악귀는 살해를 계속함에 따라 더 이상 몸이 필요 없어졌습니다. 희생자들의 기를 이용해 자기 나름대로의 물리력을 가진 하나의 매개체를 만들었으니까요… 그것은 무당집에서 발견되었다는 그 검은 흙에서 알아낼 수 있었습니다. 시간이 지나고, 비에 씻겨 찾기 힘들었지만, 일한씨 말대로 그 무당집 근처에서 검은 흙이 약간 발견되었습니다. 그 흙의 기를 분석해 보았습니다.

이런 것은 우리 방식인데… 그 결과를 보니 그 흙에는 인간의 기가 느껴졌습니다. 이런 경우는 아주 드문 일인데… 서양에서는 골램이라고 불리기도 하지요… 과수원집에서 발견된 검은 흙이 모여 사람의 형상을 하고 살인을 하고 다닌 것입니다. 원귀들이 모여 복수의 살인을 위한 물리적 개체가 만들어진 것입니다."

아아, 나도 모르게 한숨 섞인 탄식이 나왔다. 그랬구나, 그래서 그랬구나.

"그때부터 악귀는 본격적인 살인을 하기 시작합니다. 자기 정체를 알만한 무당을 죽이고… 그 자리에서 낫을 사용한 방법을 보면 두 사람 이상이 낫을 쓴 것처럼 보였다는 것은 바로 여러 명의 원혼이 살인을 저지른 것이라는 걸 알 수 있습니다. 독립운동가의 원혼은 계속해서 자기 가족을 몰살한 사람들의 후손을 찾아 죽입니다. 그 마을 어르신이라는 사람까지……. 그때 재원씨 친구라는 정화씨가 범인을 목격하죠… 그때 아마 재원씨는 이미 죽어있었을 것입니다. 그 상황에서 정화씨가 어떻게 살아났냐고요?

그 대답은 의외로 간단해요… 정화씨는 어느 누구의 살생부에도 포함되지 않았으니까요… 하지만 정화씨는 그 악귀에게 커다란 위협으로 나타납니다. 바로 조금이나마 남아있는 재원씨의 혼에 영향을 미치니까요… 그래서 정화씨 눈에 보인 것은 재원씨의 형상이었고, 또 정화씨를 죽일 때 나타난 것도 재원씨의 형상이었다는 것이죠… 복잡하죠… 쉽게 이야기해 보면, 그 악귀는 정화씨를 봅니다. 하지만 그냥 지나치려고 합니다. 원한관계가 없었으니까요… 그런데 자기의 일부분을 이루는 희생자, 즉 재원씨의 혼이 정화씨를 보더니 괴로워하며 자기를 분열시키려고 하는 것이었어요. 그래서 위험인물인 정화씨를 죽여야 했죠. 정화씨를 죽이기 위해서는 재원이의 모습으로 접근하는 것이 쉬웠고… 그러다가 중학생 아이가 살해당하죠…

그것은 지철이의 원한에 대한 앙갚음이었습니다. 작은 원한이라도 억제할 수 있는 이성이 없는 상태에서는 더욱 증폭되는 상황이 되어 살인은 더해갑니다. 이 순경도, 고깃간 정씨도, 이장의 아들도, 경규라는 청년도 모두 그 독립운동가 원귀의 복수였습니다. 결국 김반장도 그 복수의 희생자가 된 것이고……"

나는 박 변호사의 설명을 이해할 수가 없었다.

세상에 이런 복수극이 있다니… 하나의 매개체를 통해 여러 가지의 원한에 대한 복수를 하다니… 머리가 아플 정도로 복잡해졌다.

"변호사님, 그 논리가 맞다고 해도 몇 가지 이해가 안 되는 점이 있는데… 재원이가 죽은 다음에도 그 악귀라는 놈은 계속해서 낫으로 살인을 하고 다녔어요… 제가 직접 보기도 하고 습격도 당했어요… 그런데 사람이라는 매개체가 없음에도 불구하고 귀신 스스로가 물리적인 힘이나 영향력을 행사할 수 있습니까?"

"그것은 말이죠… 우리는 귀신이나 영혼에 대한 근거 없는 선입견을 가지고 있습니다. 예를 들어 유령은 반투명하고 공중에 둥둥 떠서 다닌다든가, 아니면 귀신은 만질 수도 없고 물리력을 행사할 수 없다고… 그렇기 때문에 사람의 몸을 빌린다고… 그것이 유령이나 귀신에 대한 고정 관념이었습니다. 하지만 기록을 찾아보면, 물리력을 행사한 유령에 대해 많이 나와 있습니다. 그러한 유령은 강력한 의지를 가지고 인간을 괴롭힙니다. 인간을 죽이기도 하고 속이기도 하지요. 다시 말해 원한이라든가 복수의 의지가 강한 원귀일수록 더욱 큰 물리력과 실체를 만들어낼 수 있습니다. 이번 경우가 그렇죠…"

"그렇다면, 그렇게 모습을 자주 바꾼 것도…"

"예, 그렇습니다. 만일 사람의 몸에 여러 귀신이 들어갔다고 하더라도, 그 사람의 모습이 바뀌지는 않을 것입니다. 이번 경우에는 아예 자기들이 만들어낸 매개체이기 때문에 모습이 여러 번 바뀐 것입니다. 희생자와 가장 관련 있는 모습으로…"

"그런데 말이죠… 저는 왜 안 죽었지요?"

"글쎄요… 아마 일한씨 역시 그 악귀들과 원한관계가 없어서 아닌가요… 아니면 그 집을 불태움으로써 그 악귀들이 정말 없어진 것일지도 모르고……."

"그럼, 그 악귀는 이제 이 세상에서 영영 사라진 것인가요?"

"그것도 확신할 수 없습니다. 제가 그 버려진 집의 폐허에 가보았을 때는 더 이상 사악한 기운은 느껴지지 않았지만… 없어졌길 바랄 뿐입니다……."

박 변호사의 말을 들었지만, 모든 것이 이해되지는 않았다.

수많은 의문과 불가사의한 일들의 정답을 모두 얻을 수는 없었다. 하지만 적어도 내가 경험한 것은 환상이 아니었다는 것을 확인할 수 있었다. 박 변호사는 아직도 석연치 않은 듯 의문에 찬 모습으로 나가는 나를 보고 한마디 충고를 해주었다.

"일한씨, 너무 모든 것을 알려고 하지 마세요… 이 세상에는 인간이 도저히 이해할 수 없는 일이 많습니다. 그것을 전부 이해하려 하면, 저 같이 평생을 바쳐도 알 수가 없습니다. 제 생각에는 그 정도로 이해하시는 것이 좋을 것 같습니다. 더 많이 알기 위해서는, 어쩌면 더 많은 희생이 필요할지도 모릅니다. 그러니 이 정도로 모든 것을 접는 것이 나을지 모릅니다."

많은 의문도 남았지만, 생각해보면 너무 큰 상처를 남긴 일이었다. 재원이와 정화씨가 이번 일로 죽었다. 많은 사람이 죽었다. 한참을 그 상처에서 헤어 나오지 못했다. 그래도 그 마을 사람들이 도대체 어떤 생각으로 모든 것을 감추려고 하는지는 알아야 했다.

마을 이장에게 전화를 걸었다. 이장은 내 소개를 하니, 전화 받기를 좀 꺼려하는 것 같았다. 우선 나는 혼수상태였던 나를 구해

주셔서 고맙다고 했다.

"뭘요… 일한씨… 그때 참 위험했어요… 다음날, 날이 밝아 구조대가 도착했어요. 소식이 끊긴 김반장과 일한씨를 찾아봤죠… 그랬더니 그 집은 잿더미가 되어 있고, 일한씨는 마당에 쓰러져 있는 것이었어요… 어깨에선 피를 흘리면서… 의사 말이 조금만 늦었으면, 출혈과다로 죽었을 거라고 하더군요… 다행이에요……."

나는 마음을 가다듬고, 이장에게 단도직입적으로 물어보았다.

왜 모든 사실이 바뀌어 있는지… 한참을 머뭇거리던 이장은 한숨을 내쉬더니 얘기를 시작했다.

"일한씨… 일한씨 모르게 모든 것이 변해서 미안하게 되었소… 하지만 알다시피 나 역시 아들을 이 사건으로 잃었소… 그런 나도 이렇게 사건이 정리되는 것에 동의했소… 생각해 봐요… 우리가 보고 경험한 그대로를 얘기한다고 누가 믿겠소… 80년도 넘은 귀신이 살아 나와 마을 사람들을 죽이고 다닌다고… 그것이 사실이라 해도 아무도 믿지 않고, 오히려 이 마을만 버려질 거요… 온천 개발은커녕 마을 자체가 없어진다고… 그래서 우리 마을 사람들은 모든 것을 없었던 일로 하기로 동의했소. 그날 밤, 김반장과 일한씨가 떠난 다음에 분교에서 결정한 것이요… 단지 홍수와 화재로 희생자가 생긴 것으로…"

그 말을 듣고 난 멍해질 수밖에 없었다. 도대체 뭐하는 짓거리들인가… 잘 생각해보면, 마을을 위해서라기보다는 돈을 위해서 결정한 일 같았다.

"그러면, 이장님을 포함한 마을 사람들은 그런 끔찍한 사건이 발생한 그 마을에서 계속 살 생각이십니까?"

내 질문에 이장은 한참을 머뭇거렸다. 그러더니 궁색한 대답을 했다.

"어차피 온천이 개발되면, 우리는 이 마을에서 떠날 수밖에 없게 되잖소… 우리가 여기서 장사를 할 것도 아닌데……."

그 말을 듣고 나는 마을 사람들의 속셈을 알아차렸다.

그들은 살인사건을 숨김으로써, 온천 개발로 하늘높이 치솟은 땅값을 받고 땅을 팔아버리고 그 저주받을 마을을 떠날 생각을 한 것이다. 나는 이유 모를 분노를 느꼈다. 당장 진실을 폭로하겠다고 했다. 그러나…

"하하하… 일한씨, 모든 것을 밝히겠다고요? 그런데 하나 좀 물어봅시다. 그 모든 것이 도대체 뭐요? 귀신 얘기… 사람들이 그것을 믿을까요? 우리 마을 사람들은 모두 홍수와 화재 때문에 사람들이 죽었다고 생각하는데… 이 세상에서 일한씨의 말을 믿어줄 사람은 아무도 없어… 있어봤자 다 죽었잖소… 김반장도, 이 순경도, 친구도, 정화라는 아가씨도… 이제 모든 것을 잊고, 공부나 하슈… 학생으로 돌아가란 말이오… 이제 그 일에 대해서는 아무도 신경 쓰지 않으니까……."

화가 났지만, 이장의 말이 일리가 있는 것은 어쩔 수 없었.

하지만 가만히 있을 수 없어 이 일을 정리해 언론사에도 보내고, 경찰에도 보냈다. 그러나 내가 그들에서 받은 것은 미친놈 취급이 전부였다.

방법이 없었다.

결국 포기하고 내 생활로 돌아왔다. 정상적인 생활로 돌아오기란 쉽지는 않았지만, 최고의 치료약은 역시 시간이었다. 시간이 지나니까, 나 역시 거기서 있었던 일이 잘 생각나지도 않고 어떤 때는 그 살인사건이 이장이 말한 것처럼 홍수와 화재로 발생한 것으로 생각되기도 했다. 그리고 몇 달이 지났다. 모든 것이 기억 저편으로 잊혀져 갔다.

그러던 어느 날이었다.
생각 없이 보던 TV에서 흘러나온 뉴스는 내 몸을 얼어붙게 만들었다.
"…시체는 XX마을의 이장인 고성주씨로 밝혀졌습니다. 온천 개발 관계로 관계자들과 함께 술을 마신 뒤 집으로 돌아오다가 변을 당한 것으로 경찰은 보고 있습니다. 살인에 쓰인 도구는 낫으로 밝혀졌고, 시체 옆에서 발견되었습니다. 고성주씨는 온천 개발로 인한 땅값 상승으로 막대한 이익을 봤다고 합니다. 또한 내일 이사하기로 되어있어, 온천 개발 관계자들과 송별회를 열었다고 합니다. 경찰은 이번 사건이 지난 20일 낮에 찔린 시체로 발견된 같은 마을 최지석씨의 살인과 연관성이 있다고 보고, 온천 개발에 관련된 이권 다툼이 있었는지 수사력을 집중하고 있습니다……."

모든 것이 다시 시작되고 있었다…….

〈2권에서 계속〉

나는 항상 꿈을 꾼다.

매번 글을 쓸 때마다 꾸는 꿈이다.

언젠가는 정말 좋은 글로 독자들에게 찾아갈 수 있을 거라는…

- 작가 유일한 -